수다떨다 글쓰다

수다떨다 글쓰다

1쇄 발행일 | 2016년 12월 20일

지은이 | 김현자 한인영 김난숙 박혜영 이남숙
펴낸이 | 정화숙
펴낸곳 | 개미

출판등록 | 제313 – 2001 – 61호 1992. 2. 18
주소 | (04175) 서울시 마포구 마포대로 12, B – 127호(마포동 한신빌딩)
전화 | (02)704 – 2546
팩스 | (02)714 – 2365
E-mail | lily12140@hanmail.net

값 13,000원

수다떨다 글쓰다

김현자 한인영 김난숙 박혜영 이남숙

개미

글 쓰는 즐거움

이 책에 글을 쓴 다섯 사람은 이화에서 학교 일을 같이 하다 만났다. 각기 전공이 다르고 나이도 다르고 성격도 각각 아주 다르다. 때때로 같이 밥을 먹으면서 웃으며 이야기하며 지내다가 우리는 작은 텃밭을 하나 마련했고 여기에 언어의 씨앗들을 뿌리기로 했다. 책 읽고 토론하고 글을 쓰면서 그러는 사이 책 한 권의 분량이 되었다. 그런 의미에서 이 책은 우리들 생의 한순간을 붙잡은 흔적이며 살아온 기록이다.

우리는 글을 씀으로써 일상에서 무심히 그냥 지나쳐 온 것, 스쳐 지나가는 자연의 아름다움, 사람들 사이에서 문득 느끼는 애틋한 감정을 흔적으로 붙든다. 그리고 혼자 감당하기에 벅찬 문제들이 서로 이 얘기 저 얘기하면서 객관화되어 정리되고, 들끓던 삶의 무거움은 가볍게 여과된다.

글쓰기는 진실된 나와 만나게 하고, 내 글을 읽어주는 다른 사람과 소통하게 한다. 타인의 글을 읽으면서 그의 기쁨과 아픔을 알게 되고, 그를 더 이해하게 된다. 그런 의미에서 글쓰기는 사랑의 행위이다. 우리는 글쓰기를 통해 처음에 인식했던 것과 다른 통찰의 기회도 얻는다. 글쓰기는 삶에서 확실하고 오래 가고 강렬함을 주는 것을 포착하고, 무언가 더 큰 존재와 소통하는 경험도 갖게 한다.

이 책의 필자들은 이화여자대학교에 재직하면서 각자의 전공 분야에서 알찬 업적을 보여주는 사람들이다. 식물학자, 약학자, 사회복지학자, 행정가들이다. 이 바쁜 사람들이 어김없이 글쓰기 숙제를 하고, 서로의 글을 읽으면서 함께 공감하고 이 세상의 온갖 화두들을 공유했다.

이화는 우리 젊은 날의 경험을 공유한 그리움의 대상이다. 대강당의 채플, 기차가 지나가던 이화교, 큰 나무가 감싸고 있는 아름다운 교정, 해질 무렵 친구와 거닐던 운동장 그리고 신단수, 휴웃길, 버들잔디의 공간이 우리를 키웠다.

오늘 이 책에서 펼친 우리들의 생각들이 시간이 흐를수록 원숙해져서 우리들 자신의 진정한 힘이 되기를 소망해본다. 우리들이 이 글쓰기를 통해 나를 사랑하고, 나와 다른 타인과 사물들에게도 너그러워지고, 더 섬세한 이해의 마음이 되기를 소망한다. 그리하여 삶의 그윽한 깊이에 다가가고 싶다.

2016년 12월
김현자

늦게 시작한 글사랑

무척이나 힘든 글짓기를 우린 '왜' 지금 시작했을까? 아마도 글을 쓰고 싶다는 가슴속 간절한 목마름이 우리를 만나게 했으리라. 앞으로 제법 많이 남은 시간, 해야 할 일에 글짓기를 넣었고, 함께 공부하고 글을 짓는 '글사랑' 모임을 시작했다. 매일의 분주함에서 잠깐씩 벗어나 나를 찾는 길을 떠난게다.

해가 설핏해지고 저녁이 오면 긴 하루가 끝났음에 안도하면서도 무언가 채워지지 않은 허전함과 외로움이 밀려오듯 인생의 가을을 지나고 있는 우린 글을 쓰며 오랜 기억을 다시 찾아내 그리움의 집을 짓고 싶었으리라. 살아온 날들을 되돌아보고 새로 마무리한 하루를 차분히 생각하며 글을 만든다. 가끔씩 떠오르는 일들, 지나치면 잊혀질 기억들을 찾아 인연 지어진 사람들에게 전하고 마음을 나누었으면 하는 바람을 갖는다.

함께 글을 짓기 위한 모임이 꽤 오래 이어졌지만 글짓기 숙제는 언제나 어렵고 힘들었다. 모임 날짜가 가까워지면 늘 숙제 걱정이 앞섰다.

벼락치기는 다행이고 초치기까지 등장. 준비가 안되었을 땐 자발적으로 숙제 대신 맛있는 것 싸오는 걸로 위기를 모면하기도 했다. 글을 쓰려면 생생한 경험이 많아야 한다는 이유로 우린 여행을 떠났고 맛집을 찾았다. 글을 쓰는 건 어려웠지만 우린 언제나 서로 얼굴만 쳐다봐도 좋았으니. 언제건 어디서건 다섯 사람이 만나면 쉴 사이 없이 웃음이 넘쳐났다.

   그동안 힘겹게 쓴 글을 모아 '글사랑' 첫 번째 책을 만들기로 했다.
   부족한 글을 책으로 만드는 것이 많이 부끄럽지만 오래도록 글을 쓰기 위해 거쳐야 할 첫 단계를 시작한다는 마음으로 용기를 냈다.
   준비 없이 시작한 학생들에게 글을 쓸 수 있도록 이끌어 주신 김현자 선생님께 깊은 감사를 드린다.

2016년 겨울에
한인영 김난숙 박혜영 이남숙

| 차례 |

004 발간사 _ 글 쓰는 즐거움
006 프롤로그 _ 늦게 시작한 글사랑

1부
일상의 변주

014 **김현자**　애들아, 달 따러 가자
　　　　　　　산사(山査)꽃
　　　　　　　아버지의 사랑법
　　　　　　　섬진강의 참게장과 석화젓의 목메이는 그리움
　　　　　　　일상의 징검다리
034 **김난숙**　올해도 가을엔
　　　　　　　그 '섬'
　　　　　　　詩를 만나다
　　　　　　　봄바람 불고, 친구들이 왔다
　　　　　　　이 여름, 숲에 빠지다
　　　　　　　나뭇잎 편지
　　　　　　　이 여름날엔
063 **박혜영**　늘 한가위만 같아라
　　　　　　　내가 사랑하는 소리
　　　　　　　꿈속의 나의 집
　　　　　　　받고 싶은 편지
　　　　　　　40대에 시작한 등산
　　　　　　　그 섬, 제주

숲, 이 생각 저 생각

마법의 씨앗

085 **이남숙** 나도 내가 싫다

글사랑

롤링페이퍼

이런 집이라면

은방울꽃

수수꽃다리

나무 안에 우리가

105 **한인영** 문

란의 속삭임

오해

나의 어머니, 숲

선제도 목섬

허리, 너를 위해 살련다

2부

함께 부르는 노래

118 **한인영** 나의 길

이 가을, 가슴을 열다

참죽나무

124 **이남숙** 나를 떠나다

여행가이드 새옹지마

골프농장

사랑 능선

800냥이 나간다

141 **박혜영** 반성문

마리아와 마르타

아, 금요일

다이어트 싫다 싫어

막장 드라마, 왜 그리 재미있는 거니?

몬트리올 또 가고 싶다

그 나이에도 즐거울까?

169 **김난숙** 밤 떨어진다

잠자는 숲 속의 공주 휘파람 불며 일어난다

함께 부른 노래 '그날에'

매일 받는 숙제

메리 크리스마스

긴 하루를 살고, 살아낸 하루를 모으며

나 이제 프리랜서야

200 **김현자** 숲에서 생각한다

자운영(紫雲英) 피는 논둑

바람에 실려오는 아카시아 향기가 싱그럽다
어머니의 봄나들이

3부
이화연가

216 **김현자**   이화의 길은
우리 어디에 서 있어도
이화연가
우물과 장독대와 진돗개가 있던 자리
함께 가는 길
상상력의 은빛 날개를
237 **한인영**   이화사랑 채플 이야기
240 **김난숙**   희망찬 목소리로 너를 불렀다
다시 찾아간 그 시절, 그때 우린 그랬었지
2막 끝, 3막 시작
행복찾기 선수
264 **박혜영**   찰떡궁합
매미가 곧 울겠지요
벚나무 아래 젖소
275 **이남숙**   이화교 길
이화동산의 '나친' 이야기
장딴지 조련사 114 계단

1부

일상의
변주

애들아, 달 따러 가자

김현자

1

"합창 연습에 제대로 참여하지 않았거나, 노래에 자신이 없는 사람은 소리를 내지 말고 입만 벌리세요. 모니터에 얼굴이 비칠 수도 있으니까 가능하면 키 큰 사람 뒤에 서서 얼굴을 보이지 마세요."

무대 뒤에서 차례를 기다리는 동안 지휘를 맡은 친구는 몇 번이나 당부했다. 우리들은 그러마고 열심히 고개를 끄덕였다. 그러나 출연할 시간이 가까워질수록 지휘자는 안절부절못하더니 결국 나가라고 명령했다. 짧은 분홍 원피스에 스카프를 메고 무대에 등장한다는 사실에 약간 흥분하고 긴장되어 기다리던 우리는 맥이 탁 풀렸다. 연습을 잘 안했어도 배짱으로 그냥 버티는 친구들도 있었지만, 심약한 나는 도리없이 쫓겨나는 쪽에 섰다.

"50년 만에 만나 같이 무대에 서는데 의의가 있지 노래가 뭐 그리 중요하냐, 옷 차려입고 나선 마당에 나가라는 것은 뭐냐"고 복도로 쫓겨나가며 몇몇 친구들이 불평했다. 끝내 마음에 걸렸던지 몇 분이 지난 후 지휘자는 다시 우리를 불러들였다. 다행히 아직 우리 차례가 아니었고, 드디어 우여곡절 끝에 우리들은 무대에 섰다.

꿈이 있나 물어보면은 나는 그만 하늘을 본다
구름 하나 떠돌아가고 세상 가득 바람만 불어
돌아보면 아득한 먼 길 꿈을 꾸던 어린 날들이
연줄 따라 흔들려오면 내 눈가엔 눈물이 고여
— 김주행 시 · 이요섭 곡

나는 악보를 조그맣게 손에 말아 쥐고 소리는 내지 않고 입만 크게 벌려 열심히 따라 부르기 시작했다. 오랜만에, 정말 오랜만에 70여 명의 마음을 모아 부르는 〈세월〉과 〈달 따라 가자〉는 아름답게 울려퍼지고 있었다. 열심히 연습을 한 사람들과, 소리 내지 않고 열심히, 열심히 입만 벌리는 사람들의 마음이 합해져 소리는 아름답고 조화롭게 강당에 퍼져 나갔다. 빗줄기가 메마른 땅을 적시듯이 그 소리는 우리의 내부에서 분출되고 내뿜어져서 떨기 떨기 꽃으로 피어나고 있었다. 풋살구처럼 탱탱하던 젊음도 가슴을 에이던 고뇌도 사라져간 날들 속에 절여져 곰삭은 효소가 되고, 그것이 소리가 되어 울려 퍼지고 있었다. "사랑도 생의 의미도/꿈을 키운 생의 의미도/세월따라 흔들려 오면/내 눈가엔 눈물이 고여", 노래의 중간쯤에서 나는 목이 메이기 시작했다. 노래의 가사는 점입가경으로 "내 눈가엔 눈물이 고여"가 세 번씩이나 반복되고 있었고, 기어이 내 두 눈에서는 눈물이 주르륵 흘러내리기 시작했다.

"니 와 우노?"

"응, 쫓겨났다 무대에 서니 감격해서 그렇지."

합창이 무사히 끝나고 자리에 돌아오기까지도 눈물은 자꾸만 나왔다. 요즘 안구건조 증세를 보여 인공눈물을 수시로 넣어야 했는데……

2

어느 날 날아온 엽서는 이렇게 안내했다.

"고등학교를 졸업한 지 어느덧 50년, 총동창회에서 우리를 축하해줍니다. 바쁘더라도 부디 와서 서로 만나게 되기를 간절히 바랍니다."

살아온 시간에 새삼 화들짝 놀라 친구들을 찾아 나서기로 했다. 더 늦기 전에 만나봐야지 생각하니, 집에서 학교로 가는 길이 아련하게 떠올랐다. 대청동에서 국제시장으로 향하는 길, 오른쪽으로 꺾어지면 보수동 헌책방 골목이 나오고 걸어, 걸어 대신동 학교에 닿곤 했다. 아아, 그리고 내 단짝 친구 은숙이. "현자야, 학교 가자." 지름길이 있는데도 그는 365일 한결같이 우리집엘 들러 나를 불렀고, 중·고교 6년을 그렇게 우리는 붙어 다녔다. 그는 독실한 가톨릭 신자여서 졸업하면 수녀가 되고 싶다고 해서 내 가슴을 얼어붙게 하더니, 대학을 졸업하자마자 결혼을 하고 아들, 딸을 셋이나 낳았다. 서울과 마산으로 떨어져서 각기 자신의 삶을 살아내느라고 우리는 너무 오래 소식이 끊어져 있었다. 은숙이를 다시 만나 그 길을 다시 걸으며 부평동 팥빙숫집이 아직 있나 봐야지. 식빵 한 줄을 사서 아이스크림에 찍어먹던 그 시원한 맛, 18번 완당집에도 가봐야지, 밀가루를 종잇장처럼 얇게 밀어서 그 끝에 다진 고기를 살짝 넣어 싼 완당이 목줄기를 타고 미끄덩, 미끄덩하고 내려갈 때의 그 맛, 중학교 영어 시간에 "bread and butter"라는 구절을 배우며 친구는 하루 종일 '버터빵' 생각에 공부가 전혀 되지 않았다고 했다. 어서 그곳에 가서 그대로 해 봐야지.

그 열망으로 친구들을 만났다.

"엄마야, 코스모스 같던 니가 해바라기가 되었네."

"니도 어릴 때 그 예쁘던 모습이 한 구석 남아있다 야."

"거짓말!"

나이 들면 인간은 가죽이 말라붙어 삐쩍 마르거나 퉁퉁 불어 뚱뚱보가 되거나 둘 중에 하나라고 생전에 피천득 선생님이 웃으면서 말씀하셨는데, 세월을 견디느라 우리 모두가 숨길 도리 없이 변해 있었다. 그래도 이렇게 모여 "얘들아, 오너라. 달 따러 가자. 장대로 달을 따서……순이 엄마 방에다가 달아드리자"고 같이 합창을 한 순간 만나지 못한 세월을 껑충 뛰어 시간은 수직으로 솟구치고 있었다. 어린 날의 얼굴과 변해버린 친구의 모습이 겹쳐지고 멀어져 있었던 시간과 만남의 순간이 겹쳐져서 시간이 강물이 되어 부드럽고 따뜻하게 우리를 감싸고 있었다.

산사(山査)꽃

김현자

1

그는 유난히 산을 좋아했다. 나무와 들꽃과 계곡물 속의 피라미를 사랑했다. 두물머리의 연꽃, 두릅과 밤나무, 양평의 호박밭, 그 밭을 일구며 행복해했다. 그 밭 한쪽에서 점심을 먹노라면 손등에 앉아 놀던 잠자리들, 땅콩을 손에 얹고 그가 휘파람을 불면 어디선가 작은 산새들이 날아와 "쫍쫍쫍" 재잘대며 먹어대곤 했다. 산에서 내려오던 사람들이 신기해서 바라보기도 하고, "저 아저씨 TV에 나왔었어"라는 근거 없는 말을 신나게 하기도 해서 나를 웃게 했었다. 둘이서 웃고 얘기하며 바라보던 산.

그리고 2010년 9월 그는 홀연히 잠들어 버렸다. 여름날 어둠 속에서 바라보던 병원 밖의 풍경들, 우리나라가 아열대 지대인 것처럼 무시로 비가 무섭게 쏟아지고, 천둥과 먹구름이 유난히 마음을 어둡게 했다. 그 계절이 천천히 자리를 바꾸어 소슬한 바람이 분다. 이별을 먼저 겪은 누군가가 "여기가 거기, 거기가 여기"라고 일러주지만 그 경계 없는 순리(順理)를 깨닫기엔 나는 아직 너무 멀었나 보다.

> 기러기 울어 예는 하늘 구만리
> 바람이 서늘 불어 가을은 깊었네
> ─ 박목월, 「이별의 노래」 중에서

노래를 따라 걷노라면 속되고 무거운 모든 것들이 투명한 바람에 씻겨 나간다. 낮은 되뇌임은 생의 무거움과 허전함을 고요하게 어루만져 준다. 오랜만에 깊은 심호흡을 하고 나면 "산천에 눈이 쌓인 어느 날 밤에 촛불을 밝혀두고 홀로 울리라"라며 시인은 어느새 먼저 가서 시간의 변화에 따른 존재의 본질을 일러준다. 사랑을 가진 사람도, 사랑을 잃은 사람도 투명해진 슬픔을 건너, 생의 무거움을 정화시키는 지혜를 배운다.

> 산사꽃
> 산을 사랑해서 산 바라기하는 꽃
> 산사꽃 · 산사꽃.
> 나는 말없이 산을 바라본다.

2

흘러간 옛날의 어느 해 봄, 갓 약혼을 하고 한참 희망에 부풀어 있던 나는 멀리 강원도 건봉산 근처의 군(軍)에 가 있는 그를 만나러 진부령을 넘었다. 예정되었던 여행이 아니었기 때문에 그 즉흥적이고 돌발적인 결심까지는 좋았지만, 가는 길이 험난했다. 오후 2시도 넘어 서울을 출발해서 '원통'이라는 곳에 도착하고 보니 버스는 끊기고 시간은 어정쩡했다. 날은 점점 어두워 가는데 군인 아저씨들은 와글거리고, 나는 세 살짜리 미아(迷兒)처럼 어쩔 줄 몰랐다. 한 시간쯤을 그러고 서 있는데 때마침 마이크로 버스를 세 내어 설악산 봄놀이 가는 아저씨들이 가는 도중이니 차를 태워 주겠단다. 한꺼번에 모든 것이 해결된 나는 대단히 기분이 좋았다. '원통'에서 설악산으로 가는 길의 숲 속의 냄새, 대기에는 무르익은 봄의 향훈이 나를 취하게 했다. 나무는 나무대로, 꽃은 꽃대로, 잡초는 잡초대로 그리고 새들의 노래가 바람을 타고 멀리서 들려왔다.

한참을 기분 좋게 떠들어대던 차 안의 사람들이 이 노래 저 노래 부르더니 드디어 내게도 한 곡조 강청하는 것이 아닌가? 나는 완강히 입을 다물고 침묵했다. 흥겨웠던 차 안의 분위기는 옥신각신 노래 재촉 바람에 이상하게 변질되어 갔고, 드디어 노래를 부르지 않으면 도중에 내리라는 무자비한 의견이 모아졌다. 밖은 깜깜한 설악산의 고갯길, 나는 진땀을 흘리며 모기만한 소리로 파인(巴人)의「산 넘어 남촌」을 찾았다. 너무 절박한 위기에서 시작한 노래였지만 차차 부르다 보니 여유도 생겨, 이왕이면 효과를 넣기 위해 박재란처럼 간드러진 코맹맹이 소리로 흥겹게 불렀다. 박수·탄성·재창·요청에 부른 2절.

봄바람, 지나치게 노오랗게 피어 내 대학 4년의 봄을 어지럽히던〈미친 개나리〉, 학관 앞 십자로의 플라타너스의 하늘거리는 몸짓, 천경자의 꽃과 길례 언니 그리고 산사꽃. 생명 있는 것은 모두, 모두 소리 지르고 있었다. 사람 소리, 신의 소리, 봄의 소리, 날 깨우는 소리, 거기로 가는 길은 내가 성숙해지는 개방의 소리로 꽈악 차 있는 듯싶었다. 온갖 엄숙한 이론은 다 제쳐놓고 삶은 사랑하는 사람의 것이라는 생각이 내 가슴을 가득 채웠다. 때때로 사는 일이 대단히 막막해질 때 나는 그 지나간 봄을 생각한다.

아버지의 사랑법

김현자

서울로 유학 오기 전날 아버지는 내게 다음과 같은 서약서를 들고 선서를 시키셨다.

"딸 현자는 삼가 아버지께 서약합니다. 부모님의 마음을 늘 헤아려 행동할 것이며, 동생들의 사랑을 생각할 것이며, 학구에 전심전력을 다할 것이며, 모든 사람과 사귐에 있어 관용을 다할 것이며, 특히 남자 교제에 있어서는 신중을 다할 것을 여기 엄숙히 서약합니다."

한 손을 들고 약간은 우스꽝스럽게 어색해하며 가족들 앞에 서서 읽어 내려간 그 글귀는 이제 돌아가신 아버지에의 그리움과 함께 내 마음 한 자락에 깊숙이 새겨져 있다.

나의 부모님은 자식에 대한 따뜻하고 섬세한 배려와 지극히 작은 일도 잘한 일이면 칭찬을 아끼지 않고 힘을 북돋아 주셨다. 기회가 있을 때마다 산으로, 들로 소풍을 가서 자연의 너그러움과 순수함을 알게 해 주셨다. 계절마다 달라지는 꽃 냄새, 풀 냄새를 맡으며 쑥도 캐고 메뚜기도 잡고, 풀밭을 걸으며 소리도 지르면서 풍성함을 만끽하곤 했다.

구름이 걸려 있는 산봉오리, 낮게 속살거리며 흘러내리는 물소리, 풀 냄새 나는 언덕에 누웠을 때의 기분과 감동은 어린 날의 밝은 기억과 함께 어른이 되어 어려울 때면 늘 좋은 힘이 되어 주곤 한다.

　초등학교 3학년 때였던가, 우리 반의 어떤 애가 많은 돈을 잃어버린 일이 있었다. 공교롭게 담임선생님이 편찮으셔서 결근 중이었기 때문에 옆 반 선생님이 울고불고하는 그 애의 돈을 찾아 주려고 우리를 닦달하셨다. 다 같이 눈을 감게 하고 가져간 사람은 조용히 손을 들라고 했으나 아무 성과가 없자, 선생님은 소지품 검사를 해서 돈을 많이 가지고 있는 아이들을 몇 명 가려냈다. 그날 일주일 치 용돈을 탔던가 어쨌든가 해서 비교적 돈을 많이 가지고 있었던 나도 그 속에 끼어 꼬치꼬치 캐물으시는 선생님의 취조에 응해야 했다. 결벽증이 있는 편인 나는 그 돈의 출처를 따지는 그 자체가 불쾌해서 눈물이 나왔다. 흥분한 채 설명을 했지만, 집에 돌아와서까지도 자존심이 상해서 울었다. 자초지종을 들은 아버지는 아무 말씀이 없으셨다. 다음날 아버지는 선생님으로서는 당연히 내게도 그런 것을 캐물어 보실 수 있는 일이란 것, 억울한 것을 지나치게 못 참는 내 결점을 따끔하게 지적한 편지를 건네주셨다. 대나무 자(尺)에 단정한 붓글씨로 "모든 일을 다른 사람의 입장에서도 생각해 볼 줄 아는 지혜를 지녀라"는 경구와 함께.

　때로 다른 사람과 의견이 팽팽하게 맞서거나 나로서는 도저히 이해가 되지 않는 말을 하는 사람이 있을 때, 나는 어린 날의 아버지가 주신 그 대나무 자를 머릿속에 떠올리며 일단 흥분을 가라앉히려 애쓴다. 자기 주장이 강하고 조금만 억울한 소리를 들어도 못 견디는 내 성벽이 발동하려 할 때마다 그 대나무 자는 남과 잘 조화하며 살아가라고 이르시는 것 같다. 남동생 둘을 아래로 둔 딸들 셋이 새 옷 해달라고 조를 때마다 "어떤 사람이 모자 하나를 10년 동안 썼더니 유행이 세 번이나 돌아오더란다"고 웃으시며 우리들 입막음을 하셨다. 당신의 부지런함과 근검, 절약은 매우 철저했다. 아버지, 어머니 그리고 다섯 남매가 소풍을 가면서 땅콩 1근을 사가지고 갔는데, 얼마나 조끔씩 나눠 주셨는지 돌아올 때까지도 남아 있어서 우리 형제들은 "아버지 땡보"라고 지금도 그 얘길 하면서 웃곤 한다.

그러면서도 아들딸의 의견이나 하고자 하는 일을 최대로 존중해 주셨으며, 항상 적극적으로 최선을 다하라는 것을 강조하셨다.

내가 대학에 입학하던 해였다. 그 해부터 입학시험에 체육점수가 가산되었는데, 지금처럼 형식적인 것이 아니라 점수 차이가 많이 나고 비중이 컸었다. 나는 달리기 종목이 좀 문제였었다. 내 차례가 되어 뛰기 시작했는데 스탠드 위에서 애가 타서 지켜보시던 어머니가 나를 응원하시느라 같이 100m를 뛰셨다. 나는 그 사실을 나중에야 알았지만, 나의 대학 친구들은 20여 년이 지난 지금까지도 그때의 장면을 잊지 않고 이야기 하면서 "네가 대학교수가 된 것은 순전히 어머니의 격려의 덕인 줄 알라"고 말하곤 한다. 이일 저일로 마음이 산란하거나 공부가 뜻대로 되지 않을 때 나는 그 운동장의 라인을 따라 걸으며 그 지극한 어머니의 마음을 떠올리곤 한다.

사랑하는 큰딸

봄기운이 완연하구나. 뜰에는 네가 좋아하는 자목련이 피었다. 그동안도 얼마나 많은 일들에 바쁘게 돌아가고 있을까, 항상 안쓰러울 뿐이다.

부모는 자식 앞에서는 바보가 되나 보지. 그러나 아들딸들이 성실히 알차게 성장할 때 그 부모의 바보스러움은 빛이 되고 지혜가 되는 거라고 엄마는 다짐한다. 꾸준히 알맹이 있는 공부를 해 두어라……

서울로 유학간 딸에게 1주일에 두세 번씩은 어김없이 부쳐져 오곤 하던 어머니의 편지의 일부분이다. 자식 사랑하는 일에 세상의 어느 부모가 그렇지 않으리오만 부족함 없는 햇볕과 시원한 그늘로 흡족한 사랑을 알게 하고 그것으로 인해 세상 사람들에 대한 믿음과 신뢰를 심어 주셨다.

　이일 저일로 자신을 들볶으며 제 무게에 시달리는 우리들의 일상, 신문을 읽고 TV를 봐도 언제나 시원한 일이 없는 바깥세상의 소식이나 늘 무거운 과제에 허덕이는 사람들의 얼굴을 바로보노라면 하루하루의 생활이 숨 막히도록 메마르게 느껴진다. 그럴 때는 책과 반찬거리가 범벅된 가방이 귀찮고 입은 옷과 신발이 무겁고 때로는 머리카락을 달고 다니는 것조차 무거운 느낌이 들기도 한다.

　그런 순간마다 사람들은 구원처럼 어머니 아버지가 계신 집을 생각한다. 어릴 적 손가락 하나 까딱할 힘도 없이 지쳐 돌아온 저녁이면 "자고 나면 새 힘이 돋는다"고 어깨를 부추겨 주시던 어머니의 치유력으로 늘 아침은 어김없이 힘차게 밝아오곤 했다.

　아버지 어머니 두 분이 다 돌아가신 지 10년이 넘었다. 그래도 나는 아버지와의 약속을 잊지 못하고 그 사랑 앞에 목이 메인다.

섬진강의 참게장과 석화젓의 목메이는 그리움

김현자

　나의 외갓집은 경상남도 하동이다. 섬진강 맑은 강변으로 하얀 백사장이 널찍하게 펼쳐 있고 길게 늘어선 싱싱한 대나무숲 그리고 비 온 뒤에 무수히 돋아나던 어린 죽순들. 물의 맥을 이어가며 때로는 굽이치고 때로는 완만히 잦아들며 흐르는 섬진강은 맑고 너그러웠다. 자연 그대로의 모습을 아직도 간직하고 있는 그 아름다운 곳에서 나는 태어났다.

　섬진강은 물이 얼마나 투명했던지 밖에서도 물속 세계가 고스란히 들여다보이곤 했다. 강 속의 바위틈이나 샘가에는 참게들이 벌벌 기어 다녔는데 푸른빛이 도는 검은 등딱지들이 조약돌처럼 반짝거렸다. 외할머니는 가을이면 그 참게들로 장을 담가서 부산에 살던 우리들에게 보내주셨다. 할머니의 게장은 민물 특유의 흙 비린내가 전혀 없었다. 짭쬘하면서도 곰살맞게 잘 삭혀진 감칠맛이 났다. 야무지게 살과 붙어 있는 껍질을 떼어내면 눌려 있던 속살이 도톰하게 올라오는데 그 모습이 마치 파득파득 피어나는 꽃잎 같을 정도로 생기가 넘쳤다. 게다가 주먹보다도 작지만 야무지게 여물어, 게 뚜껑을 열어 뜨거운 밥을 넣고 장과 함께 쓱쓱 비벼먹는 맛은 일품이었다. 게다리들은 손으로 집어 쪽 쪽 소리를 내며 그 속을 빨아먹곤 했는데, 그 맛을 생각만 하면 지금도 입 안에 침이 고인다.

그렇게 맛있게 먹던 게장이 떨어질 무렵이면 식구들은 집게발의 잔 털에 묻어 있는 간장까지도 아쉬워 열심히 빨아먹곤 했다. 아버지는 이 런 나에게 우스갯소리 삼아 옛날 이야기를 해주기도 하셨다.

"옛날 옛적에 어느 며느리가 하나 남은 게 집게발을 시아버지 상에 늘 올렸는데 며칠째 상을 물릴 때마다 그대로 나와서 자기가 훌쩍 먹어 버렸단다. 그런데 다음날 시아버지가 집게발은 어디 갔느냐고 묻는 거 야. 그래서 며느리가 '며칠째 안 잡수셔서 제가 먹었습니다' 했더니 노 발대발한 시아버지가 '내 아껴 먹느라고 그랬는데, 고얀' 하면서 며느 리를 쫓아내 버렸단다."

과장된 이야기였겠지만 참게장의 맛이 얼마나 좋았던지, 나는 '에 이' 하고 웃으면서도 시아버지의 기분을 조금은 알 것도 같았던 듯싶다.

하동은 강과 바다가 만나는 곳이라 민물에서 나는 것들만큼 해산물 도 풍부했다. 외할머니는 가을이면 참게장을, 겨울이면 석화젓을 보내 주셨다. 나는 참게장만큼이나 할머니의 석화젓을 좋아했다. 외할머니 가 돌아가신 후에는 어머니가 집에서 직접 석화젓을 만들기 시작했다. 바다 냄새가 금방이라도 흘러내릴 것 같이 물 오른 굴을 어머니는 깨끗 이 정성스럽게 씻었다. 그 위에 아삭거리는 배와 무를 충분히 채쳐 넣 었고, 갖은 양념을 넣어 이들을 골고루 버무린 후에 항아리에 차곡차곡 켜켜이 담았다. 비어 있던 속이 붉게 양념된 굴로 도독하게 채워지면, 어머니는 두꺼운 이불로 항아리를 보물단지처럼 덮어 씌우셨다. 그렇 게 일주일 이상을 숙성시키고 나면 싱그러웠던 생굴은 본연의 맛을 넘어선 새콤달콤하면서도 혀를 알싸하게 감싸는 새로운 맛으로 변해 있었다. 발효식품들이 가지는 톡 쏘는 신비한 맛이 없던 입맛을 되돌려줄 정도였다. 생각해보면, 젓갈처럼 기다림의 미학을 여실히 보여주는 음식이 또 있을까 싶다. 날것에서 시작하여 오래도록 삭혀야 먹을 수 있고, 게다가 삭히는 기간은 적절히 조절해야 한다. 가장 맛있는 절정의 때를 지나버리면 못 먹게 되어버리기에 최상의 순간에야 비로소 맛이 완성되는 음식이 바로 젓갈이다. 항아리 굴 속의 굴과 함께 시간과 사람의 기다림까지 재워지는 것이다. 이것이야말로 진정한 의미의 슬로우 푸드(Slow food)이다. 깊고 오묘하게 잘 삭혀진 석화젓 한 점을 볼록한 밥 한 숟가락 위에 얹으면, 게장만큼 무서운 밥도둑이 되곤 했다. 이 대물림된 시간의 맛이, 할머니와 어머니로 이어져 나의 유년시절을 담아놓은 보물단지가 되었는지도 모르겠다. 그리고 나는 여전히 그 보물단지의 맛을 그리워한다.

맛은 사람들을 감동시키는 강력한 감각이다. 맛있다는 것은 일차적으로 즐거운 일이다. 혀끝에 닿아오는 맛은 순간을 감동시킬 수 있는 힘을 가진다. 짜지도 싱겁지도 않게 간이 소담스럽게 잘 맞는 맛있는 밥 한 끼를 먹고 나면 노엽던 일이 사그라진다. 슬프거나 고달팠던 마음도 깨끗이 비운 접시처럼 마냥 하얗게 지워져버린다. 심지어 맛있는 밥 한 끼가 때로는 사람들의 미움, 원한의 감정까지도 눈 녹듯 사라져버릴 수 있게 한다고 하면 그것은 너무 동물적일까? 분명한 것은 좋아하는 사람, 마음을 나눌 수 있는 사람과 함께 하는 밥상은 행복하다는 것이며 싫은 사람과 먹는 음식은 체하게 한다는 사실이다.

무엇보다도 음식은 느슨해진 기억을 촘촘하게 재생시키는 매개체이다. 참게장과 석화젓처럼 나는 밥상 위에서 따뜻한 과거로 버무려진 밥과 반찬을 맞닥뜨린다. 단 한 번을 먹어본 것이라도 잊지 못하는 음식이 있다. 그리고 따뜻했던 옛날의 맛이 평생을 두고 잊히지 않는 강렬한 기억이 되기도 한다. 그리고 우리는 모두 그런 감각을 되살리고 싶어 한다. 참게장과 석화젓은 나의 어린 날을 행복으로 채워준 감각이었다. 그러한 그리운 맛들이 때때로 나를 일곱 살로 만들기도 하고 스무 살의 나날로 돌려보내기도 한다. 먹는다는 것은 총체적으로 몸의 우주를 만날 수 있는 신비하고도 맛있는 감각의 경험이다. 사람들은 현재를 먹지만, 그 현재는 과거와 끊임없이 연계되어 있는 것들이다. 살아오며 먹어온 음식들이 '나'를 이루는 피와 뼈와 살이 되고 모두 축적되어 견고한 현재를 만들어내는 것이다. 내가 경험한 맛들이 내 몸 속에서 여전히 돌고 있을지도 모른다.

　아무것도 먹고 싶지 않은 날이면, 나는 간절히 참게장과 석화젓이 그립다. 할머니의 손녀로, 어머니의 큰딸로 돌아가서 마냥 먹고 싶어지는 것들. 이제 그 똑같은 맛은 세상에서 없어졌지만 나의 몸은 그 맛을 알고 있을 것이다. 시간 속에 비로소 알맞게 삭혀진 가장 맛있는 기억을.

일상의 징검다리

김현자

　고등학교 다닐 무렵 막연히 글 쓰는 일에 마음을 두었던 내게 아버지는 자주 "딸아, 이 다음에 소설을 쓰거든 결말은 꼭 해피엔딩으로 맺도록 하렴"하고 부탁하시곤 했다. 예민하고 감정의 기복이 심했던 그 시절의 나는 "아버지도, 참……" 하면서 속으로 어이없어 했다. 삶이 지니는 고뇌와 진중함, 그런 것에 심각하게 골똘히 빠져 있었던 때였기 때문이다. 이제 어느덧 아버지는 가시고, 그때의 아버지만큼 나이를 먹은 나는 그 부탁을 하시던 아버지의 마음을 헤아리고도 남을 듯하다.

　생각해보면 이 세상의 삶은 우리에게 얼마나 만만치 않게 힘든 요소가 많았던가.

　며칠 전 아침 잠에서 깨어나며 나는 한없이 무거운 기분에 젖어들었다. 수업 준비를 위해 읽다만 책, 두 건의 무거운 회의, 대학원 논문지도 학생의 막바지에 오른 죽을 둥 살 둥한 얼굴 때문에 내가 찾아다 주겠다고 한 참고자료 등, 내 앞에 펼쳐져 있는 하루의 약속들이 천 근의 무게로 떠올랐다. 설상가상으로 집안일을 거들어주는 할머니조차 집에 다녀오신다고 전날 나가더니 밤새 돌아오질 않았다. 잠을 설친 아침, 식구들의 식사 준비를 하며 생각은 자신에 대한 배반감, 이루지 못한 일들로 가득해서 마치 물길을 잃은 늪처럼 부글부글 끓고 있는 것 같았다. 나는 평정과 자제심을 잃고 뒤죽박죽으로 폭발할 지경이 되어 소리라도 지르고 싶은 심정이 되었다.

일상의 되풀이에 지쳐 이렇게 참담한 기분이 될 때 나는 몇 가지 생각을 하곤 한다. 인간이 자기의 정신을 발견하는 것은 즐거움 속에서이지 고통 속에서가 아니라던 바슐라르의 말을 떠올린다. 우리에게 꿈꾸는 즐거움을 차근차근 말해주는 그 노철학자는 동시에 채워지지 않는 삶의 여러 조건과 욕심 가운데서 꿈꾸는 즐거움을 찾는 것도 하나의 용기임을 제시하고 있다. 고통의 부정적 성격을 승화시킬 때, 그 힘은 얼마나 놀랍게 우리를 일으켜 세우는 것인가?

때때로 모이는 만남의 자리에서 우리들은 사회적으로 중요한 자신의 위치, 자식자랑, 사업 확장 등의 얘기를 각기 세련된 화술로 펼치고 또 듣는다. 성취욕이 강한 현대인들은 늘 앞으로 위로 전진하고 향상하며 자신을 일으켜 세우는 것을 최대의 과제로 삼지만 그렇게 하여 더 높은 곳으로 허덕이며 도달한 곳은 과연 갈등 없는 낙원이었던가? 자신의 삶을 겉으로는 그럴 듯하게 꾸려나가는 듯싶은 사람이 끝없는 욕망의 길 위에서 천년만년 살 것처럼 바쁘게 자신을 볶아내며 괴로워하고 있지나 않은지.

어느 책에선가 서구의 묘비명을 소개한 글을 보았다. 작가 스탕달의 '썼노라. 사랑했노라. 살았노라'라는 열정적인 생의 요약을 위시하여 헤밍웨이의 '일어나지 못해서 미안허이'라는 여유로운 응수를 대하노라면 경건함과 엄숙 그 자체일 것 같은 묘비명에서 죽음마저 넘어서는 위트와 안도감을 읽게 된다. 그보다 더 아주 평범한 사람들의 묘비명, '여기 이 흙 속에 나의 아내 잠들다. 그녀는 생전에 하느니 잔소리뿐이었노라. 벗들이여 이곳을 고요히 걸어갈지어다. 그녀가 잠을 깨어 다시 입을 열지 않도록' 등을 대하노라면 어떤 생의 어둠도 이길 수 있을 것 같은 웃음의 여유를 느끼게 한다.

일상의 속도와 권태에서 우리를 지탱시켜주는 것은 무엇보다 열정과 함께 부드러움이다. 너무나 명백히 알고 있지만 나날의 생활에서 실현하지 못하는 마음가짐들, 예컨대 자연스럽게 자신에게 맞는 행복이 참다운 즐거움이고 남이 가진 것과 비교해서는 끝없는 욕망 속에 헤매다 말며 진실한 삶의 가치가 무엇인지를 스스로 생각해보며 사는 방법이 필요한 것이다.

앉는 자리가 나의 자리다.
자갈밭이건 모래톱이건
……(중략)……
어제는
밀려드는 파도를 바라보며
사람을 그리워하고

오늘은
돌아가는 것을 생각한다.
바다에 뜬 구름을 바라보며,
세상의 모든 것은
앉는 자리가 그의 자리다.

벼랑 틈서리에서

풀씨가 움트고

낭떠러지에서도

나무가 뿌리를 편다.

……(하략)……

— 박목월, 「무제(無題)」

앉는 자리가 나의 자리임은 무소유의 의미를 강조한다. 자갈밭과 모
래톱 같은 평범한 자리가 나의 자리인 것이다. 벼랑 틈서리에 움튼 풀
씨나 낭떠러지에 뿌리를 내린 나무처럼 인간은 우주라는 공간 속에 던
져진 개체이며 거대한 자연 앞에서의 인간은 무력하고 허무한 존재라
고 할 수 있는 것이다.

냉랭한 인간조건에 대한 이러한 자각은 쓸쓸한 느낌을 준다. 그러나
동시에 궁극적으로 인간을 자유롭게 하는 무소유의 인식은 안도감을
준다. 허무와 맞부딪히는 용기는 사람에게 강인함을 줄 수 있다. 꿈꾸
는 것과 사는 것 사이의 거리에 대한 현실적인 성찰, 정직한 감수성이
자신을 객관화시킬 수 있는 것이다.

끝없이 체념하여 생에 대한 극단적인 허무와 적막감을 확인하면서도
도리어 포기함으로써 삶에서의 여유를 성취한다. 현실적인 생에 대해
거리를 두기 때문이다. 오히려 그 안에서 무한한 안정감과 자유를 찾는
것이다. 즉, 삶이란 허무하고 쓸쓸한 것이기 때문에 또한 그만큼 자유
스러울 수 있게 된다. 냉랭한 인간의 현실적 삶을 자각한데서 오는 허
전함이 오히려 궁극적으로는 자유로워질 수 있다는 편안함이 있다.

나는 손질이 잘된 잔디밭보다 풀이 멋대로 나 있는 언덕이 훨씬 좋

다. 섬세한 의상보다 구겨져도 상관없는 마음 편한 옷을 입고 살고 싶다. 산을, 바다를, 황혼을 그리고 별을 좀 더 자주 쳐다보며 '이렇게 정다운 너 하나 나 하나는 어디서 무엇이 되어 다시 만나랴'라는 시 구절에 마음을 한없이 빼앗기고 싶다. 시간마다 달라지는 자연의 변화, 이런 것들을 바라보고 있으면 '하면 된다'는 식의 너무 일방적인 의지일변도의 생각이 무리라는 것을 알게 된다. 아, 우리의 의지, 우리의 전 생애를 바쳐도 이룰 수 없는 일이 얼마나 많으며 우리를 움직여 나가는 알 수 없는 질서는 또한 얼마나 크고 헤아리기 어려운 것인가. 사람의 힘을 다해서 애써도 안 되는 것이 얼마든지 있음을 인정할 수 있었으면 한다. 그리하여 보다 여유 있고 너그럽게 무슨 격언이나 좌우명을 등줄기가 뻣뻣해지도록 외우지 않고도 살고 싶다. 남을, 그리고 자기를 오로지 이기기 위해 힘주지 않고, 무리 없이 자연스럽게 살아도 되는 세상이라면 정말 좋겠다. 이 맑은 아침에 계절과 같은 생명력의 웃음이 사람들의 얼굴에서 싱싱하게 피어나는 것을 바라보며 내 마음을 청신하게 헹구고 싶다.

올해도 가을엔

김난숙

주말 아침이면 뒷산을 오른다. 전날 비가 내려서인지 가을산은 더욱 맑고 환하다. 단풍을 보기 위해 멀리 여행을 떠나지 않아도 뒷산의 가을을 보며 계절이 변하는 즐거움에 흠뻑 빠지게 된다. 단풍으로 온몸을 환하게 밝힌 나무들과 잎이 떨어져 넓게 보이는 가을 하늘이 산을 찾는 이의 마음을 편하게 한다.

해마다 철이 바뀔 때면 몸도 마음도 계절을 탄다. 더욱이 가을엔 생각이 많아지고 가끔 먼 추억 속으로 빠진다. 내가 열 살 되기 전 1960년대 시골에서 보았던 '가을풍경'을 떠올려본다. 허허로운 마음을 다잡는 일이 중요한 일이 된 요즘의 가을과 달리 오래전 추억 속의 가을은 춥고 긴 겨울나기를 준비하는 힘차고 바쁜 계절로 기억된다.

그 시절 가을 준비는 늦여름부터 시작되었다. 우선 붉은 고추를 사서 말리는 일이다. 며칠씩 해가 잘 드는 곳을 찾아 아침이면 멍석을 펴고 고추를 가지런히 펴서 널고 저녁이면 다시 큰 광주리에 담아 걷어들인다. 짬짬이 햇볕을 쫓아가며 고추를 뒤집어 주는 일도 할 일이다. 무겁게 담겨있던 광주리 속 고추가 윤기를 머금은 검붉은 색으로 변하고 가벼워질 때까지 여러 날을 말리고 손질한 후 방앗간으로 가져간다. 한나절을 기다려 김장용과 고추장 담을 것으로 구분하여 빻아오면 가장 어려운 고춧가루 작업이 끝난다. 한편으론 여러 종류의 말리기가 시작된다. 호박, 가지, 토란대 등 나물뿐 아니라 감자, 고구마도 얇게 썰어 데쳐 채반에 널어 말린다. 서리 맞기 전 풋고추는 반으로 갈라 데친 후 찹쌀풀을 발라 말렸고 앞마당에 핀 노란 국화꽃도 찹쌀풀을 발라 말렸으니 먹거리가 될 만한 식물은 모두 데치고 말리는 계절이었다.

여름을 지낸 지붕에도 손 볼 일이 있었다. 장마와 여름 햇볕으로 삭은 양철지붕을 다시 바꾸는 일이다. 하루를 다 걸려 낡은 양철을 벗겨내고 윤이 번쩍나는 환한 양철로 바꿔 얹는다. 지붕을 빙 둘러 홈통까지 달고 나름 멋을 낸 장식을 중심을 잡아 달아 주면 지붕 고치기 작업이 끝난다. 양철을 가위로 오려 새의 모습을 만들어 내던 아저씨의 손놀림이 얼마나 자유롭고 현란했던지 옆에서 흠뻑 빠져 지켜보았던 일이 생각난다.

긴 겨울을 지낼 땔감 마련 또한 큰 일이었다. 통나무를 한 차 사서 집 앞 마당에 부려놓고 며칠씩 아저씨 손을 빌리게 된다. 도끼로 패어 쓰기 좋은 다발로 만들어 담벽에 기대 빙둘러 쌓아놓는 일이다. 집에서 땔감으로 사용할게 나무밖에 없었으니 삶이 참 힘들었고 답답하고 어려웠던 시절이었다.

그리곤 김장. 춥고 긴 겨울 반찬감이 많지 않으니 엄청난 양의 김장을 이웃과 품앗이로 하게 된다. 배추를 절이기 위해 큰 드럼통, 작은 드럼통이 다 나왔고 김장 전 날은 축제 전야제처럼 무채를 썰고 양념을 모두 준비해 놓았다.

일찍 저녁을 먹고 이웃집 어른들이 도마와 칼을 들고 안방으로 모이셨다. 가벼운 일이지만 매워서 하기 싫어하는 대파 써는 일은 가장 어른이신 옆집 할머니 차지였다. 할머니 애쓰신다고 따로 연시를 사다드렸고 어렸던 나는 무채 썰고 남은 꽁지를 나오는 대로 집어 먹어 속이 다 얼얼해졌다. 김장 날은 새벽부터 일어나 잘 절여진 배추 씻는 일로 시작되었다. 배추 속 넣기를 얼추 끝낸 후 모두를 즐겁게 한 건 점심식사. 쌀뜨물을 받아 쇠고기를 썰어 넣고 된장과 고추장을 섞어 푹 끓인 배춧국, 삶은 돼지고기, 배추속 쌈으로 준비한 점심이다. 밥과 국을 끓이기 위해 넉넉이 불을 때서 뜨끈해진 방에 빙 둘러앉아 잔뜩 언 몸을 녹이며 먹던 점심은 달고 맛이 있었다. 오래전 일인데도 김장하면 그때의 배춧국이 떠오른다. 축제처럼 기억하는 나와 달리 이 모든 일을 처음부터 끝까지 주관하셨던 우리 엄마는 얼마나 고단하셨을까 생각이 이제야 미친다.

50년도 더 전 어릴 적 가을에서 빠져나와 쳐다보는 하늘이 높고 환하다. 노란 옷으로 바꿔 입고 한 줄로 주욱 서 있는 은행나무를 바라본다. 단풍이 든 은행나무는 한 여름보다 풍성하고 풍채 좋은 모습으로 찬란하게 가을을 장식하고 있다. 가을의 풍경은 1960년대와 올해가 크게 다르지 않을 텐데 생활의 모습은 많이 달라졌다. 음식의 재료는 마트에서, 김장은 절임배추로, 난방은 보일러 스위치로 다 할 수 있으니 손과 몸의 수고가 얼마나 가벼워졌는지 물끄러미 손을 바라본다. 습관처럼 쓰는 바쁘다는 말을 다시 생각해본다. "무엇이 지금 바쁜건가? 정말 해야 할 일을 하느라 바쁜가?"

예순 번 이상의 가을을 맞고 보냈음에도 가을이 오면 다시 설렘과 초조함이 함께 온다. 충만함과 허허로움을, 올해도 잘 보내고 있는 거지

하는 안도감과 두 달만 지나면 올 한 해가 가는구나 조바심이 겹쳐오는 계절이 가을이다.

사람의 조바심과 달리 나무는 계절마다 모습을 바꾸며 자연의 섭리를 보여주고 있다. 짙게 푸르렀던 잎이 붉게, 노랗게 물들어 떨어지는데 나뭇가지엔 벌써 내년 봄을 위해 충실하게 자란 겨울눈이 달려 있는 모습을 보는 건 경이롭다. 아무도 해야 할 일을 알려주지 않았음에도 묵묵히 제 할 일을 때맞춰 해놓는 나무를 보며 묵묵히 충실하게 사는 법을 배우게 된다.

이제 내 인생의 계절도 가을 언저리에 왔다. 나무가 내년 봄을 위해 겨울눈을 준비했듯 이번 가을엔 세월이 더 지난 후 인생의 겨울이 왔을 때 추억할 거리를 만들자고 마음을 다진다. 부지런히 시를 읽고, 소설을 읽고, 음악을 듣고, 기도를 하고 또 글을 써야겠다. 옆을 살피고 얘기 나누고 소식 전하고 편지 쓰는 일로 주위를 따뜻하게 해야겠다.

가을이 깊어지고 있다. 가을 속에 내가 풍덩 빠져있다.

그 '섬'

김난숙

그곳에 섬이 있다.

학교 후문을 나와 길을 건너고 봉원동 쪽으로 오르다 보면 조금 한적한 곳에서 작은 간판을 만난다. 작은 육면체에 '섬'이라고 적혀 나지막하게 달려 있는 지하 까페 이름이다. 낮엔 눈에 안 띌 정도로 자그마하게 달려 있어 잘 찾아야만 볼 수 있다. 그러나 저녁이 되어 그 '섬'에 노란 불빛이 담기면 섬을 지키고 길을 찾아주는 등대처럼 보인다.

해가 설핏해지고 저녁이 오면 긴 하루가 끝났음에 안도하면서도 무언가 채워지지 않은 허전함과 외로움이 밀려온다. 그때 보이는 노란 빛의 그 '섬'은 귀가하는 식구를 기다리는 모습이다. 하루를 나눌 따뜻한 저녁을 준비하는 부엌의 불빛 같기도, 바닷가의 등대 같기도 하다.

등대의 노란 불빛이 바닷길을 항해하는 배의 안전을 이끌 듯 저녁이 깊어지면 이곳 '섬'을 찾은 외로운 사람들이 서로를 반기며 하루를 얘기하리라 상상하며 집으로 향하는 발걸음을 재촉한다. 아마도 그 '섬'에선 작은 '섬'이 만나고 마음을 나누며 '큰 섬'으로 자라나고 있진 않을까?

섬을 자주 찾진 않았어도 가보았던 섬을 헤아려보면 그래도 여러 곳이 있다. 제주도를 갔을때 마음먹고 찾아간 마라도, 학생 시절, 친구들과 갔던 섬 홍도와 흑산도 그리고 사랑도, 연도, 덕적도, 장봉도 그리고 또 다른 작은 섬들.

섬을 둘러싼 해안가, 작은 구릉의 바위며 나무, 풀, 꽃들은 사람의 손이 닿지 않은 자연 그대로의 모습이다. 나뭇잎은 윤이 나게 푸르고 풀과 꽃의 색깔은 "그래 이런 모습이었어" 탄성이 나오게 저마다의 모습과 색에 충실해 있다.

몇 년 전 마라도를 한 바퀴 걸으며 본 풍경이 떠오른다. 높다란 하늘, 바로 발 아래지만 멀어보이는 바다, 곳곳에 무더기로 피어 있는 해국과 납작하게 땅에 붙어 핀 작은 꽃들이 이 세상에서 하나뿐인 큰 정원을 만들어 놓았다. 섬 전체가 바다 위로 우뚝 솟아있어 둘레가 아득한 낭떠러지인 길을 걸으며 천혜의 풍광처럼 느꼈던 감동이 지금도 생생하다.

섬마다의 특별한 모습에선 육지와 멀리 떨어져 오랜 세월 바닷속에서 홀로 살아온 어려움이 느껴진다. 그 외로움이 섬에 있는 생명들을 더욱 순수한 모습으로 살아남게한 힘이 되었으리라 짐작해본다.

섬으로 떠나는 배를 타고 점점 멀어지는 육지를 바라보면서 새로운 곳에 대한 기대와 자유로움에 가슴이 활짝 펴진다. 그러나 한편으론 지구 위, 드넓은 바다 위에 한 점으로 서 있는 아주 작은 나를 보게 된다.

배의 속도를 따라 길게 갈라지는 바닷길, 갈매기의 배웅, 하늘과 잇닿아 보이는 먼 바다, 속을 알 수 없고 무엇이든 삼킬 것 같은 배 바로 아래 바다를 바라보며 각자가 안고 있는 외로움을 만난다.

바다로 둘러싸인 섬에선 사람이 참 작게만 느껴진다. 그리고 사람의 힘으로 할 수 있는 일이 그리 많지도 크지도 않음을 깨닫게 된다.

넓은 바다 위에 서 있는 섬은 작게 보이고, 바다로 길을 나선 배도 작고, 그 섬을 찾아온 사람은 더욱 작다. 사람이 아주 작고 미미한 존재임을 새삼 발견하기에 섬을 찾은 사람들은 며칠, 아니 단 하루를 지냈어도 스스로 사뭇 겸손해지는걸 느낀다. 그리고 자연스럽게 진솔한 자신의 모습을 찾으려 한다.

하지만 섬을 떠나 살던 곳으로 다시 돌아와서는 언제 그런 생각을 했었나 싶게 바쁜 일상의 모습으로 돌아와 허둥허둥 살게 된다. 그래도 이따금 '섬'을 생각하면 거대한 자연의 힘 속에서 느낀 사람의 미약함, 외로움 속에서 느꼈던 겸허함, 순수함을 떠올린다.

바다 가운데 서 있는 땅을 섬이라 부르지만 우린 각자가 하나의 '섬'처럼 살고 있는 건 아닐까? 마음이 이어지지 않고 각자의 생각만이 나설 때면 힘들고 외로워진다. 하나의 일을 많이 다르게 볼 때면 '서로의 마음이 언젠가 만나질 순 있는 걸까?' 힘겨워지고, 아 우린 각자가 떠있는 '섬'일 수 있음을 알게된다. 섬을 생각하면 외로움이 떠오르지만 외로움은 함께 와도 아주 가까이에 있다. 섬은 육지와 떨어져있어 순수함이 유지되었지만 각자의 '섬'이 조금씩 가까와지면 아마도 의미 있는 '큰섬'이 되리란 기대를 하며 열심히 나와 다른 '섬'을 만나려 한다.

며칠 전 오랫만에 봉원동 길을 내려가며 '섬'을 찾아도 보이지 않기에 카페가 문을 닫았나보다 궁금했다.

작은 '섬' 간판이 조금 커져 'SUM'이 되었다.

그곳엔 이제 '섬'이 없다.

詩를 만나다

김난숙

밥 뜸들기를 기다려 냄비를 여니 활짝 펴진 뽕잎이 편안히 앉아 있다. 갓 지은 밥을 푸며 지금 한창인 봄을, 뽕나무를, 뽕잎순을 따던 나를, 그때 들었던 새소리를, 아련한 봄냄새를 다시 떠올린다.

요즘 우리집 식탁은 자연이 그대로 밥상으로 왔다. 밥솥엔 서리태콩, 은행, 뽕나무 새순이 들어 있고, 반찬으로 들깨머위탕, 오가피순 장아찌에 마당에서 올해 처음 딴 상추, 삼채잎, 취나물, 민들레잎, 질경이를 몇 잎씩 뜯어 쌈을 준비했으니 앞마당이 그대로 밥상이다.

지난 5월 초파일쯤 수안보 근처에 몇 년 전부터 나무를 심어놓은 농장엘 갔다. 작은 묘목으로 심은 벚나무, 반송, 꽃사과, 꽃복숭아가 많이 자랐다. 몇 주씩 심은 두릅나무, 밤나무, 호두나무, 자두, 매실나무도 꽤 자란게 보인다. 한쪽 귀퉁이엔 머위가 크게 자리잡아 앉아 있고 야생 뽕나무엔 작은 오디가 잔뜩 달려 있다. 언제쯤 오디가 익으려나 쳐다보다 뽕나무잎을 밥 지을 때 넣어도 좋고 장아찌로 만들어도 좋다는 얘기가 생각나 뽕나무 새순을 따기 시작했다. 가지 끝의 연한 순을 하나씩 똑똑 따니 금방 한 봉지가 된다. 숙소로 돌아와 문방구에서 사온 누런 포장지를 넓게 깔고 펴 놓으니 쉽게 말라 넉넉한 양식 보따리가 되었다. 밥 지을 때 몇 잎씩 넣으며 자연이 준 넉넉한 선물에 감사하게 된다.

수안보 읍내 잔치국숫집으로 가는데 옆집에서 모종을 팔고 있다. 길가 커다란 선반에 호박, 오이, 참외, 가지, 토마토에 종류가 많다.

"이보셔요. 우리집 농장 빈 곳이 많은데 모종을 사다 심으면 어떨까요?" 내 말에 "그럼 좋지, 찬성이오" 두 사람의 마음이 맞아 다음날 일찍 괴산 읍내로 나가 비료도 사고 여러 가지 모종을 사왔다. 전날 본대로 조선호박, 단호박, 참외, 노각, 방울토마토, 가지까지 서른다섯 포기를 심었다. 남편이 구덩이를 파놓으면 나는 뒤따라 비료를 뿌리고 모종을 심는데 생각보다 훨씬 어렵고 힘이 많이 든다. 모종을 심고 나선 마을로 가서 물을 받아와 뿌려주기를 세 차례. 힘들게 일을 끝내선지 뿌듯해지고 이제 모종들과 새로운 인연이 시작되었구나 싶다. 며칠 후, 남편은 새로 심어놓은 모종 목이 마를까, 잘 자라고 있을까 보고 싶은 마음에 다시 혼자 농장을 다녀와선 수박 모종을 다섯 포기 더 심어놓았다고 자랑이다. 언제 비가 올지 더워지는 날씨에 햇볕에 타는건 아닌지 노심초사 자식 키우는 부모 마음과 다를게 없다. 호박이 자라면 편안하게 자리잡도록 호박 밑에 똬리를 받쳐줘야겠단 남편의 얘기를 들으며 어느 시인의 시가 생각난다.

이따가 침 맞고 와서는
참외밭에 지푸라기도 깔고

호박에 똬리도 받쳐야겠다
그것들도 식군데 의자를 내줘야지
— 이정록 「의자」에서

그래 서로가 누구에겐가의 의자가 되면 세상은 살만한 거지

  얼마 전부터 시를 찾아 읽기 시작했다. 이해하기 쉽지 않아 소설만 주로 읽다가 언제부턴가 시를 읽으며 '참 좋다. 이렇게 표현할 수 있다니' 생각하게 되었고 '글사랑' 모임 시작 후 시에 대한 관심이 부쩍 커졌다. 고3 입시 준비할 때 국어 교과서와 참고서에 조금씩 나와 있는 시를 읽으며 아련히 문학의 세계를 접했던 기억이 나고 이즘엔 시 읽는 시간이 많아졌다. 신문에 매일 나오는 시도 읽고 서점에 가면 시집 있는 서가를 찾게 된다. 아직은 시만 있는 것보다 좋아하는 시를 소개하고 시인의 생각을 함께 엮은 시집이 좋다. 시를 읽고 또 연관된 작가의 얘기를 보며 더 잘 이해할 수 있고 가끔씩 큰 소리로 읽으며 잘 지은 시의 묘미를 알아가고 있다.
  한참 전 정끝별 시인이 쓴 『밥-정끝별의 밥시 이야기』를 읽으며 참 맛나게도 쓰는 구나 생각했다. 다 읽고 난 후 한 권을 사서 맛에 일가견이 있는 선배에게 보내드렸다. 공복에 검사받으러 병원에 가는 길 책을 읽는데 어찌나 밥 생각이 나는지 참느라 혼났다 신다. 같은 책, 같은 시를 읽으며 마음이 오가고 연결되는걸 느꼈던 기억이 난다.

  시를 읽으며 작가의 생각, 감정을 이해하고 시를 쓴 분을 만나지 않아도 시인이 생각하는 세상, 기쁨, 외로움, 슬픔 등에 공감하게 되니 시를 쓴 이와의 인연이 시작됨이다. '시'를 읽는건 자연, 사물, 삶에 대한

'사랑'이기도, '동화(同化)'이기도, 자신이 살아온 삶에 대한 '회개'이기도 '다름에 대한 이해'라고도 나름 생각해본다.

밥솥에 활짝 핀 뽕잎을 보며 "이보게 뽕나무, 덕분에 내가 이리 호사를 하고 있어요" 얘기 나누고 "호박이 크면 받침을 해줘야겠어"라는 말에 호박을 위하는 마음을 보게 된다. 집안 작은 마당에 저절로 찾아와 살고 있는 작은 풀들을 보며 하루의 얘기를 나눈다.

나의 삶 속에서 이제 '詩'를 만났다. 시 속에서 가슴이 넓어지고, 깊어지고, 슬프고, 따뜻하고, 환해져옴을 느낀다.

가끔 가슴이 먹먹해지는 시 구절을 만나는 것. 늦게 찾아온 즐거움이다.

봄바람 불고, 친구들이 왔다

김난숙

대학시절부터 함께한 오랜 친구들이 모처럼 우리집을 찾았다. 이사 오던 해 태어난 막내아들 돌이라고 아는 사람 모두 청했을 때 왔고 두 번째다. 돌이었던 아들이 30대 후반 나이가 되었으니 참 오랜만이다. 신혼 초 서로의 집을 가보곤 모두들 아이들 키우며 직장생활, 사회생활로 바빠져 가끔의 모임은 대부분 밖에서 갖게 되었다. 이즈음 조금 자주 만나고 있으니 시간과 마음의 여유가 생긴게다. 어느 날 모임을 정하며 다음엔 점심 먹고 강북에서 이사갈 줄 모르고 살고 있는 우리집엘 가보잔 얘기가 나왔다. "아니 갑자기 우리집엔 왜 온대냐?" 뜬금없고 황망하지만 "그러자, 점심은 밖에서 먹고 집으로 오면 되겠다" 약속이 이뤄졌다. "아무것도 할 것 없어. 아니 하면 안된다. 청소도 절대 하지 말고 신경 쓰지마라." 문자를 보내왔지만 신경이 꽤 쓰인다. 찾아오겠단 집은 근 40년을 거의 고치지 않고 살아온 터라 친척 이외 누굴 오라고 한 적이 없었다. 강북에 멀리 있어 이제껏 누가 오겠단 소리를 들어본 적이 없는데 이 친구들이 뜬금없이 웬일인가 싶었다. 추억찾기 놀이라면 모를까? 집안은 세 아이가 두고 간 볼품 없는 물건들로 가득해 보여주기가 민망할 지경이다. 그러다 가만 생각하니 짚이는 데가 있다. 얼마 전에 친구가 운영위원장을 맡고 있는 복지재단을 돕기 위한 '문화예술인 나눔전시회'엘 갔었다. 전시회를 둘러보고 '기쁨의 열매를 낳아준다는 하늘새'를 사겠다고 골랐다. 친구는 내게 왜 '하늘새'가 필요하냐며 의아해한다. 집에 어려운 일이 오래도록 해결되지 않아 '행운을 가져다 줄 새'라면 갖고 싶다고 한 적이 있었다. 순탄하고 편안하게만 살고 있으리라 생각했던 내게 어려운 일이 있음을 알고 마음이 쓰였겠지. 그리고 얼마 전부터 직장생활을 끝내고 집에서 많은 시간을 보내고 있는 날 찾아와 느긋이 얘기하고 싶어졌나 보다.

한참 전 한 친구가 "우리들 만날 때 점심은 늙을 때까지 내가 사겠다." 선언했고 매번 충실히 실행해오고 있다. 만나면 늘 맛난 점심을 먹는데 이번엔 서촌에 있는 남도음식점으로 오란다. 백합찜과 갈칫국의 식사를 먹어보고 좋아서 우리에게도 먹게 하고 싶었단다. 점심을 잘 먹고 부지런히 나와 네 사람이 택시를 탔다. 20여 분 후 도착하는 길인데 시골로 긴 여행 떠나는 모습이다.

대문을 들어서며 소란스러워진다. "이 집이었어? 그땐 이렇지 않았잖아?" "이랬었나?" 서로 웃으며 쳐다보는데 세월이 30년도 훨씬 지난걸 깜빡하고 있다. 집앞은 큰 차도지만 차가 가끔씩 다녀 이쪽 저쪽 살피며 건너던 길에 신호등이 생겼고 차도 많아졌다. 서울이지만 시골 같았던 동네가 이젠 꽤 번화해졌으니 친구들의 기억 속 모습과 달라보였나보다. 큰 길에서 안으로 깊숙이 들어앉아 환했던 집은 주변 건물들이 높아지면서 나지막하게 느껴진다.

앞산에서 아카시아 향내 풍기는 이런 봄날이 오래된 집도 꽤 괜찮게 보이는 계절이다. 대문 안엔 비비추가 양옆에서 열을 지어 자라고 마당 가운데 불두화 나무가 흰 꽃을 잔뜩 달고 있다. 민들레, 돌나물, 애기똥풀이 저절로 찾아와 자리잡았고 한켠엔 부추가 자라고 장독대 옆엔 고추, 상추 모종을 심어놓았다. 며칠 전 농장에 갔을 때 뜯어와 다듬고 데쳐 채반에 널어놓은 쑥과 뽕잎도 장독대 위에서 잘 마르고 있다. 보이는 모습이 시골집 풍경 그대로다. 친구들이 나이가 들어선지 어린시절 마당 한켠에 장독대와 꽃밭이 있던 옛날 집 생각을 하고 있나보다.

집 안으로 들어서더니 깔깔 웃으며 곳곳을 둘러본다. 내가 학교 일을 다 끝내고 꾸며논 공부방이 그래도 제일 괜찮은 곳인데 가만 앉아있지 않고 아래, 위층, 부엌까지 다 둘러본다. 방마다 오래된 많은 물건들로 차 있는걸 보고 "너 버려야 할 게 너무 많은 거 아냐?" "얘 아파트에서 이렇게 놓고 살려면 집이 얼마나 커야 하는지 알아?" 한마디씩 하는데 이사 못 가고 한집에 오래 살고 있는 게 이해되나보다. 어려운 일엔 늘 앞장서고 큰언니처럼 우리들을 살피는 친구가 내가 잘 지내고 있나 많이 궁금했는지 구석구석을 살핀다. 긴 시간 어머니가 가꾸며 살아온 집에서 바꿀 줄 모르는 주변 없는 집주인이어서 예나 지금이나 별로 달라지지 않은 모습이 향수를 부르고 있나보다.

부산스럽게 집을 다 둘러보곤 빙 둘러 앉았다. 점심을 잘 먹었으면서도 후식으로 준비한 증편과 과일, 우엉차를 맛있게들 먹었다. 식당에서 만났을 때와 다르게 마음도 느긋해지니 옛날 얘기, 각 집의 힘든 얘기까지 스스럼없이 이어졌다.

40여 년을 친구되어 나이 들어가니 서로들 감출 것이 없고 나이 들면 누구나 가슴속에 말하기 힘든 일 한두 가지는 갖고 있는 걸 이해하는 나이가 되었다.

조용한 집에서 한참을 얘기 나누더니 "참 좋다." "그래 이렇게 집에서 만나니 좋지?" 하며 다음엔 식사부터 여기서 하면 좋겠단다. 만들고 나누길 좋아하는 손이 큰 친구는 밥 준비는 자기가 다 할 테니 내겐 아무 걱정 말란다.

세월이 많이 흘렀기에 대학 갓 입학해 사귄 친구들이 이렇게 육십대 중반 나이를 지나며 살아온 얘기들을 나누고 있다. 긴 시간을 어렵게 보낸 후 지금은 편해진 친구도 있고 지금 많이 어려운 시기를 보내는 친구도 있다. 그러나 어려움 속에서도 "지나가겠지." "시간이 지나면 풀리지 않겠어?" 서로 위로하고 위안을 받는다. 오래전부터 많은 일들을 서로 알고 있기에 어려운 얘기를 나누면서도 편하다. 형제들에게도 못한 얘기, 부끄러웠던 일도 쉽게 얘기 나누며 함께한 긴 시간이 서로를 끈끈하게 연결해주고 있음을 알게된다.

한참 얘기꽃을 피운 후 집에 갈 시간이 되었다. 식구들과 먹으라고 준비한 증편 봉지를 들고 조금 전 집을 나섰는데 문자가 들어온다. "40년 한집에서 살고 있는 네가 대단해 보여." "고향에 간 것처럼 좋았어." "건강하게 잘 지내고 또 만나자." 활기찬 인사가 넘친다. 어린시절을 보낸 옛집에 온 것처럼 좋아하고 즐거운 시간을 보냈다니 친정 식구들이 다녀간 것처럼 흐뭇하고 홀가분하다.

몇십 년을 대식구가 살며 번잡했던 집이 이젠 아주 조용하고 한적하다. 아이들은 떠났고 큰 집을 지탱해 주셨던 어머님도 가셨다. 다들 떠난 집에 두 사람만 남아 조용히 살고 있다. 오랜 세월을 함께 한 집이 허전한 주인의 마음을 보듬어주는 듯하여 많은 시간을 집에서 보내는 요즘의 하루가 편안하다.

어버이날부터 이름 있는 날이 많아 가만있어도 바쁜 5월, 우리집엔 어머님 제사가 있고 두 사람 결혼한 날도 있어 더욱 바쁜 달이다.

몸이 바빴고 마음은 더 분주했던 올해의 봄도 다 끝나가는 느낌이다.

며칠 전 입하를 지났으니 이젠 여름 맞을 준비를 해야겠다.

"아, 봄날은 간다."

이 여름, 숲에 빠지다

김난숙

이 여름 숲길을 실컷 걸었다.

오래전부터 다녀 익숙한 수안보에서 여러 날을 묵게 되었다. 새벽이면 일찍 일어나는 남편은 집 떠나면 더욱 빨리 일어나 환해진 밖으로 빨리 나갔으면 한다. 여행와선 좀 천천히 일어나고 싶은 나도 할 수 없이 후딱 일어나 간단히 요기하고 농장으로 향한다. 산길을 돌아 농장에 도착하면 할 일이 많다. 이곳저곳 둘러보고 엄청나게 자란 풀을 깎는다. 남편이 일하는 사이에 나는 산을 쳐다보다 메뚜기도 따라가 보고 망초가 지천으로 핀 밭에 앉아 일이 끝나길 기다린다. 올해 처음으로 심은 호박과 노각오이를 찾아 덩굴을 헤쳐보니 호박이 얼마나 잘 크는지 흥부네 집 박만큼 커가고 있다. 벌써 누렇게 익어가니 가을걷이 땐 열 개 넘게 거두리라 기대되고 형제들과 한 덩이씩 나눌 생각에 신이 난다.

여름날은 해가 나면 뜨거워져 두세 시간 만에 농장일을 끝낸다. 돌아오는 길 옥수수 찐 것도 한 꾸러미 사고 수안보로 돌아와 온천하고 점심 먹고, 더운 한낮이 지나가길 기다려 가까운 충청도 근방 그동안 안 가본 곳을 찾아 나선다.

산으로 둘러싸인 수안보에 묵으며 이번엔 맘 먹고 오지를 찾아보기로 했다. 음성의 맹동저수지, 문경의 선유동천 나들길, 문경새재길을 찾았다.

음성의 맹동저수지를 찾아 떠난 길은 우리가 오지 탐험을 왔나 할 정도로 깊숙이 들어가는 곳이다. 꼬불꼬불한 저수지를 삥 둘러 차 한 대가 겨우 다닐 수 있는 길이 나 있는데 둘레가 16km가 된다니 꽤 큰 저수지다. 길을 다 돌아서 나올 때까지 이따금 낚시하는 사람만 보인다. 마주 오는 차가 있으면 차를 비키기도 어렵게 한편은 낭떠러지 길이어서 한 바퀴를 다 돌아나오니 안도의 한숨이 나온다.

저수지로 가는 길, '봉숭아 꽃잔치' 플래카드가 보인다. 뭐 급히 갈 것 없지 하는 여유와 호기심에 행사장을 찾아 갔다. 면 단위 행사인데 글짓기, 그림그리기대회, 체험행사를 하는데 벌써 13년째란다. 축제의 주제인 봉숭아를 큰 화분에 심어 피웠는데 무척 소박하다. 활짝 피었어도 화려하지 않은 꽃이기에 봉숭아 축제란 이름이 의외다. 그래도 꽃축제를 위해 봄부터 화분마다 봉숭아를 심고 가꿨을 분들의 수고가 짐작된다.

행사장엔 벌써 각설이 분장의 사회자와 동네 주민이 함께 노래를 부르며 분위기를 띄우고 있다. 큰 차일 아래 꽤 많은 분들이 모였고 흥이 나 손뼉을 치며 노래를 따라 부르고 있다. 우리집 양반, 무대로 나갈까 하는걸 "에이, 여기서 무슨, 노래를 다 부르냐"며 그냥 나가자고 했는데 두고두고 그냥 온 걸 아쉬워한다. "울고 넘는 박달재 노래를 불렀으면 사람들이 꽤 좋아했을 텐데." 한참을 그 얘기다. "아! 그래 하고 싶은 건 해봐야지. 나이 들어 좋은 게 뭐야? 좀 부끄러우면 어때. 안하고 후회하는 것보단 부끄러워도 하는 게 잘 하는 거지." 다음엔 하고 싶은 건 강력히 지원하기로 한다. 가을에 다시 저수지를 찾아 한껏 고요한 숲길을 걸으며 만추를 느껴보자고 여행 계획 속에 담는다.

문경에서는 봉암사와 선유동천 나들길을 가기로 한다. 가끔씩 비가 뿌리지만 여름날 내리는 비는 오히려 시원한 바람을 선사한다. 마침 돌아가신 분들을 위한 날인 백중이어서 봉암사를 먼저 찾았으나 외부인을 들이지 않는 절이라고 해 그냥 계곡으로 간다. 물이 많이 모여진 계곡엔 어김없이 외지에서 온 사람들의 들뜬 음성과 바위에서 미끄럼 타는 사람들로 떠들썩하다. 집을 떠나고 물을 만나면 모두 어린 시절로 돌아가나 보다. 떠들썩한 곳을 지나 조용한 숲길로 들어선다. 계곡을 따라 소박하게 다듬어진 길을 걸어 용추계곡까지 올라간다. 용이 승천할 때 용의 비늘이 바위를 파이게 한 흔적이 남아 있어 용추계곡이란다.

우리도 발을 담가보니 더웠던 몸이 시원해진다. 그저 발만 담가도 여름은 견딜만하고 살만한 계절이 된다. 계곡 내려오는 길, 절에 들러 향을 올리고 잠시 묵상을 한다. 요즘은 여행길에 절이 있으면 들러 인사를 드리고 나온다. 두 사람이 무슨 생각으로 절하는 줄은 모르나 한 식구이니 같은 맘이었겠지 생각에 절을 나서는 마음이 편안해진다.

오는 길 '의병대장 운강 이강년기념관'을 둘러본다. 백이십여 년 전 갑신정변 이후 13년간 의병장 활동을 했던 이강년 선생 기념관이다. 어쩌다 한두 사람만 찾는 기념관을 둘러보며 오래 지나지 않은 우리 선대들이 살아낸 힘든 역사를 너무 잊고 지내는구나 생각이 든다.

숲길을 많이 찾지만 계절마다 변함없이 좋은 길은 우리나라 좋은 길 100선 중 최고라는 문경새재길이다. 아침 일찍 나서면 그 넓고 좋은 길을 걷는 사람이 없어 숲 전체를 혼자 보고 있다는 생각에 감사함과 미안한 마음이 겹친다.

젊은 시절부터 다닌 길이라 꽤 오래 다녔다 생각하지만 이 길의 역사는 조선의 세월, 아니 한반도 세월과 연결될 터이니 기껏 몇십 년이 숫자나 되나 싶다.

되돌아 다시 올라오는 2관문도 조선 선조시대 1594년에 축성되었다는 안내가 있으니 긴 세월 동안 이곳을 넘었을 사람들을 헤아려본다.

과거를 보러 나선 사람, 발로 각 지역을 누볐을 보부상, 임진왜란 땐 병졸들이 지나간 길목이기도 했으니 참 많은 일들을 보고 겪은 길이다. 길옆엔 일제 말기 송진을 얻으려 소나무에 V자 상처를 낸 소나무가 여러 그루 남아 있다. 송진을 차의 연료로 쓰려 채취한 자국이라니 극한까지 다달은 전쟁 상황과 모두가 겪었을 고초가 그대로 느껴진다.

지금은 편안한 마음으로 두루 산과 숲을 둘러보고 끊임없는 계곡물 소리를 들으며 걸을 수 있으니 이 복을 무엇에 비길 수 있으랴.

숲길을 내려가다 보면 낙동강 발원지를 만나게 된다. 낙동강 규모는 잘 모르나 강이면 규모가 작진 않을 텐데 발원지는 산에서 내려오는 물이 모인 작은 웅덩이다. 산길 걷다 손 씻을 정도 규모로 모여진 물이 낙동강의 시작점이라니 작은 시작이 장대하게 이어짐을 알게 된다.

끊임없이 흐르는 계곡물을 보면서 몇 달, 몇 년이 아닌 몇백 년, 몇천 년을 쉼 없이 흐를 수 있을까 감탄하며 스스로를 돌아보게 된다. 밥 지어 먹고 세수하고 잠자는 똑같은 일을 매일 반복하는 일상이 가끔 지루하다 생각들 때가 있는데 그 생각조차가 얼마나 미미하고 소소한 감정이었을까 돌아보게 된다. 길어야 백 년을 넘기 힘든 인간의 시간과 긴 세월 한 곳을 지킨 숲의 깊이가 비교된다. 오가는 인간의 삶을 지켜보았을 숲을 보며 그동안 겪은 일 알고 있는 얘기를 듣고 싶다.

숲 속에 빠져 걸으며 짧은 인생을 길다고 느끼며 살지 않았는지 뒤돌아본다. 무척 힘들게 느껴졌던 일도 어젯밤 잠을 설치며 생각했던 일도 숲 속을 걸으면 작게 느껴지고 대수롭지 않은 일이란 생각에 대범해진다.

숲 속을 지나며 마음은 넓어졌고 눈은 시원해졌다. 반복되는 일상은 당연하고 일상을 하루하루 지속할 수 있음이 얼마나 큰 복인지 감사의 마음이 차 오른다.

이제 숲길을 다 걸었다.

날씬하고 멋진 다리는 아니어도 꽤 먼 길을 걸을 수 있는 내 몸이 고맙고 멀리 가지 않아도 만날 수 있는 이곳에 산이 있고 숲길이 있어 좋다. 참 좋다.

나뭇잎 편지

김난숙

11월도 끝자락, 가을이 깊어졌고 온통 새빨개진 단풍잎으로 뒷마당엔 붉은 바다가 펼쳐졌습니다. 자연이 만들어낸 황홀함은 무엇과도 비길 수 없어 늦은 가을날 오후 햇볕 속의 뒷마당, 키가 큰 단풍나무의 화려함은 말로 표현하기 어렵습니다.

더욱이 다른 나무들은 한참 전에 화려한 잎을 모두 떨어뜨리고 줄기와 가지만 간결하게 남았는데 붉은 단풍은 아직 이 세상에서 할 일이 남았는지 외로움 타는 이들을 위로함인지 작은 가지 마지막 잎까지를 온통 빨갛게 물들이고 살랑거립니다. 단풍나무 붉은색에 취했을 작은 새들의 지저귐도 간간이 들려오고 서울 한복판이면서도 가을 산사에 혼자 있는 느낌입니다.

가을이 깊어지면서 나무는 제 몸의 모든 잎을 노랗게, 빨갛게 저만의 색깔로 곱게 물들이고 최고의 모습을 보여줍니다. 봄의 생명감, 여름의 씩씩하고 강한 모습을 보인 후 가을이 되어 노랗게, 빨갛게 차려입은 모습은 젊음의 아름다움 못지않게 더욱 풍성하고 눈부신 모습입니다. 한해를 마무리 하는 시기, 열매를 맺는 일도 벌써 끝냈고 제 할 일을 다 마친 나무는 스스로를 가장 아름다운 모습으로 바꾸고 있습니다. 함께 지냈던 잎들과 이별을 준비 중인 나무를 보는 건 황홀합니다. 여름 내내 진한 녹색으로 철저히 무장하고 있던 모습이 환한 모습으로 바뀌면서 단단했던 벽을 허물고 마음속을 다 보여주려는 듯 잎 사이로 짙은 나무줄기가 조금씩 보입니다. 며칠 후, 풍성했던 모습을 아쉬움없이 다 떨어뜨리고 떠나는 모습에 그만 취할 것 같습니다. 황홀한 모습은 짧게 끝나고 나무는 더욱 간결한 모습만 보입니다. 아무것도 치장하지 않고 거추장스러운 건 다 털어내고 작은 가지 하나까지 있는 그대로를 보여 줍니다.

해마다 시작과 끝을 반복해 다시 시작할 수 있는 기회를 갖고 있는 나무를 부럽게 쳐다볼 때가 있습니다. 계절마다의 새로운 모습을 보며 부러워합니다.

가까이 보면 나무는 무심하게 그러나 있는 힘껏 열심히 살고 있습니다. 어느 한해 어려움을 비켜간 적이 없습니다. 한해를 살아낸 결과는 나이테로 변해 줄기 안에 저만의 역사를 꼭꼭 간직하고 있습니다. 매년의 삶이 그대로 더해져 줄기는 굵어지고 단단하고 큰 나무로 자라고 있습니다.

잎을 다 떨군 나뭇가지를 봅니다. 물기를 모두 뿌리로 내려보내고 의연한 모습으로 서 있습니다. 매서운 바람도 혹한도 펑펑 쏟아질 눈도 견뎌낼 준비가 다 되었나 봅니다. 그리고 겨울이 오려면 한참이 남았는데 벌써 다음해 봄을 모두 준비했습니다. 꽃눈, 잎눈을 마련하여 어서 겨울이 지나고 봄이 오길 기다리고 있습니다. 산수유나무는 봄이 곧 올

것이라 생각하는지 나뭇가지가 노르스름하고, 목련은 비 오고 따뜻해지면 잎을 틔우려는 듯 도톰한 겨울눈을 가지마다 달고 있습니다. 자연의 순환법칙은 경이롭습니다.

'바쁘다'란 말은 하지 말아야지 하면서도 정신없이 하루를 보내고 세월이 지난 걸 달력을 보고야 아는 날이 많습니다. "나이 들며 어떻게 살고 싶으세요?" 물음엔 앞으로 기대되는 넉넉한 시간에 늘 변하는 자연의 모습을 가까이하며 즐기는 삶을 살아야지 혼자 대답해봅니다.

가을이 깊어지며 겨울 준비로 마음이 바빠집니다. 가벼운 옷은 빨아 잘 말려 장롱 안에 넣고 두툼한 옷을 꺼냅니다. 옛날같이 많지는 않지만 겨울 먹거리를 준비하고 김장을 합니다. 호박, 가지는 말리고 장아찌를 만들고 바람을 막으려 창문도 손을 봅니다. 시골에선 한해 거둘 것을 다 거두고 내년을 위해 보리를 갈고 마늘은 벌써 다 심었다고 합니다. 나무에게 겨울이 휴식이듯 가을이 깊어가는 밤, 책 읽고 음악 듣기 좋은 계절을 맞으며 한해를 마무리 해야겠습니다. 그리고 조금 뒤로 물러나 지난 한해 동안의 감사할 일을 찾아야겠습니다.

늦가을 비가 하루 종일 꽤 많이 내립니다.
남아 있던 단풍잎이 다 떨어져 마당에 붉은 양탄자를 깔았습니다.
나뭇잎 다 떨어진 산은 멀리 산봉오리까지 다 보입니다. 멀리 산꼭대기에 서 있는 나무들은 다 함께 이발을 한 것처럼 키가 가지런합니다. 산마루에 있는 나무의 키가 비슷한 건 서로를 위로하고 격려하면서 바람을 견디고 혹독한 겨울을 견뎌내기 위함인가 봅니다.

내일, 모레면 12월이 시작되고 올해 달력을 꼭 한 장 남겨놓았습니다.

 아직 해야 할 일이 많이 있지만 그중 꼭 해야 할 일은 지인과 친구들에게 보낼 편지를 쓰는 일입니다. 한해를 떠올리며 편지를 쓰고 나무가 새 눈을 준비하듯 새해 할 일을 손꼽으면서 추운 겨울이 풍성한 겨울이 되길 기대해 보렵니다.

이 여름날엔

김난숙

한낮 뜨거웠던 햇볕이 수그러들길 기다려 천변 걷기에 나섰다.

집에서 5분 정도 떨어진 거리. 근 한 달여 모두를 힘들게 했던 메르스의 혼란에서 조금 벗어나서인지 많은 사람들이 천변을 걷고 있다.

혼자 나선 나도 가벼운 걸음으로 길게 이어진 걷기 대열로 들어선다.

근 20년 전부터 개천은 동네 사람들이 즐겨 걷는 장소다. 매년 개천을 정비하고 꽃과 나무를 많이 심었다. 물속엔 물고기가 떼를 지어 다니고 첨벙첨벙 살찐 오리들이 놀고 있다. 얼마 전엔 갓 부화한 오리를 조심조심 데리고 다니는 어미 오리 모습을 보았다. 알에서 부화해 며칠도 안된 오리들이 엄마 오리를 졸졸 따라다니더니 오늘은 며칠 새 꽤 자란 모습으로 물에서 나와 몸을 털고 있다. 혼자서 여러 마리 새끼를 데리고 노심초사 했을 어미 오리도 이젠 마음이 조금 놓일 것 같다.

걷는 대열로 들어서서 많은 사람들을 보면서 걷게 된다. 유모차 속 아이, 아장아장 걷는 아이를 데리고 나온 사람, 애완견과 걷는 이, 나이

든 이, 건강한 젊은이 많은 사람을 만난다. 중간중간 의자에 앉아 얘기 꽃을 피우는 할머니들도 있고 큰 다리 아래 쉼터에선 연세 드신 어른들의 바둑판 장기판이 한껏 벌어졌다. 구경꾼에 훈수꾼까지 남자들만의 놀이터다. 섹스폰을 연습하고 있는 이가 있고 한편에선 댄스 뮤직에 맞춰 신나는 에어로빅 판이 벌어졌다.

양쪽 개천둑을 따라 죽 심어진 벚꽃이 활짝 필 때면 여의도를 가지 않아도 벚꽃의 화려함에 빠지고, 노란색 금계국이 한창 피었을 땐 그도 장관이다. 얼마 전엔 넝쿨장미가 활짝 폈더니 지금은 늦게 핀 금계국과 접시꽃이 많이 피어있다. 무궁화꽃을 오늘 처음 보았고 주변엔 저절로 핀 망초, 토끼풀꽃이 지천으로 있다.

오늘 걷기는 혼자기에 맘 놓고 주변 풍경과 오가는 사람을 쳐다보며 생각에 잠긴다. 두 손을 흔들고 두 발은 부지런히 걷지만 마음은 급할 것이 없다. 생각은 이리저리 다니다 어린시절로 돌아간다. 주변의 꽃을 보고 있어선지 어렸을 적 꽃과 연관된 장면들이 생생하게 떠오른다.

어스름한 저녁 무렵이다. 꽤 멀리서 실컷 놀고 집에 가는 길, 넓은 완두콩밭이 나타났다. 주욱 세워진 지지막대를 타고 실하게 자란 줄기에 완두콩이 많이 달렸고 꽃이 잔뜩 피어있다. 그 밭에 흰나비는 어찌나 많은지 손만 대면 잡히는데 저녁이어선지 달아나지도 않고 그대로 앉아있다. 완두꽃과 흰나비로 꽉 차 있던 완두콩밭이 저녁 어스름 속에 몽환적인 풍경으로 떠오른다.

꽃으로 만든 요지경 생각도 난다. 땅을 둥그스름하게 파서 흙을 긁어내고 잎을 깐다. 잎을 깔아놓은 오목한 곳에 다알리아, 분꽃, 백일홍 꽃잎을 따와 색깔을 맞춰 예쁘게 깐다. 그 위에 주워온 유리 조각을 덮고 흙을 덮는다. 흙을 천천히 옆으로 밀어내면 보이는 땅속의 꽃방을 보며 누구 것이 예쁜지 구경하던 놀이다.

시골에서 키우던 꽃들은 어느 집이나 종류가 비슷했다. 뒷줄엔 키가 큰 칸나, 다알리아, 백합이 섰고 중간 자리엔 맨드라미, 과꽃, 백일홍 그리고 맨 앞줄에 채송화를 심었다. 귀한 대접을 받은 건 백합, 칸나, 다알리아 등 구근으로 심는 꽃이다. 초봄, 비가 부슬부슬 내리는 날 구근 포기를 심을 땐 옆집에도 나눠주곤 했다. 받아온 구근을 꽃밭에 심으며 뿌듯했던 기억이 난다. 씨를 맺는 한해살이 화초는 나눠주기도 얻기도 쉬웠다. 꽃이 피고 씨가 맺혀 까맣게 익으면 하나씩 받아 장독 위에서 말리고 신문지에 잘 싸서 보관해 놓았다. 다음 해 비가 알맞게 온 후 땅이 푸슬푸슬해지면 화단에 줄을 맞춰 뿌렸다. 대개 채송화, 봉숭아, 분꽃, 나팔꽃, 과꽃, 백일홍, 맨드라미 꽃씨가 심어졌다.

분꽃나무는 실하고 튼튼하게 자라 서너 그루만 있어도 장독대 앞이 꽉 채워진다. 빨강, 노랑, 분홍색 꽃이 피고 두 가지 색이 섞여서도 피는데 분꽃은 저녁 지을 시간 즈음에 폈다. 분꽃이 활짝 피기 시작하는 걸 보고 저녁 준비할 시간임을 알았다. 분꽃을 따서 꼬리를 떼고 암술, 수술을 버리고 만든 분꽃피리는 소리가 꽤 크게 난다. 분꽃이 피는 저녁이면 꽃을 따서 피리를 만들고 그날의 즉흥 연주를 했던 어릴 적 저녁이 생각난다.

생생히 기억나는 일들이지만 생각하면 오십 년도 더 지난 시절 일들이다.

그 시절 꽃은 요즘처럼 꽃집에서 언제라도 살 수 있는게 아니었다. 씨를 뿌리고 옮겨심고 가꿔야만 볼 수 있었다. 씨를 뿌리고 며칠 후 땅을 뚫고 소복이 올라오는 모습부터 씨를 맺는 모습까지 꽃의 한살이를 모두 볼 수 있었다.

가까이 꽃을 보고 자라선지 어릴 적 많은 기억이 꽃과 함께 떠오른다.

요즘 개천 다리 난간에, 전신주에, 가로수길 화단에도 꽃을 심어 넘치도록 꽃을 볼 수 있지만 지금도 정이 많이 가고 생각을 부르는 꽃은 어린시절에 늘 봤던 꽃들이다. 수국과 유도화를 보면 해마다 꺾꽂이를 해서 나눠주셨던 친정엄마 생각. 공부시간이 지루해지면 노래를 불러보라는 선생님 말씀에 일어나 '과꽃' 노래를 부르는 교실 속의 작은 아이 생각. 여름날 저녁이면 봉숭아 꽃잎을 따서 비들비들 말리고 백반을 넣고 찧은걸 손톱 위에 올려놓고 무명실로 총총 묶어서 봉숭아 물을 들이던 일이 생각난다. 요즘 우리집 마당에 핀 수국과 보라색 꽃은 친정집 화단에 늘 피던 꽃이다. 꽃을 볼 때마다 친정엄마 생각을 하며 연결고리가 된 마당의 꽃을 다정하게 바라본다. 꽃은 생각을 불러오고 꽃과의 인연은 세대를 잇고 있다.

이제 개천길을 다 걸었다. 땀은 많이 났지만 머리는 맑아졌다. 온몸으로 여름을 살고 있다.

늘 한가위만 같아라

박혜영

　퇴근길 버스를 잘못 탄 것을 알자 바로 첫 번째 정류장에서 내렸다. 서대문에 있는 영천시장 앞 정류장이었다. 내일부터 5일 동안의 추석 연휴가 시작이라 퇴근시간의 영천시장은 많은 사람들로 활기 찬 기운이 가득하였다. 떡집에는 각종 떡, 특히 송편이 색깔별로 먹음직하게 보였고 전집에는 막 구어낸 생선전, 동그랑땡 등이 수북하게 쌓여 있다. 구경하면서 천천히 걸어가는데 '아 명절이지' 하는 즐거운 마음이 갑자기 밀려왔다. 하루 종일 바쁘게 일하면서 내일부터 추석 연휴 시작인 것을 잠깐 잊고 있었다. 시장길에 가득 찬 사람들로 어깨를 부딪치며 걸어도 싫지 않고 분주한 사람들의 발걸음마저 정겹다. 과일가게에 가득 늘어놓은 과일은 또 얼마나 예쁘게 방긋 웃고 있는지!

　추석 차례상 준비를 남편과 둘이서 오붓하게 했다. 작년부터 애들이 다 미국에 있는 관계로 남편이랑 나랑 둘이서 사이좋게 전 부치고 나물, 탕국 등을 준비하였고, 둘이서 차례상에 절하며 명절을 지냈다. 갑자기 엄청 잉꼬부부가 된 느낌이지만 아이들도 없고, 찾아오는 친척도 없어서 어딘지 좀 아쉬웠다. 그래도 하늘에 계신 어머니 아버지께서 예쁘게 봐주셨으리라 생각하고 위안을 삼기로 했다.

날씨가 너무 좋았다. 낮에는 30도까지 올라가는 늦더위가 있지만 이 또한 바깥 활동에는 더 좋고, 남아 있는 여름이 보너스 같이 느껴졌다. 춘천에 갔다. 청평호 물살을 시원하게 가로질러 청평사 올라가는 길은 아기자기하게 아름다웠다. 쑥부쟁이인지 벌개미취인지 구절초인지 도저히 구별할 수 없지만 너무나 예쁜 보라색 꽃들이 흐드러지게 피어서 이미 가을이 왔음을 일깨워준다. 하늘은 구름으로 추상화를 그린 것같이 멋진 모습을 하여 감탄사가 절로 나오게 한다. 소양강가의 콘도로 돌아갔을 때 가족 단위 손님들이 한적하게 걷고 있었다. 뜨거운 햇빛 때문에 걷기를 포기하고 모터보트 선착장에서 잠시 쉬면서 시원한 맛을 보고자 하였다. 갑자기 한 그룹의 가족들이 몰려와서 모터보트를 신청하면서 아이들 목소리로 왁자지껄하다. 예닐곱 명의 아이들은 서서 타는 플라이 피쉬보트, 누은 듯 앉아서 타는 땅콩보트, 반쯤 무릎 꿇은 자세로 타는 보트 등 종류별로 타면서 깔깔거렸다. 한 번 더 타겠다며 안 내리겠다는 아이, 동생을 물에 빠뜨리는 아이, 일부러 물에 풍덩 빠지는 아이, 모두 너무 즐거워보였다. 속도가 날 때는 소리도 지르면서 상쾌하게 물을 가르는 모습을 보면서 나도 타고 싶은 마음이 슬슬 들었다. 조금만 젊었으면 나도 탈 텐데……

이제 연휴가 거의 하루만 남았다. 예술의 전당에서 하는 현악4중주 연주회에 갔다. 연주회가 있는 콘서트홀 앞마당에서는 분수가 음악에 맞추어 은은한 조명을 받으며 흔들흔들 춤추고 있었다. 마당에 펼쳐진 테이블과 의자에 삼삼오오 손님들로 가득 차 음악분수를 즐기며, 저녁도 먹고 맥주도 마시고, 아이들도 뛰어다니고 있는 풍경이 정말 평화롭고 또 풍요롭다. 음악과 사람들의 웅성임이 합쳐져 다정함, 상쾌함, 즐

거움 되어 저녁 하늘 속으로 퍼져나간다. 유럽 어디엔가 온 것 같은 착
각마저 들게 한다. 잠시 이 가을, 아름다운 추석을 맞아 천천히 그리고
긍정적으로 생각하고 행복해지는 연습을 해보았다. 그리고 늘 한가위
만 같기를 바라보았다.

내가 사랑하는 소리

박혜영

클래식 음악은 내 영혼을 씻어주는 샤워 같다. 피아노 소리는 데굴데굴 구르는 구슬 같고, 기분 꿀꿀한 날 쇼팽의 우울한 왈츠는 서서히 나를 안아 위로해준다. 쇼팽이 연애에 실패할 때마다 작곡해서 그런지 그의 왈츠는 우울하고 무거우면서도 위로를 준다. 바하의 무반주 첼로곡도 나의 감성을 살짝살짝 건드리며 묵직한 맛으로 다가온다. 즐거운 날은 모차르트의 클라리넷 협주곡이나 슈베르트의 송어 트리오곡도 나의 마음을 알아준다. 지난겨울 시향연주를 통하여 쇼스타코비치를 새로 발견하게 되었다. 현대 음악을 잘 이해 못 했었는데 기대 이상의 아름다움이 깃들어 있었다. 쇼스타코비치의 교향곡은 전혜린의 『그리고 아무 말 하지 않았다』에 나와서 궁금증을 자극하였지만 얼마 전까지 우리나라에서 금지곡이었다. 쇼스타코비치는 소련 공산당의 열렬한 지지자로서 그의 음악도 행진곡풍의 '공산당 찬미가' 느낌이 들어서 우리나라에서 금지된 것 같았다. 클래식 음악만 좋은 것이 아니라 임창정의 호소력 있는 목소리와 애틋한 노래 가사까지 더하여 절절이 다가온다.

오, 하루라도 음악을 듣지 않으면 뇌가 소화불량 될 것이다.

북한산에 가면 계곡물 흐르는 소리, 산새들 소리가 반겨준다. 북한산을 특히 좋아하는 것은 계곡이 아름답기 때문이다. 자연 속에 한나절 머물면서 계절의 변화를 보는 것이 즐겁다. 빗소리도 즐겁다. 빗소리에 마음까지 촉촉해지고 가끔 천둥이라도 치면 경이롭다. 눈은 소리 없이 오지만 비는 후둑후둑 소리 내면서 오니까 더 실감난다. 투명한 물방울들이 하늘에서 떨어지는 것이 신기하고 또 축복 같다. 장마철 비 많이 온 다음날 북한산에 가면 마치 설악산에 온 것 같은 착각을 일으키게 계곡물이 콸콸 풍부하고 아름답다.

지하철 전동차 오는 소리, 출근 때 만나는 사람들 발짝 소리, 학생들의 재잘거리는 소리를 나는 사랑한다. 대도시에서 자라난 나는 역시 자연의 고요함도 좋지만 많은 사람들 사이에 섞여 있을 때 편안하고 자유로우며, 편리함과 화려함이 녹아 있는 소리를 좋아한다. 살아 있음을 느끼게 하며 일할 때 오는 즐거움을 알려주는 소리이다.

네 살짜리 손자 녀석의 "할아버지, 그런데 할머니는 어디 계세요?"를 들을 때마다, 날 챙겨주는 그 녀석의 마음이 전해져 온다. 화상통화를 하면서 할아버지만 나오면 어김없이 하는 질문이다. 그럼 부엌에 있다가 "기완아, 할머니 여기 있지" 하고 내가 컴퓨터 앞에 나타나면 녀석은 씩 웃는다. 육 개월 키워 줬더니 날 잊지 않는 것이 정말 기특하고 세상에 공짜 없다는 생각이 든다. 작은 손자 녀석의 "할미(할머니를 아직 잘 못한다)" 부르는 소리도 자꾸자꾸 듣고 싶은 소리이고, 돌아가신 시어머니께서 "애미야" 부르시던 것도 가끔 그리운 음성이다.

꿈속의 나의 집

박혜영

남쪽으로 난 창으로 아침이면 햇볕 가득 들면 좋겠다. 눈 떴을 때 손자들의 재잘거림이 들리면 좋겠다. 남편이 끓여주는 커피와 갓 구운 토스트를 같이 먹으면 좋겠다. 마음 편한 식구들이랑 서로 눈빛으로 통하면 좋겠다. 친구들을 초대해 맛있는 요리를 대접하면서 깔깔 웃으면 좋겠다. 누구라도 우리집에 들어오면서 온화함을 느끼면 좋겠다. 저녁이면 기도하면서 조그만 일에도 감사할 줄 알면 좋겠다.

나는 뜰이 있는 집에서 살고 싶다. 손바닥만 한 뜰이라도 있으면 사과나무도 심고 자두나무도 심으면 좋겠다. 품위 있게 자란 소나무도 몇 그루 있으면 좋겠다. 봄이면 벚꽃이 가을이면 구절초가 가득 피면 좋겠다. 조그마한 들꽃도 별처럼 예쁜 것을 최근에야 알았다. 한쪽 옆에는 상추랑 머스타드 그린이랑 당근도 심으면 좋겠다. 가끔씩 새들이 와서 즐겁게 놀다 가면 좋겠다.

나는 그림이 있는 집에서 살고 싶다. 가구는 별로 없어도 좋지만 그림 몇 점, 조각 몇 점은 있었으면 좋겠다. 강렬한 색깔의 추상화도 좋고 간결하고 소박한 유화도 좋다. 가끔 싫증나면 딴 그림으로 갈아서 걸고, 그림 속의 산들바람을 느끼고 싶다.

나는 수납공간이 많고 쓰기 편리한 집이 좋다. 부엌에 수납장이 한 벽면 다 있어서 그릇이랑, 참치 캔, 과자 등이 차곡차곡 들어갈 수 있으면 좋겠다. 옷, 가방, 잡동사니도 넣고 찾기가 편하면 좋겠다. 동선이 잘 설계되어 여기저기 왔다가지 않고 쓰기 편하면 좋겠다. 난 계단이 좀 무섭다. 대학교 때 친구들이랑 연대 앞 독수리 다방에 갔다가 이층에서 내려오면서 하이힐이 계단 끝에 박힌 쇠에 걸려 좁은 계단에서 구른 경험 때문이리라. 다행히 아래 있던 친구가 잡아줘서 별로 다치지는 않았지만 생각만 해도 창피하고 또 아찔하다.

남의 집, 새집을 구경갈 때마다 부러워하며 우리도 이사 가자고 조르다가 "어떻게 남의 집 보기만 하면 그곳으로 이사하자고 하느냐"며 남편으로부터 핀잔을 들었다. 내 맘에 정말 드는 집은 유럽여행 가서 본 여름 별궁이다. 빠리 북쪽으로 한 시간쯤 간 곳으로 이름도 정확히 모른다. 침실, 응접실, 식당 등은 생각보다 작았지만 작은 도서관, 작은 예배실을 가졌고 온 집안에 그림들이 적절히 걸려 있었다. 특유의 프랑스 정원은 너무 크지 않으면서 잘 가꾸어져 있었다. 베르사이유 궁전 같은 곳은 그냥 유적으로 보였는데 이곳은 작은 궁궐이라 살아볼만 하다는 마음이 스멀스멀 들며 욕심이 생겼다. 같이 간 아들한테 "이번 유럽에서 정말 사고 싶은 것은 이 궁전"이라고 했다가 "아이구 어머니" 하고 핀잔을 들었다. 그건 '이루어질 수 없는 꿈'이고 약간 현실적인 희망을 한다면 정년퇴임 때 선물로 준다고 약속받은 그랜드 피아노를 둘 수 있는 집이면 좋겠다.

받고 싶은 편지

박혜영

　편지를 쓰는 것은 싫어하지만 받는 것은 참 좋다. "어머님 아버님 따뜻하고 즐거운 연말 보내세요. 사랑합니다" 하고 보낸 큰며느리 편지. "저는 파리에서 잘 지내고, 연구도 열심히 하면서 지내고 있습니다" 하고 보낸 제자의 편지. 정말 반갑고 입가에 미소가 절로 나온다. 연말에는 서로 이렇게 간단한 편지로 인사를 나누고 고마운 마음, 사랑하는 마음을 전하는 것이 참 좋다. 새해라고 특별히 다를 것 하나 없지만 한 해가 끝나고 다음 해가 시작될 때면 아무래도 마음 한 구석에 정체 모를 쓸쓸함이 있고 '이렇게 나이만 먹나' 하는 막연한 불안감이 있을 때 이런 편지들은 위로가 되고 서로를 연결해주는 끈이 된다.

　요즘에는 또 컴퓨터로, 카톡으로 편지를 많이 보낸다. 말로하기 힘든 얘기도 편지로 하면 상대방의 반응에 관계없이 끝까지 할 수 있다. 글로서 상대를 설득하고 나를 잘 표현할 수 있다. 그래서 말로 고백하기 어려울 때 연애편지를 쓰나보다. 받은 편지는 읽고 또 읽을 수 있어서 참 좋다.

그러나 영혼이 깃들지 않은 편지는 공허하다. 수업 듣는 학생들에게 자기소개서를 써서 보내라고 하여 130통을 한꺼번에 읽은 적이 있다. 열심히 쓴 학생들도 많았지만 몇 명은 자신을 드러내고 싶지 않아서인지 그냥 의미없는 말들로 대충 썼고, 그 편지들을 읽으면서 내 마음에 휑한 찬바람이 불었다.

갑자기 제대로 연애편지 한 장 못 받고 결혼한 것이 억울해 진다. 연애시절, 유학 준비하느라 백수였던 남편과 거의 매일 만났으니 편지 쓸 틈이 없었지만 그래도 못내 아쉽다. 그때 연애편지 한 장 받았으면 얼마나 마음 두근거리고 낭만적이었을까? 그러나 이제 받고 싶은 소식은 '신청하신 연구비가 선정되었습니다' '투고하신 논문이 채택되었습니다' '박 샘, 다음 주에 점심 같이 하실래요?'인 자신을 발견하며, 너무 건조해졌구나 싶다. 이제 새해를 맞아 편지 받기만 좋아하지 말고 마음을 담아 열심히 써보자고 결심해 본다.

40대에 시작한 등산

박혜영

'내가 만약 40대라면'이라는 제목의 글을 보고 순간 호기심이 나서 그 글을 읽었다. 도대체 무엇을 하고 싶을까 40대로 돌아간다면? 그 글에서 '등산을 시작하겠다'는 답을 제시한 것을 보고 '아~ 나도 48세에 등산을 시작했었지' 하면서 뭔가 중요한 것을 놓치지 않았다는 안도의 마음이 들었다. 내가 스스로 잘한 일이라 꼽는 것 중 하나가 등산을 시작한 일이다. 한동안 주말마다 산에 갔었다. 내가 주로 다닌 산은 북한산이었다. 한나절을 산속에서 자연과 함께 지낸다는 것이 얼마나 큰 기쁨이었는지! 자동차 소리 대신 계곡의 물소리, 새소리 들으면 마음이 환하게 펴졌다. 자연의 조그마한 변화를 2주면 확실히 느낄 수 있었다. 파릇파릇 나던 새싹이 완전한 모습을 갖춘 벌레하나 먹지 않은 연두색 잎으로 커지다가 짙은 녹색의 큰 잎으로 바뀌는 것도 경이롭다. 소나기가 와서 싸리잎에 맺혀 구르니까 '송알송알 싸리잎에 은구슬'이라는 노래가 바로 눈앞에서 보여지는 것 같다. 더운 여름날도 숲 속에 가면 덥지 않고 땀 흘리고 난 후의 시원함을 알기에 즐겁다. 8월 15일

지나면 날씨는 더운데도 잎들은 이미 기가 꺾여 보인다. 가을이면 먼지 하나 묻지 않은 노란 은행잎은 스스로 빛을 내는 것처럼 환하다. 잎 다 떨어진 겨울나무도 쉬고 있는 것처럼 느끼니 외로워 보이지 않는다. 이렇게 가까이에 마음만 먹으면 갈 수 있는 북한산이 정말 보물이다.

가끔 지리산, 설악산을 가면 그 깊은 맛은 북한산과 또 다르다. 지난 봄 태백산에 갔을 때는 야생화 천지인 길에서 눈을 뗄 수 없었다. 길 양쪽을 가득 메운 피나물, 홀아비바람꽃, 얼레지, 양지꽃, 제비꽃, 할미꽃, 삿갓나물 등의 야생화가 꽃밭을 이루어서 우리를 2~3시간 황홀하게 했던 광경이 떠오른다. 홀아비바람꽃은 바람꽃 종류 중에서 외로이 하나씩 핀다고 부쳐진 이름이란다. 예나 지금이나 홀아비와 과부는 이름부터 꼬질꼬질하고 짝이 없이 결핍되어 외롭다. 피나물은 평범한 노란색 꽃이 피지만 줄기를 꺾으면 붉은 액체가 나오는 것이 피 같다고 부쳐진 이름이다. 이름에는 나물이 들어 있지만 독초로서 절대 먹으면 안 된다. 제비꽃도 노란색, 보라색 등 종류가 다양하여 기억하기 어려웠다. 한계령제비꽃은 그 이름에 한계령이 들어 있어 더 우리 꽃으로 느껴지는 앙증맞게 예쁜 꽃이다. 우린 초등학교 아이들처럼 즐거워하며 야생화 이름을 외웠고, 하산하면 다 잊을 꽃 이름을 계속 불렀다. 어느 지독히 춥던 겨울날 영하 20도의 새벽에 등산 가려고 집을 나서면서 '미쳤지'를 몇 번 외쳤지만 눈꽃이 가득 핀 설악산에 도착해서는 그냥 행복해졌다. 꼭 정상을 가지 않아도 그냥 산 밑에서 몇 시간을 보내면 충분하다.

지난해 중국 서안에 있는 화산에 갔었다. 산 바로 아래 마을까지 갔지만 뿌연 하늘에 가려 넓은 들만 보이다가 갑자기 나타난 산은 정말 웅장하였다. 거대한 돌덩이가 떡 버티고 있는 풍경은 압도적이었으며, 한국의 산과는 아주 다른 풍경이었다. 중국 5악 중 하나라는 명성에 맞게 깎아지른 절벽에 끝없는 계단과 케이블카가 있었으며, 나무마다 눈꽃이 피어 바위와 잘 어울려 아름다웠다. 크고 유명한 산만 좋은 것이 아니라 학교 뒤 안산도 참 좋다. 잘 가꾸어진 산책로, 곳곳에 꾸며진 정원 그리고 시원한 나무그늘이 상쾌하다. 크던 작던 산은 떡하니 버티고 그 존재 자체로서 우리를 품어주고, 기쁨을 주는, 그러면서도 약간 두려운 존재로 항상 같이 하고 싶다.

그 섬, 제주

박혜영

　제주도를 처음 간 것은 1969년 1월, 설날이었다. 고등학교 입학시험을 한 달 앞둔 입시생이었으므로 가족여행 제주에서 나는 제외되었었는데, 비행기 표를 사러 가셨던 아버지께서 도저히 큰딸만 두고 갈 수 없다며 마지막에 결단을 내리신 덕분에 간신히 같이 갈 수 있었다. 비행기도 처음 탔고 모든 것이 신기하고 또 신났었다. 남한에서 제일 높은 한라산이 가운데 있으니 비행장에 도착하자마자 우뚝 선 한라산이 보일 것을 상상하며 갔는데, 제주 비행장에서는 별로 높지 않은 산들이 여러 개 보였다. "어느 것이 한라산이냐"고 물었더니 "여기서는 안 보인다"는 실망스러운 대답이었다. 완만한 한라산의 꼭대기 백록담을 볼 수 있는 곳이 많지 않고 또 날씨가 허락해야 된다는 것을 몰랐다. 또 제주도에 365개의 오름이 있다는 것을 훨씬 뒤에 알았다. 구정을 쇠는 우리 가족은 신정휴가를 이용하여 여행 간 것이었는데 제주도는 온통 신정을 쇠는 바람에 음식점들도 대부분 문을 닫아 무척 불편하였고, 식사도 호텔에서나 가능했다. 독특한 제주도 사투리가 재미있어 '맨도롱

도토할 때 호르륵 듭사 부사'를 배워 동생들이랑 계속 이 말만 하면서 다녔다. 몇 군데 밀감 농장이 들어서기 시작하였지만 아직도 귤은 비싸서 먹기 힘든 과일이었고, 제주의 삶에는 어려움이 남아 있어서 '제주도 처녀는 시집갈 때까지 평생 쌀밥을 세 그릇도 못 먹는다'는 말을 흔히 했었다. 여행 다녀와서 담임선생님께 수험생이 놀러 갔다며 엄청 혼났으나, 고등학교 입학시험은 무사히 잘 치루어서 정말 다행이었다.

결혼해서 아이들을 데리고 1990년쯤 다시 제주도를 갔다. 제주도 사투리도 듣기 어려워졌고, 곳곳이 밀감밭이어서 주렁주렁 달린 밀감, 다듬어진 풍광이며 식물원, 박물관 등 볼거리가 많이 있는 것이 정말 아름다운 섬으로 변해 있었다. 어디를 가도 깨끗하고 아름답고 많이 풍요로워졌다. 30년 전의 제주가 가꾸지 않아 투박한 느낌의 시골 처녀 모습이었다면 이제 적당히 화장도 하고 세련되게 가꾼 도시 처녀의 모습같이 예뻤다. 초등학교 다니는 작은 아이에게 '옛날에는 추사 김정희 등 많은 분이 귀양 오던 섬'이라고 소개하자 이렇게 멋진 곳으로 귀양 가라고 한 것이 도저히 이해가 안된다는 표정으로 그럼 "야, 신난다! 귀양 가자."했을 거란다.

그 초등학생이던 작은 아이는 이제 대학원생이 되고 결혼도 하였다. 나는 거의 매년 제주도를 간다. 아직 겨울인가 싶은 때에도 제주에 오면 흐드러지게 핀 매화가 은은한 향기를 뿜으며 우리를 반긴다. 성산일출봉 근처의 유채밭도 봄이 왔음을 남보다 먼저 일깨워 주면서 원초적인 노란색으로 자극한다. 감히 가을의 억새밭은 제주도가 제일이라고 말하고 싶다. 시원하게 좍 펼쳐진 천연의 억새밭은 하얗게 핀 억새가 바람 따라 출렁이면서 보는 이의 마음도 흔들어 놓아 설레게 한다. 영실-어리목 코스에서 본 눈 덮인 한라산은 그야말로 잊기 어렵다. 백록담까지 갈 수 없는 것이 흠이긴 하지만 4~5시간 등산하는 내내 눈을 뒤집어 쓴 나무, 아무도 밟지 않은 눈밭 등 아름다운 설경에 감탄사가 절로 나왔다. 올레길의 아름다움, 제주의 신비스런 바다색 그리고 걸으면서 느끼는 자기 성찰은 언젠가는 '올레길 일주 완주'라는 꿈을 꾸게 만든다. 약 한 달 정도 잡으면 제주도 완주할 수 있다고 하는데 자신에 대한 새로운 도전이 될 것 같다. 김영갑 사진 갤러리에서 만나는 사진 속에서 제주의 아름다운 풍경은 멋진 작품으로 바뀌어 우리를 즐겁게 했다. 아름답고 평화로웠다.

　그런데 이제 제주를 더 개발하지 말았으면 하는 뜨거운 마음을 갖게 되었다. 지금 참 좋은데, 자꾸 더 개발하면 더덕더덕 너무 짙게 화장한 술집 색시의 모습 같이 될 것 같아 걱정이 앞선다. 제주도 사투리도 더 듣고 싶으나 만나는 중학생들도 완벽한 서울말을 쓴다. 섭지코지 앞에 들어서는 중국계 대형 호텔들을 보면서 그리고 중국인들이 빌딩, 상가뿐만 아니라 오름까지 산다니 마음이 편치 않았다. 어느 마을에서는 이제 한국 사람이 따돌림당한다는 얘기까지 나오니 적절한 법적, 제도적 조치가 필요하지 않을까? 나 하나라도 제주도 가서 살면서 우리의 보물을 지켜야 할지?

숲, 이 생각 저 생각

박혜영

전 세계적으로 인공조림에 성공한 나라는 독일과 대한민국뿐 이라고 한다. 2차대전과 6·25 전쟁으로 황폐해진 산을 푸르게 만든 것이다. 그러고 보니 우리 어릴 때는 산에 나무가 없었다. 식목일을 공휴일로 정하여 그날에는 모두 산에 나무를 심었고, 어쩌다 나무를 베는 것을 큰 죄로 느끼게 한 결과, 이제 모든 산이 푸르게 되었다. 덕분에 경치가 아름답다고 이름난 곳이 아니더라도, 푸른 숲과 시냇물이 어우러진 풍경은 시골 어디를 가도 쉽게 볼 수 있고, 이름 없는 동네 산도 무척 아름답다. 숲 길을 걷다가, 보는 이 없어도 진달래, 철쭉 등 흐드러지게 핀 걸 만나면 고맙고, 봐 주는 사람 없어 미안하다. 저절로 자생한 것도 있지만 우리가 심고 가꾼 것이 많다. 또 벚나무 길, 메타세콰이어 길, 배롱나무 길 등등 가로수도 다양하게 있어 지방마다 색다른 풍경으로 보는 이를 즐겁게 한다. 이렇듯 숲은 부의 상징, 우리가 일구어낸 성공의 상징으로 보인다. 독일과 우리나라처럼 경제 부흥을 일으킨 나라는 드물다. 우리가 통일을 하게 된다면 제일 먼저 해야 할 일 중 하나가 북한에 나무 심는 일일 것이다.

사실 어릴 적 동화에 나오는 숲은 무서우면서도 뭔가 신비스러운 일이 일어나는 곳이었다. 헨델과 그레텔의 숲에는 마녀가 과자로 만든 집을 짓고 살았고, 백설공주에서도 궁궐에서 도망가서 일곱 난장이와 사는 곳이 숲이었다. 립 반 윙클은 숲에서 낮잠 자고 내려오니까 백 년이 지나 있었다. 또 우리나라 동화에서도 산신령을 만나 금도끼를 받는 곳, 나무꾼이 선녀를 만나는 곳, 떡장수 할머니가 호랑이를 만나는 등 신비로운 일이 많이 일어나는 곳도 숲이었다. 그래서 우리는 본능적으로 숲을 사랑하면서도 두려워했나보다. 요즈음도 등산 가서 사람의 발길이 적은 강원도 방태산 우거진 숲 속에서 맷돼지 자국을 보거나, 지리산 곳곳에 반달곰 주의 표지를 보면 금방이라도 곰이 나타날 것 같은 오삭함이 느껴지기도 한다. 그러면서도 등산객들로 가득한 산은 가고 싶지 않고, 사람과 자동차와 아파트를 잊을 수 있는 숲을 그리며 산다. 숲은 도시에서 지친 마음을 다 받아주고 치유해주고 신비스러운 힘으로 다시 일으켜 세워줄 것 같다.

봄 여름 가을 겨울, 사계절의 숲은 다 나름의 독특한 아름다움을 갖고 있다. 이른 봄날 어린잎이 나올 때면 벌레 하나 먹지 않은 앳된 모습에 겨울을 이겨낸 생명력을 감추고 있는 것 같아 항상 경이롭고, 옅은 연두색의 잎들은 꽃처럼, 아니 꽃보다 더 아름답다. 얼음을 뚫고 피는 복수초는 그 에너지 메카니즘이 정말 궁금하다. 미토콘드리아가 어떤 작용을 하기에 얼음 속에서 꽃 필 때 그 꽃 주위는 20도까지 올라간다고 한다. 잎이 나기 전에 꽃부터 피는 진달래, 산수유 등 나무들도 마른 나뭇가지에서 빨간색, 노란색 꽃망울이 올라와 어느 날 갑자기 따스한 햇빛에 팝콘 터지듯이 팡팡 꽃들을 피워낸다. 꽃이 피기 전까지는 그냥 마른 나뭇가지였는데 꽃이 피니까 진달래인줄 알겠고 소중해 보인다.

여름이면 연두색 잎은 더욱 짙어져서 꽃 같이 아름다운 모습은 벌레 먹은 큰 잎으로 바뀌고, 장마철 물기 머금고 왕성한 탄소동화작용하는 일꾼 잎으로 바뀐다. 그 잎들이 수고한 덕분에 산소를 그리고 열매를 얻기에 초록 잎에 대한 찬양은 계속될 것이다. 그리고 이제 가을이다. 단풍의 아름다움뿐만 아니라 지천에 떨어진 밤, 도토리, 잣을 보며 가을 숲이 얼마나 많은 풍요로움을 주는 곳인지 감탄하게 된다. 잎이 떨어지기 전에 가장 아름다운 모습, 단풍으로 변하는 숲을 보며 나는 소망한다. 우리 인생도 단풍 지는 노년기에 가장 화려하였으면 좋겠고, 풍요로웠으면 좋겠고, 주위를 즐겁게 하는 모습으로 되고 싶다고……

마법의 씨앗

박혜영

주말을 맞아 남편이랑 동해안에 다녀오기로 하였다. 집을 나서는데 높은 하늘에 떠 있는 구름과 반짝반짝 눈부신 햇살과 얼굴을 스쳐 가는 미풍이 상쾌하게 다가왔다. 며칠 동안 낮에는 여름처럼 더웠지만 제법 물들기 시작한 가로수 잎들이 가을의 한 중간에 왔음을 알려주고 있었다. 이렇게 훌쩍 떠날 수 있는 것이 너무나 고맙고 즐거웠고, 날씨가 그리고 햇볕이 우리 기분을 한껏 높이 올렸다. 고속버스 터미널에 약간 이르게 도착한 우리는 남은 시간 동안 커피를 한 잔 마시기로 하였고 달콤한 도넛과 진한 커피는 우리를 즐겁게 하였다. 보통 땐 다이어트 때문에, 또 혈당 때문에 참던 도넛이라 더욱 사르르 입 안에서 녹았다. 청명한 가을 날씨와 달콤한 도넛이 마법을 일으켜서 내 가슴 한 구석에 행복이라는 씨를 뿌리자 그 씨는 금방 숙숙 자랐다. '아, 전용기 타고 뉴욕에 가서 연설하시는 나랏님도 지금은 별로 안 부럽네' 라는 말도 안 되는 소리를 한번 해보고 혼자서 피식 웃었다.

목욕을 좋아하는 남편 때문에 이번 목적지는 온천이었다. 온천에 도착한 우리는 먼저 응봉산 등산로를 산책하였다. 이산 넘어 태백산 쪽 계곡은 아주 깊어서 우리나라에서 얼마 남지 않은 오지 중의 오지란다. 그러나 입구 부분은 잘 가꿔져 있어서 맑은 공기를 깊게 들이 쉬면서 계곡 따라 두 시간 남짓 걸었다. 가파르지 않아 길 따라 걷기 좋으며 등산객도 적당히 있어서 붐비지도 무섭지도 않았다. 노란색으로, 빨간색으로 물들기 시작한 나뭇잎들이 계곡의 맑은 물과 아주 잘 어울렸다. 여기저기 보라색으로 피어 있는 들꽃도 눈부시게 빛났다. 쑥부쟁이, 구절초, 벌개미취 구별하는 것보다 그냥 들꽃 또는 들국화라고 할 때가 더 부담 없고 정겹게 다가온다. '이름 구별 못 한들 어때? 꽃을 보아 즐겁고 아름다우면 되지?' 남편이 녹음해온 첼로 곡을 나지막하게 틀어놓고 걸으니까 한결 운치 있다. 낮은 음의 첼로 소리가 깊어가는 가을과 정말 잘 어울리는 것 같다.

산책 후 따끈한 온천물에 푹 온몸을 담그니까 몸의 피로함 뿐만 아니라 바쁜 도시생활에 찌들고 팍팍해진 마음도 따뜻한 물에 녹는 것 같아 '이것이 힐링이구나' 싶었다. 일상의 지꺼기들을 온천물에 다 녹여내고 마음에 맑고 따뜻한 기운을 채운다. 탕 속에서 옆 사람들이 두런두런 사돈집 이야기, 딸 자랑, 손자 이야기 하는 것을 엿들으며 속으로 웃기도 하였다.

호텔 밖에는 코스모스가 한밭 가득 피었다. 이번 가을 코스모스를 못 보고 지나려나 했었는데 이렇게 많은 코스모스를 보게 되니까 절로 신이 났다. 한 시간 동안 넓은 코스모스밭을 혼자 독차지하고, 꽃 속에서 여러 각도로 사진 찍고, 벌과 나비가 놀러온 것도 구경하였다. 흰색, 분홍색, 빨간색 코스모스 외에도 황화코스모스, 이름 모르는 빨간 꽃, 흰 꽃들을 적당히 섞어 심어서 눈을 즐겁게 하였다. 코스모스밭 옆의 배롱

나무도 빨간 꽃과 빨갛게 단풍진 잎을 구름 한 점 없는 푸른 하늘을 배경으로 뽐내고 있었다.

시내버스를 타고 울진으로 내려갔다. 마을마다 들러서 사람들을 태우고 내리는 시내버스는 고속도로를 달릴 때는 볼 수 없던 풍경들을 보여주었다. 누렇게 익어가는 벌판에는 벼가 바람에 이리저리 일렁이고 있었고, 반쯤 물든 호박 덩쿨은 초록과 노랑의 모자이크처럼 예쁘고 또 커다란 늙은 호박을 하나씩 끼고 있어 절로 풍요로워 보인다. 잘 익은 수수밭에는 갈색으로 변해가는 키 큰 수수가 지난여름 따가운 햇볕도 세찬 바람도 다 이겨냈고 보름달도 그믐달도 다 보았다며 이제 알알이 밴 수수를 안고 편안하고 다정한 모습으로 서 있었다. 노랗게 물든 은행잎은 햇빛을 받아 눈부시다 못해 자신이 빛을 내는 은행 등불이 된 것 같이 빛난다. 버스는 또 파도가 밀려오는 바닷가 바로 옆으로 달렸다. 흰색으로 부서지는 파도를 보며, 당장 버스에서 내려 바다로 뛰어가서 발이라도 적시고 싶어졌다. 버스 손님은 거의 할아버지 할머니로서 "아이구 다리야"를 연발하시며 조심스레 버스를 탄다. 울진에 도착해서는 송이직판장으로 갔다. 지난해 송이를 사서 정말 잘 먹은 기억 때문에 송이도 살 겸, 바다구경도 할 겸, 울진까지 발걸음을 한 것이었다. 지금도 송이 생각만해도 그 향기가 가득 입 안에 고이는데, 남은 송이는 하나씩 랩으로 싸서 냉동실에 넣었다가 가끔 꺼내어 요리하면 제법 진하게 향이 남아 있었다.

버스 속에서 읽은 『그리스인 죠르바』도 나를 행복하게 하였다. 아름다운 문장 속에 푹 빠져 계속 감탄하며 읽었다. '비가 내리자 하늘과 바다는 서로 만났다……. 투명한 베일을 두르듯 보드랍게 내리는 비' 등등, 비 내리는 크레타섬 바닷가 풍경을 바로 떠올리게 만드는 표현이었다. 어쩌면 이렇게 글을 잘 쓸 수 있을까. 내 마음은 사진으로 본 하안 벽과 파란 지붕으로 된 건물이 즐비한 그리스로, 크레타섬으로 달려 가고 있었고, 언젠가 꼭 한 번 그곳에 가고 싶어졌다.

식당 아줌마가 인심 좋게 듬뿍 국물을 주는 잔치국수로 간단히 점심 을 하며 '아! 햇볕이, 도넛이, 온천이 그리고 잔치국수까지 이렇게 조 그만 것들이 날 즐겁게 하는구나. 어제 뿌려진 마법의 행복씨가 계속 쑥쑥 자라 오늘 내 마음을 가득 채우는구나' 싶었다.

그리스인 죠르바에서도 말한다. "행복이란 포도주 한 잔, 밤 한 톨, 허름한 화덕과 바닷소리처럼 단순하고 소박한 것이라는 생각을 했다. 다른 건 필요하지 않았다." 또 며칠 전 지인에게 들은 말도 생각났다. "남과 절대로 비교하지 마라. 조그만 일에도 행복해하고 감사하면 하 느님께서 '그래? 더 큰 행복도 맛볼래?' 하시며 더 큰 것을 주시고, 조 그만 어려움에도 힘들다고 불평하면 '그래? 그럼 더 큰 어려움을 겪어 봐라' 하실 것"이란다. 그 말이 진실이던 아니던 관계없이 크게 내 마 음에 와 닿았다.

나도 내가 싫다

이남숙

 방학이 끝나가는 아쉬움을 달래기 위해 개강을 일주일 정도 앞두고 짧은 여행을 다녀오려고 새벽부터 서둘러 공항으로 나갔다. 다른 친구 일행을 기다리며 한참 동안 노닥거리며 시간을 보낸 후 짐을 부치려고 카운터에 섰더니 비자서류의 여권 번호가 잘못되어 출국을 못한단다. 아니, 이건 또 무슨 일이지? 불길한 예감이 번개같이 머릿속을 스쳤다. 황당함에 허둥대며 뭐가 잘못된 건지를 따져보았다. 알고 보니 범인은 여행사가 아니고 바로 나였다. 여권 번호 숫자 한 개가 틀린 것이 아니라 번호가 전혀 다른 구여권 사본을 여행사에 보냈던 것이었다. 같이 가려던 친구 일행들도 심란한 얼굴로 어찌할 바를 몰라 나를 쳐다보고 있었다. 구여권이 있으면 된다기에 그 짧은 시간에 어떻게 해서라도 비행기를 타볼 요량으로 이리저리 전화를 걸고 머리를 굴려 시간을 계산해 봤다. 그러나 장롱 서랍 속 구여권이 인천까지 오기에는 이미 시간이 너무 많이 지난 상태였다. 여행사 직원은 비행기 출발을 20분 정도는 지연시킬 수 있다고 했다. 하지만 그래도 계산상 10분이 모자랄 것 같아 포기를 하지 않을 수 없었다. 공항에 도착하자마자 출국수속을 밟았더라면 어쩜 가능했을지도 모른다. 처음에는 기가 막혀서 어안이 벙벙하던 남편도 맥없이 여행을 접고 나와 같이 돌아서려는 순간이었다. 그런데 갑자기 남편 친구가 남편에게 "너 안가면 난 어떡하니?" 하는 순간 머릿속에 번개가 치듯 정신이 번쩍 들었다. 그렇지, 참, 고산지대라서 주치의가 필요하지? 불현듯 남편까지 가지 않을 필요는 없다는 생각이 들었다. 결국 혼자 여행을 가기 뭣해서 어정쩡해하는 남편을 친구 부부들 틈에 끼워 보내고 나는 미련 없이 혼자 발걸음을 돌렸다. 너무 많은 일들로 과부하가 걸려서 그렇다고 친구들은 나를 안쓰러워하며 위로하였다. 그런데 그런 말을 들으면서도 나는 왠지 마음이 홀가분하고 편안했다. 실은 개강을 앞두고 여행을 가는 것이 은근 마음의 부담이 되었는데 오히려 잘되었다고 여겨졌다. 그리고 아마도 이건 가지 말라는 어떤 계시라고 생각되었다. 어쩌면 내가 이 여행을 가면 좋지 않은 일이 일어날 거라서 미리 그런 일이 생기지 않게끔 하늘이 나를 돕는 거라고 생각마저 들었다.

그런데 따지고 보면 이 사건은 예정된 사건이었을 수도 있다. 지난해 가을 여행 짐을 다 싸서 공항으로 출발하려는데 여권을 찾을 수가 없었다. 집안을 온통 뒤지고 차 속을 다 뒤져봐도 여권은 보이지 않았다. 그래도 무슨 수가 있겠지 하며 공항에서 즉석으로 긴급여권이라도 만들 수 있을 것이라는 기대를 하고 일단은 가방을 챙겨들고 공항에 나갔다. 그러나 공교롭게 그날이 일요일이라 여권업무를 보지 않는다고…… 결국 친구 부부들만 떠나보내고 우리 부부는 민망해하면서 멋쩍게 힘없이 돌아섰다. 막상 예약부터 여행을 진행했던 나는 가지 못하고 그저 친구들 여행수속만 해준 셈이다. 성질 급한 탓에 당장 그다음

날 새 여권을 신청하였다. 그리고 새 여권을 받은 지 얼마 후 남편 차 의자 옆 틈새에서 구여권이 나타났다. 그것도 모처럼 내가 남편 차를 운전할 때 옆좌석에 앉으셨던 친정엄마 눈에 띄어서였다. 아마도 아침 일찍 출근하는 남편 차를 얻어 타고 조수석에 앉아 가방을 뒤적거리다 가 의자 틈에 떨구었던 것 같다. 그런데 설마 남편 차에 떨구었을 거라 고는 상상조차 못하고 내 차 속만 열심히 뒤져봤던 것이다. 차 속에 떨 궈졌던 그 여권은 불과 몇 개월 전인 1월에 발급받았던 터라 유효기간 이 창창히 남은 여권이었고, 분실신고를 하고 새로 받은 여권 또한 9월 에 발급받은 터라 유효기간이 크게 다르지 않았다.

몸에 밴 절약정신인지, 번거로움을 피하려는 잔꾀인지 모르겠지만 여권사본을 언제든 다시 쓰려고 보관해두는 습관이 문제를 일으킨 것 이다. 이미 폐기된 여권사본조차 버리지 않고 잘 모셔 두었다가 제대로 확인도 하지 않고 보낸 것이 이번 여행을 불발시킨 화근이었다.

여권으로 인한 사건은 이게 끝이 아니다. 남미여행에서 돌아오는 길 에 LA공항에서 서울행 비행기를 갈아타야 할 때였다. 비행기 안에서 내릴 때 여권을 준비하고 있다가 비행기에서 내렸다. 터미널을 이동하 여 환승승객으로 출국수속을 받기 위해 줄을 서려는데 손에 들려있어 야 할 여권이 보이지 않았다. 비행기에서 내리기 전에 분명히 여권을 꺼냈었는데 손에 없는 걸 보니 비행기 의자에 떨군 것 같았다. 승객들 의 출국수속 줄을 안내하던 공항직원에게 다가가 여권을 비행기 안에 놓고 내렸다고 좌석 번호를 알려줬고 그녀는 우리가 도착한 터미널로 연락을 했다. 원래 정상적으로 갈아타려고 해도 환승 터미널이 멀어서 시간이 촉박한 상황이었다. 그런데 설상가상으로 다시 터미널을 이동 하여 여권을 가져와야 하니 제대로 갈아탈 수 있을지 초조하기 그지없었다. 만일의 경우 출국을 못하게 될지도 모른다는 생각에 일단 다른 일행들에게 먼저 줄을 서서 수속을 하라고 하였다. 여권을 찾았는지, 가져오는데 시간이 얼마나 걸리는지를 두세 번 더 재촉하여 물어보는 동안 시간은 자꾸 지나갔다. 겉으로는 태연한 척했지만 속으로는 발을 동동 구르고 있었다. 일행들은 출국수속 줄에 멀찌감치 서서 걱정스런 얼굴로 바라보고 있었다. 그래도 다행히 아슬아슬한 순간에 여권은 내 손에 들어왔다. 마치 007작전인양 아시아나에서 긴급라인으로 수속을 해준 덕에 서울행 비행기를 탈 수 있었다. 나는 일행들에게 "여권을 놓고 내린 긴급 상황에 어떻게 해결하는지를 시범적으로 알려주는 거예요"라고 너스레를 떨며 웃어넘겼다. 하지만 자타공인의 서울가이드로서 체면이 말이 아니었다.

요즘의 이런 일을 나이 탓으로 돌리기에는 또 다른 전례가 있다. 지금에 비하면 한참 젊었던 삼십대 때의 일이다. 일요일 정오가 다 되서 짐 가방을 싸고 공항으로 출발하기 전에 환전한 돈과 여권을 챙기려고 했더니 미국 달러는 있는데 여권이 없었다. 아뿔싸! 생각해보니 전날 토요일 은행에서 환전 후 여권 받아오는 것을 깜빡 잊은 것이 아닌가! 일요일이라 은행 문은 닫혀있는데 어쩌나……. 순간 같은 아파트에 사는 딸의 친구 아빠가 외환은행에 다니는 것이 생각났다. 그분께 비상연락망을 문의하여 당직자에게 전화를 하고 은행으로 달려갔다. 타 은행에 다니는 동생까지 그 은행으로 호출하였다. 당직자가 달려와 은행 문을 열었으나 책상 위는 말끔히 정리되어 있고 여권은 보이지 않았다. 아마도 책상 서랍에 있지 않을까 생각되었지만 서랍은 잠겨있었다. 발을 동동 구르며 서랍 열쇠를 찾으려 애쓰는 동안 비행기 출발 시간은 자꾸 가까워 오고 있었다. 다행히 평소 창구 직원들의 습관을 눈여겨

두었던 머리 좋은 동생이 어디선가 서랍 열쇠를 찾아냈다. 책상 서랍이 열렸고 여권은 거기에 얌전히 누워있었다. 영화에서 안될 것 같던 마지막 순간에 무언가 해결이 되듯이 여권을 찾은 것이다. 다행히 출국시간에 겨우 맞춰질 것 같은 시간에 걸음아, 나 살려라! 하며 남편 차에 올라 빨리 운전하라고 재촉까지 하며 쏜살같이 공항으로 향했다. 어이없어하며 혀를 내두르는 남동생과 당직자를 뒤로 하고 말이다.

따지고 보면 나는 이런 여권 사건 외에도 다양한 형태로 많은 사고를 저지른다. 아침 6시 반에 출근하는 남편 차를 타고 버스정류장에서 버스를 타면 학교 후문까지 한 잠 푹 잘 수 있어 가끔 그 차를 이용한다. 그런데 급히 서두르며 나오는 탓에 그 차를 탈 때마다 늘 사건이 벌어진다. 한두 달쯤 전에 교통카드를 어디다 두었는지 떨군 건지 도저히 찾을 수가 없어서 할 수 없이 신용카드를 교통카드 대용으로 쓰고 있었다. 오늘도 남편 차에서 내리기 전에 버스를 타려고 신용카드를 미리 준비하고 있었는데 막상 버스를 타려고 보니 보이지 않았다. 그럼 분명 차에서 내릴 때 길바닥에 떨구었을 텐데 마침 버스가 오니 냉큼 올라타고 말았다. 어떻게 해야 할지 생각이 정리되기도 전에 올라타는 행동부터 저지른 것이다. 그리고는 남편에게 차 속에 떨군 건지 봐달라고 전화를 했지만 없다고 한다. 버스를 타기 전에 차에서 내린 길바닥을 먼저 찾아 보았어야 했는데 이미 나는 빠르게 달리는 버스 속에 앉아 있었다. 결국 또 신용카드사에 분실신고를 하면서 카드 재발급을 하지 않겠다고 했다. 카드 한 장이라도 줄여야 이런 일이 더 생기지 않을 것 같아서였다.

나는 비교적 차분해 보이는 겉보기와 달리 성격이 급하고 덤벙거린다. 친정집에 가면 옷을 두고 오기 일쑤고 출퇴근할 때도 두 번 세 번 들락거리며 한 번에 나오는 적이 거의 드물다. 항상 물건을 제자리에 두지 않아서 그렇다고 남편의 핀잔을 듣곤 한다. 어려서부터 정리 정돈 하는 습관을 들이지 못한 탓에서 비롯되는 일들이라고 생각하다가 다시 생각해보면 유전자에 원인이 있는 것은 아닌가 싶다. 장갑이나 우산, 교통카드쯤은 사소한 것이니 누구나 그럴 수 있다고 쳐도 여권에 관련된 이러한 일을 남들에게서 들은 적이 없다. 그런데 친정 식구들 중에서는 나 말고도 아버지와 동생의 경우에도 비슷한 여권 사건이 있었다. 여섯 식구 중 세 사람이면 확률이 50%로 꽤나 높은 셈이다. 특히 꼼꼼하기로 유명한 공인회계사인 아버지도, 매사 치밀하고 완벽한 명문대 교수인 동생도, 늘 허둥대는 나와는 거리가 먼데도 같은 경험이 있는 건 우연한 일이 아닌 것 같다. 아마도 급한 행동거지나 덤벙대는 것이 나의 습관 탓만이 아닌 유전자에서 비롯된 것이라고 강하게 밀어붙이고 싶다. 물론 내 경우 여행 빈도가 높은 만큼 사건의 빈도도 높긴 하지만 말이다.

이렇게 유전자 탓으로 돌려보고 싶지만 어쨌든 자꾸 이런 일을 벌이는 내가 싫다. 사실 요즘 건망증 증세가 심각한 수준으로 치닫는 것 같다. 앞으로 나이가 더 들어 가면 나의 이러한 행동은 점점 심각해질 듯싶어서 내심 걱정이 된다. 만약에 치매까지 걸리면 무슨 일이 벌어질까? 아, 그런 일은 상상조차 하기 싫다. 나이 들면서 좀 차분해지는 무슨 묘약은 없을까?

글사랑

이남숙

　십여 년 전 연구년으로 미국에 갔을 때 일이다. 서울에서 얽혀있던 모든 굴레를 벗어나 딸과 단출하게 지내게 되었다. 자유로운 환경에서 왠지 인생의 보너스를 얻은 느낌으로 마음이 마냥 편안하고 행복했다. 볼티모어 집에서 연구소가 있는 벨츠빌까지 매일 왕복 팔십 마일이라는 장거리를 출퇴근하면서도 힘들고 지루하기는커녕 길가 나무와 꽃들을 스치며 속 시원하게 드라이브를 하였다. 좋은 일이 있는 듯 입가에는 미소를 띠고 라디오에서 흘러나오는 안드레아 보첼리의 노래를 들으며 콧노래를 흥얼거리기도 하면서 즐겁게 오갈 수 있었다. 마음까지 꽤나 순수해졌는지 글이라곤 써본 적이 없는데도 시를 쓰고 싶어져서 그저 떠오르는 대로 글자들을 끄적거려보기도 했다.

　고교 시절 국어 모의고사를 볼 때면 지문이 너무 난해하여 빨리 읽을 수 없을 뿐 아니라 글의 요지를 쉽게 파악하지 못하여 시간에 쫓기면서 머릿속에 쥐가 나도록 빈 답란에 전전긍긍하곤 했다. 더욱 어린 시절의 아픈 기억은 초등학교 3학년 때의 일이다. 우리 반 대표로 동화구연대

회에 나가라고 담임선생님은 방과 후 빈 교실에서 내게 연습을 시키려 했다. 어린 나이에도 나는 여러 사람들 앞에서 가식적으로 꾸며서 말하는 것이 낯간지럽다는 생각에 입을 떼지 않았다. 화가 난 담임선생님은 대회에 나가지 않으면 국어 성적으로 '가'를 주겠다고 엄포를 놓으셨다. 나는 선생님의 협박에도 아랑곳하지 않고 장승처럼 서서 입 한 번 떼지 않고 꿋꿋이 뻗대었고, 결국 '미'를 받은 경험이 있다. 이렇듯 문장 이해력도 말하기도 모두 다 재주가 없었는데 고3이 되면서 우연한 기회에 국어 선생님께 문장 해부하는 법을 배우게 되었다. 두 달이라는 짧은 기간을 배우고 나니 심봉사가 눈을 뜨듯이 신기하게 문장이 보이기 시작했고 국어에 자신감까지 생기게 되었다.

말 타면 종 부리고 싶다고 미국에서의 단순한 생활에 마음의 여유가 생기다 보니 감정의 멋을 부리고 싶었던 것 같다. 남과 같이 근사하게 시를 쓰고 싶은 마음이 동했다. 그러나 아쉽게도 시가 뭔지, 무엇을 어떻게 써야 할지 몰라서 답답해했었다. 소싯적에 배움으로 얻은 성취감에 대해 좋은 경험이 있어서인지 시 쓰기도 배우면 왠지 좀 잘 쓸 수 있지 않을까 하는 생각이 살짝 고개를 들었다. 하지만 다시 바쁜 학교생활로 돌아와서는 논문이 아닌 글을 쓰기란 감히 엄두도 못 낼 일이었다. 아직 연구를 더 해야 하고 바쁘니 다음에 좀 더 여유 있을 때 책도 읽고 글쓰기도 배워보리라고 생각한 적이 있었다.

몇 년 전에 수십 년 간 자매처럼 지내던 이와 헤어지게 되었다. 그와 직접적인 이해관계가 있었던 일도 아닌데 나의 선의의 오지랖이 왜곡되어 빚어진 사건이었다. 처음에는 속을 꾹꾹 누르며 아무 일도 아닌 척 하려했지만 그이의 무례했던 언행들이 머릿속에서 꼬리를 물며 내 머리를 어지럽혔다. 이해할 수 없는 일들이 연속되면서 더 이상 참아내기 어려웠다. 결국 인연의 정도와 길이가 거기까지라고 여기며 마음속에서 그들을 지우게 되었다. 상처 난 마음에 그들과 얼굴을 마주하기도 두려웠을 뿐 아니라 사람들에 대한 신뢰가 무너진 상황에서 어느 누구도 가까이하고 싶지 않았다. 그저 혼자 빙빙 돌고 아침 등굣길에 씀바귀, 찔레꽃, 박태기나무 같이 눈에 띄는 꽃들을 따서 눌러 말렸다. 그리고 밤을 새어 꽃누르미 카드를 만들며 상처 난 마음을 쓰다듬으려 애썼다. 그러는 과정에서 나 자신과 나의 삶을 되돌아보게 되었다.

그런데 세상사는 언제나 잃는 게 있으면 얻는 게 있기 마련인 듯 옛 인연들과 헤어지는 아픔을 겪으면서 다른 만남의 기회를 얻게 되었다. 나를 추스르기 위해 문인화에 눈을 돌리고 있던 중 우연인지 필연인지 모르지만 글쓰기 모임이 꿈틀거리는 소식을 접하게 되었다. 글을 쓰고 싶어도 표현할 줄 몰라서 답답했었는데, '글사랑' 모임이라는 새로운 인연줄이 다가오고 있었다. 처음에는 여러 가지 걱정이 들었다. 무엇보다 글쓰기의 기본도 제대로 모르면서 내가 감당해낼 수 있을지 의문이었다. 게다가 깊이 있게 사귀어 잘 아는 사이도 아닌 낯선 구성원들 틈에서 과연 나의 벽을 깨고 속마음과 감정을 글로 표현할 수 있을지 엄두가 나지 않을 것 같았다. 그러면서도 이 자연과학도는 단무지(단순하고 무식하고 무지 행복하게의 속어)답게 '글사랑' 모임에 무모하게 뛰어들었다. 그저 글 잘 쓰는 분들과 자리를 같이 하며 김현자 명예교수님으로부터 글 쓰는 배움의 기회를 갖는 것 자체만으로도 운이 좋은 거라고 여겼다. 좋은 모임에서 글 쓰는 법을 배우다 보면 언젠가 좀 더 나은 글을 쓸 수 있지 않을까 하는 은근한 기대를 하며, 어느새 나는 우유 팔러 가는 소녀가 되었다.

언제나 바쁜 일상을 핑계로 하루하루를 아무 흔적 없이 살다 보니 내가 누구였는지, 내가 무엇을 했는지 기억이 희미하다. 게다가 무슨 일이든 돌아서면 잊어버려 뇌세포가 텅 빈 것이 아닐까를 걱정하는 나이가 되었다. 이런 상황에서 글을 쓴다는 건 아마도 지나온 나와 앞으로의 나를 기억할 수 있는 일기장이 될 것 같다.

더욱이, 나는 가르치는 것보다 배우는 것이 더 좋다. 나와 마주해야 하는 이 시점에서 '글사랑' 모임은 우연처럼 그리고 필연처럼 찾아온 배움의 기회가 된 셈이다. 실로 기쁘고 즐겁고 감사한 일이다.

어느덧 '글사랑'이라는 좋은 모임에서 2년 반이 지났다. 나의 글쓰기는 생각만큼 쉽게 나아지지 않았다. 바쁘다는 핑계를 일삼으며 발등에 떨어진 불을 끄느라, 책을 가까이하지 못하고 깊이 생각하지도 못하면서 숙제에만 급급하여 분치기 초치기로 글을 써온 내 탓이다. 그런데도 '글사랑' 모임은 늘 즐겁다. 염불에는 마음이 없고 만나면 맛난 음식을 앞에 두고 각기 개성이 다른 다섯 사람들의 이야기로 웃음꽃이 끊이지 않는다.

비교적 낙천적인 성격이어서인지는 몰라도 세월이 가면 나의 글쓰기도 나아지리라는 막연한 기대를 가져본다.

롤링페이퍼

이남숙

　오월이 계절의 여왕이라고는 하지만 어린이날, 어버이날 그리고 스승의 날까지 모두 있는 건 좀 과한 듯하다. 여왕의 달 가장 중심이 되는 15일을 왜 스승의 날로 했을까 새삼 궁금해졌다. 어쨌든 찾아뵙던 스승님들이 떠나시고 내가 그 자리에 있게 되니 새삼 스승의 날을 되돌아보게 된다.

　약 반세기 전쯤, 뒷마당 닭장에서 받은 계란을 짚으로 꼬아 포장한 계란꾸러미로 감사한 마음을 전했던 시절은 벌써 옛 얘기처럼 되었다. 우리가 대학생, 대학원생이던 시절 역시 스승의 날에는 감사한 마음도 마음이지만 무언가 스승님께 물건을 해드려야 한다고 생각하고는 이 품목, 저 품목을 한참이나 생각하곤 했었다. 젊었을 때는 주로 넥타이나 스카프 등의 세련된 품목을 선물했었다. 세월이 지나면서 점점 등산용품, 건강식품, 과일, 고기, 굴비 등 실생활에 관련된 물건들로 바뀌어 갔다. 선생님들께서 연로해지시고 허물이 없어졌다고 생각했을 때는 현실적으로 가장 요긴할 수 있는 상품권과 소액의 용돈을 드린 적도 있었다.

삼십대 초반에 갓 교수가 되었을 때 스승의 날에 있는 수업시간에 학생들은 감사의 꽃을 가져왔고 으레 '스승의 은혜' 노래를 부르곤 하였다. 교탁 앞에 서서 노래가사를 들으며 너무 쑥스러워 어쩔 줄 모르곤 하였다. 어느 땐 학생회 주관으로 약초원 등나무 꽃이 활짝 피어 주렁주렁 늘어진 파고라 아래에서 스승의 날 행사를 갖기도 하였다. 교수들과 학생들이 등꽃 아래 비닐을 깔고 모여 앉아 돼지불고기를 구워가며 김밥에, 상추쌈에, 김치를 곁들여 먹었다. 행사의 피날레는 학과 교수들이 앞줄에 일렬로 의자에 앉고 학생들이 뒤에 서서 단체 사진을 찍던 행사였다. 모두가 바쁜 지금과 달리 여유가 있던 시절이라 가능했던 일로 촌스러워진 사진과 함께 기억에 남는다. 그게 불과 20년 전의 일이다. 최근에는 건강과 미용이 대세여서인지 생명과학과 학생회로부터 스승의 날 "피부미용에 좋고 여성에게 여러 모로 좋아요"라고 적은 카드와 함께 석류즙을 받고 웃은 적이 있다. 과거에 교수가 여섯 명이던 시절과 달리 삼십 명이 넘는 교수들에게 매년 감사의 선물을 하는 학생들 입장에서는 선물을 정하기가 정말 어려울 것 같다고 생각된다. 이제는 어떤 교수에게 감사한 마음이 있건 없건 형식적으로 동일하게 감사의 선물을 전하는 형태가 되었을 수도 있다.

그런데 지난 5월 14일 휴대전화에 '조 아무개님이 보내신 택배가 오늘 도착예정입니다. 서대문우체국'이라는 문자메시지가 도착했다. 조 아무개면 학부생인데 그 학생이 내게 무슨 택배를 보내는 건지 이상하게 생각되었다. 몇 시간 후 또 메시지 알림 내용을 보니 그 택배가 학과 사무실로 배달되었다는 내용이었다. 학과 사무조교가 가져온 것은 '당일택배'라고 빨간색의 네모난 도장이 크게 찍힌 긴 봉투였다. 빨간색 큰 도장을 본 순간 미납이나 독촉장, 위반고지서 등에서 느낄 수 있는 긴장이 잠시 스쳤다. 발신자는 지난 1월 교수 인솔 해외학습프로그램으로 식물다양성 수업 차 말레이시아에 같이 다녀온 학생이기에 안심이 되었다. 봉투를 뜯으니 식물의 잎과 꽃이 디자인된 편지봉투 크기의 긴 카드 속에는 '스승의 날을 맞아 찾아뵙지 못하고 이렇게 작은 편지로 교수님의 은혜에 감사드리려하는 저를 용서해주세요…….♡ 교수님과 함께할 수 있었던 모든 시간이 영광스럽고 또한 오래 남을 행복한 추억이기도 합니다……. 그 존재만으로도 아름다운 수많은 풀들과 꽃들과 나무들을 연구하시는 교수님이 존경스럽고 또, 부럽습니다. …….'라고 장황하게 감사하다는 내용을 한참 길게 자필로 쓴 카드였다. 당일택배를 보낼 만큼 스승의 날에 꼭 감사의 마음을 전달하고픈 학생의 마음을 읽을 수 있었고 새로운 의사전달 수단을 택한 학생의 아이디어가 기발하다고 생각되었다.

오후에는 며칠 전부터 스승의 날에 연구실로 오겠다고 이메일을 주고받으며 약속한 학생들이 모여들었다. 이들 역시 하나의 봉투 안에 각자가 쓴 롤링페이퍼에 구구절절이 나름대로의 감사한 마음을 담아왔다. 롤링페이퍼는 거의 이십 년 전에도 있었다. 그 당시 어떤 학생은 '언니 같고 엄마 같은 우리의 교수님~ ○○○, 식물 공부하니까 땅만 보고 다녀요 ^^. 혹 제가 수업시간에 들어오지 않았다면 아마 부딪쳐서 일거예요. ……', '사실 식물을 무진장 싫어했었는데 교수님께 배우고 실험시간에 실험하는 과정에서 점점 좋아지네요. 궁금한 게 있는데요…, 오이의 중심은 어떤 조직이에요? 오이 표피 쪽에 유관 속이 있나요? 먹을 때마다 늘 궁금……' 이렇게 식물을 좋아하게 된 얘기를 읽다보면 가르친 보람에 마음이 뿌듯해지는 게 사실이다. 그런가 하면 '좀 특이하게 보이려고 거꾸로 쓰는 거예요. 전 식물을 별로 좋아하지 않지만 그래도 선생님은 좋아요. ……', '다른 과, 다른 학번의 지도교수님과는 비교가 안 되는 멋진 우리의 선생님……', '소녀 같은 선생님의 모습을 보면서 혹시 제가 늙은 게 아닌가 하는 착각을 할 때도 있습니다. (농담이 너무 심했나요?) 아마도 늘 자연과 함께 하시기 때문이겠죠? ……'라며 말도 되지 않게 엄청 띄워주며 웃게 만드는 내용도 있었다. 그러다 그 롤링페이퍼는 잠잠해졌었는데 이제 다시 유행인가보다. 올해에는 내 연구실의 대학원생과 졸업생들도 건강에 좋은 선물과 꽃바구니에 곁들이는 카드 대신 롤링페이퍼에 자신들의 이야기로 스승의 날을 표현했다. 대체로 읽기에 민망할 정도로 깊은 감사의 표현들이지만 어떤 학생은 전에 교수님이 하신 말씀들을 깊이 새겨듣지 않아서 지금 시행착오를 하고 후회하고 있다고 철든 내용을 표현하기도 하였다.

내 기억에 1990년도만 해도 외국에 이메일을 보내기 위해 종합과학관 1층 동쪽 날개에 있던 전산실에서 BITNET을 사용했는데 그 후 인터넷 발달로 세상의 모든 것이 엄청 빨리 바뀌었다. 이제 머지않아 감사카드는 물론이고 이메일, 카톡이나 밴드 등도 점차 구닥다리가 될 것이라고 생각되었다.

스승의 날 택배로 카드를 받고 이런저런 생각을 하다가 앞으로 마음을 표시할 수 있는 더 발달될 통신매체가 무엇일지 궁금해진다. 그러나 이미 구세대인 나로서는 전혀 예측이 되지 않는 막연한 일이다. 그런데 시대적 유행이건 학생들의 성향에 따른 것이건 간에 감사의 마음을 손가락으로 톡톡 두드려서 이메일과 문자메시지를 보내는 디지털적 풍속도가 대세인 지금 자필로 쓴 롤링페이퍼는 꽤나 아날로그적으로 돌아간 것 같다. 우리의 세상사가 돌고 돌듯이 감사한 마음을 표현하는 방법도 어쩌면 다시 옛날처럼 손으로 만든 카드와 선물로 되돌아가지는 않을지 은근한 기대를 가져 본다.

이런 집이라면

이남숙

멀리서 보아도 기와지붕과 멋들어지게 가지 구부러진 소나무 한 그루가 어우러져 한 폭의 동양화처럼 보일 수 있으면 좋겠다.

기와 끝은 버선코처럼 살짝 위로 곡선을 그리듯 올라가고 처마에는 풍경 하나를 매달아 간간이 바람소리를 들을 수 있으면 좋겠다.

낮은 담장 바깥벽에는 십장생이나 꽃을 조각해 구운 타일을 사이사이 붙여 지나다니는 이들에게 아름다움을 느끼게 할 수 있으면 좋겠다.

앞마당에는 앵두나무, 모과나무, 대추나무와 열매가 빠알간 산수유, 팥배나무와 마가목 그리고 감나무를 심어 입도 눈도 즐거울 수 있으면 좋겠다.

마당 한 귀퉁이에는 제비꽃, 은방울꽃, 원추리꽃, 나리꽃, 봉선화와 구절초를 심어 계절 따라 찾아오는 풀꽃 친구들과 이야기를 나누며 즐길 수 있으면 좋겠다.

뒷마당에는 서너 평의 작은 텃밭에 상추, 고추, 가지, 오이, 호박과

파를 심고 그때마다 싱싱한 푸성귀를 밥상에 올릴 수 있으면 좋겠다.

　거실 마루와 벽, 창호문틀 그리고 욕조 하나쯤은 편백나무로 만들어 몸이 건강해지는 향 내음을 늘 맡을 수 있으면 좋겠다.
　눌러 말린 꽃잎들과 단풍잎을 문창호지 사이에 끼워 넣어 방안에서도 사시장철 조촐하고 소박한 자연을 즐길 수 있으면 좋겠다.
　작은 방 하나쯤은 공방인 양 이것저것 잡동사니를 모아두고 마음 내킬 때 난도 치고 오물쪼물 손장난으로 이런저런 소품도 만들 수 있으면 좋겠다.
　무엇보다 울타리 안에 부모 형제들, 아들딸과 손주들이 드나들어 사랑과 웃음이 넘칠 수 있는 집이면 좋겠다.
　언제나 묵은지 같은 난쟁이 친구들이 모여 장도 담고 김장도 하며 머리가 하얘도 깔깔거리며 놀 수 있는 정자 같은 집이면 좋겠다.
　어쩌다 생각지 않은 제자가 찾아와 세상사는 얘기와 어려움을 털어놓고 마음을 추슬러 돌아갈 수 있는 치유의 집이어도 좋겠다.

　아, 이런 집이라면 정말 좋겠는데…….
　하지만 과연 지금의 삭막한 성냥갑 아파트를 벗어나기라도 할 수 있는 걸까?
　그저 꿈속에서라도 한복을 곱게 차려 입고 이런 집의 안주인이 되어 보고 싶다. 아니, 어쩌면 전생에서는 그랬을지도 모른다는 생각마저 든다.

은방울꽃

이남숙

청초한 몸매의 초록 잎새
조롱조롱 숨은 은빛 방울

수줍게 고개 숙인 하얀 미소
첫사랑 고백하는 상앗빛 향 내음

열정과 웃음
기다림
서성이던 이별

이제는 빨간 방울방울 흔들어 소리 내렴
뜨거운 한여름의 청푸른 사랑이었다고

수수꽃다리

이남숙

봉긋이 뻗은 고사리 주먹
아침 이슬 촉촉히 머금고
야무진 함성으로 피어난 꽃

살랑대는 바람에
연보라빛 향기가
사랑의 묘약을 내뿜는다

세찬 비바람에
십자가 꽃잎의 빛바랜 망각
진녹색 잎으로 덧칠한 심장

벌어진 빈 열매 속에
수수룹게 피어나는 그리움

나무 안에 우리가

이남숙

하늘 향해 곧게 뻗은
전나무의 푸른빛 기개
땅을 향해 허리굽힌
버드나무의 연둣빛 겸손

온갖 쓰임이 으뜸인 소나무
곁을 주지 않는 엄한 아버지
넋과 혼이 머무는 느티나무
모든 이를 보듬는 어머니

이른 봄 부지런 떠는 생강나무
늦장 피고 추석상에 냉큼 오른 대추나무

지조의 대나무는 밤사이 쑥쑥 크고

사철 푸른 회양목은 마디게 자라네
향나무는 청정한 향내를 뿜어내고
누리장나무는 역겨운 누린내를 풍기네

왕벚나무 꽃은 덧없는 인생
무궁화 꽃은 끝없는 나날
서민 밥상에 오른 참나무 도토리
황실에 걸린 오얏나무 꽃(李花)

무화과 속 씨알 꽃은 일개미
화려하고 풍염한 모란꽃은 여왕벌

나무 안에
우리가 있다

문

한인영

문턱에 들어서면
호기심이 발동한다
뭐가 있으려나

잡동사니 어지러운
생필품
인간관계의 찌꺼기

또 하나의 문
사랑하는 사람들
사랑했던 사람들
옹기종기 모여앉아
화롯불 쪼이네

켜켜이 닫혀 있는
문고리 속
거기에서
보물을 발견하다

깊은 심연의 한가운데
온 우주를 담고
교통하는
진짜 내가 거기에
서 있는 것을

란의 속삭임

한인영

주황빛 속빗살에다 노란 잎으로 치장한
서양란을 물끄러미 바라본다
생로병사

모두 활짝 피어 있는가 했더니
봉오리 진 놈도 있고
시들은 놈도 있네
어느 시들은 꽃잎 한 송이
바닥 쪽으로 축 늘어지며
붙어 있던 가지에다 대고 이제 가겠노라고
속삭이네

싱싱하고 아름다운 자태 속에
쪼글쪼글 붙어 있는 잎사귀 안스러워

떼어줄까 망설이는데
알아차린 듯
느스스 떨어지네

생로병사
떠나갈 시간을 아는가
서양란 화분 속의
우주

오해

한인영

산
새들의 지저귐
목마른 나무의 춤사위
바람결에 스치는 풀잎 냄새

문득
딱새 한 마리 나를
바라본다
우리는 눈빛을 교환했다
다음 순간
삐
지
직
반 액체 물질이 공중으로 날다

짝사랑이 이런 거 일거다
무심한 그를
일방적으로
사랑하는 것

우리는 타이밍도 안 맞고
관심거리도 다르고
소통 방식도 달랐다

우리가 교감을 하고 있을 거라고
그가 나를 위해 노래를 부르고
있는 거라고
눈빛만 봐도 안다고
매일 속고 산다
짝
사
랑

나의 어머니, 숲

한인영

비 그친 지가 얼만데
솔나무 끝에 달린 물방울
어머니의 눈물

아침에 일어나 눈 비비며
응석받이 아이처럼 다가가면
메타세콰이어 숲 사이 노란색 햇살로
두팔 벌려 안아주는 넉넉한 품

모시적삼 빳빳이 풀먹여
비취 단추로 단장했네
찰랑찰랑 흔들리는 치맛자락
코끝에 스며드는 냄새

한여름 연두빛 밤송이
가을에 밤 먹이려고 부지런을 떠는 양
더 먹이지 못해 안달하며
부지런히 움직이시는 어머니

하늘 향한 지고의 사랑
두 팔을 치켜들고
기도하시는 어머니

오늘 아침에도
숲으로 향한다

선제도 목섬

한인영

3237개 중 하나
평범했던 네가
홍해 바다 갈라지듯
어느 순간
속살을 드러내며
내 발걸음을
허락하니

뭍에서 네게로 다가가
속속들이 더듬으며
검버섯 피워낸 바위,
거친 모래
아랑곳없이
은빛 반짝이는 먼바다

수평선 위에 얹힌 멍한 태양

여념없이
너와 있고 싶어
조개 줍다가
어느 순간
수줍어하며
속살을 감추려고
검은 파도 물결
흐르륵 넘실대니
가라는 뜻

급히 손사래치며
뭍의 끝자락에서
아쉬움을 달래며
뒤돌아본다

허리, 너를 위해 살련다

한인영

내 육신의 한가운데 뒤쪽에 자리잡고 묵묵히 나의 전신을 받쳐주고 있던 네가 어느 날부터인가 너의 존재감을 확실하게 드러내기 시작했지.

삼 년 전, 어느 추운 겨울날 아침 제주도에서 골프를 치는데 준비운동도 없이 골프채를 휘두르다가 삐끗했는데 정말이지 후회막심한 순간이었어. 그동안 너를 돌보지 않은 걸 한순간에 알게 되었지. 육십 년 동안 부려먹었으면 돌보아줄 때도 됐으련만…… 네가 얼마나 묵묵히 아주 오랫동안 제 역할을 해주었는지를 깨닫게 되었고 너의 존재를 확실하게 알게 되었지.

의사도 별로 도움이 안되고 물리치료사도 별로 도움이 안되었어. 너의 비위를 어떻게 맞추어야 하는지 깨닫기까지 시간이 꽤 걸렸어. 무거운거 안들기는 기본이고, 앉았다가 일어설 때에는 너에게 먼저 허락받기, 오래 앉아 있어야 할 경우에는 중간에 서 있거나 스트레칭하여 너의 비위를 한두 번 맞춰주기, 아침에 일어나서도 제일 먼저 너에게 신고하기 등 다양한 프로젝트가 시작되었지. 너도 분명히 좋아하잖아.

네가 확실하게 존재감을 나타낸 건 분명해. 나의 은퇴생활에 영향을 주었거든. 원래 나는 은퇴 이후에는 본격적으로 골프를 칠 계획이었거든. 그런데 네가 골프를 싫어하니까 어쩔 수 없이 네 의견에 따르기로 했어. 그래서 네가 좋아하는 걸로 바꾸었지. 사진배우기, 왈츠배우기는 순전히 너 때문에 시작했어. 사진찍기는 돌아다니는 거라서 네가 좋아했고 왈츠는 자세를 바르게 해주고 다리운동을 해주니까 네 주변 근육 발달에 좋다고 하더구나. 나는 그림그리기, 클래식 음악듣기 이런거 정말 좋아하는데 다 너 때문에 포기하고 말았지.

너를 나무라기만 할 수도 없지. 육십 년 간 부려먹으면서도 위로의 말 한마디 건네지 않았으니까. 화 풀어. 이제는 너의 존재감을 너무 잘 알고 있으니까 잊지 않을게. 너의 질투심 때문에 잠시도 딴짓을 못하는 거 너도 잘 알잖아.

앞으로도 잘할 터이니 화내지 말고 잘 지내자.

2부

함께 부르는
노래

나의 길

한인영

직함을 떼어내고
소속된 곳 없이
자유인이 되다

너 좋은 대로 살아라
고삐를 풀어주었는데도
아무 데도 가지 않고
주변을 맴도는 훈련된
말

윗분
딱 한 분의 비위만 맞추며
살겠노라 다짐했건만

동서남북
전후좌우
위아래
손짓하는 곳마다
좇아가는 부산함

아아 한정된 시간
오직 한 곳을 향하여
내딛는
발걸음

이 가을, 가슴을 열다

한인영

세상이 시끄러워
귀마개를 하고
꼴불견을 안 보려고
눈 안대를 하고
무소유를 생각하다

젖은 솜처럼
늘어지는 몸을 어쩌지 못해
배를 바닥에 대고
사지를 각 방향으로 뻗어
꿈틀대는
벌레가 되다

아아 문틈으로 스며든

찬란한 가을빛
광합성의 기적
마음밭 사랑의 씨앗
열매를 맺다

이 가을에
귀마개를 풀고
가슴을 열다
안대를 거두고
세상을 안아줘야지

참죽나무

한인영

너희의 외침, 부르짖음
내 영혼에 울림 되어
눈물 고이는 이 봄

세상이 싫다
몸부림을 쳐도
제자리의 허무

어떻게 살아야 하나
물어보다
우거진 나무숲에 닿다

상처투성이 겉껍질
참죽나무

묵묵히 세월을 이겨낸 모습

제자리로 돌아와
영혼들을 위로하고
내 영혼 추스르며

너희의 외침, 부르짖음
헛되지 않게
오늘의 일과에 충실하다

나를 떠나다

이남숙

머릿속에 놀 '유(遊)' 자가 띠를 두르고 있어서인지 쳇바퀴 도는 일상에서 늘 벗어나고 싶다. 아니면 유목민의 피 때문인지, 그것도 아니면 식물을 찾아 산과 들을 쏘다니던 버릇이 몸에 배서인지 늘 어딘가로 떠나고 싶다.

나를 얽어매고 있는 수갑 같은 모든 소통의 매체에서 자유롭고 싶고, 머릿속 검은 실타래와 어깨 위를 누르는 무거운 돌덩이에서 벗어나고 싶다. 그러면서 나는 누구인지 무엇을 하며 어떻게 살고 있는지 나와 마주하고 싶다.

그곳 경치는 얼마나 아름다운지, 누가 어떤 집에서, 무얼 하며, 무얼 먹고 사는지 괜히 기웃거리고 싶다. 가보지 않은 곳에 대한 호기심으로 허구한 날 여행사 홈피를 드나들며 마음의 풍선을 마냥 달아보곤 한다.

나는 혈액형 탓인지 비교적 즉흥적으로 실천한다. 식물채집을 위해서 또는 여행 자체를 위해서 많은 나라들을 가본 편이다. 그동안 수많은 곳을 다니면서 아직도 머릿속에 생생하게 떠오르는 짧은 기억들이 있다.

국립공원이라면 고작 설악산을 상상했다가 처음으로 그 스케일에 입을 다물 수 없었던 옐로우스톤 파크는 가히 충격적인 규모였다. 만년설의 높은 산들이 병풍처럼 드리워진 록키 마운틴, 하늘에 닿은 듯한 거대한 세쿼이아 나무들과 하프돔(Half Dome)이라는 웅장한 바위산이 있는 요세미티 국립공원 또한 대단한 풍경이었다. 그런가 하면 파란 하늘과 평화로운 바람이 코끝을 건드리던 와이너리들이 있는 나파벨리, 17마일의 드라이브 코스가 있는 페블 비치 그리고 헤밍웨이가 살던 키웨스트는 얼마간이라도 여유 있게 즐기며 살아보고 싶은 곳이었다.

동화 속에 나올 법한 말 그대로 에메랄드빛의 에메랄드 호수는 환상적이었고, 친구들과 점심을 먹으며 평화로운 한때를 보낸 알곤퀸 파크의 호숫가는 평화로움 그 자체였다. 공룡과 같이 살던 '아라우카리아' 나무와 날지 못하는 '카구' 새가 사는 뉴칼레도니아의 블루리버 파크는 희귀동식물의 보고였고, 전문 생태 가이드 또한 탁월하였다. 나이아가라폭포에 비교하면 미국인의 자존심을 상하게 한다는 이과수 폭포와, 짐바브웨와 잠비아에 걸쳐 있는 빅토리아 폭포는 실로 장관이었다.

중국 사천성 젠쯔완산(剪子彎山) 고갯마루의 성황당을 연상시키는 타루초라는 오색 빛깔 같은 깃발과 삭막하고 스산한 광활함은 생명에 대한 연민을 떠오르게 하였다. 애절한 연인 둘이 남모르게 숨어들어 살 것 같은 천보산의 비밀스런 평화로움, 제임스 힐튼이 이상향으로 꼽았다는 샹그릴라의 천상 화원 그리고 야딩의 파란 하늘과 닿아 있는 설산 아래의 꽃밭은 아름다움의 끝이었다.

어둠이 깔린 스위스의 임멘제 호숫가에서 사는 이야기를 나누고, 짤

스캄머굿 호숫가를 산책하며 상쾌한 아침을 호화스럽게 만끽해 보았다. 붉은 지붕과 하얀 벽이 파란 바다와 어우러진 그림 같은 듀부로닉 해안가는 눈이 부시게 아름다웠고, 텔레비전으로 보던 파란 블레드 호수에서는 차를 마시고 산책을 하는 여유를 부려 보았다. 하롱베이의 수많은 섬들 사이를 흐느적거리며 뱃놀이를 하고 산수화 속 인물이 되어 보았다. 라오스의 시판돈에서는 나룻배 위에 올려놓은 플라스틱 의자에 앉아 양산을 들고 선글라스를 낀 채로 강바람에 스카프를 날리며 영화 속 여배우도 되어 보았다.

이렇게 때 묻지 않은 자연 속을 넋 놓고 다니다 보면 머리에는 푸른 공기주머니로 가득 채워진다. 그리고 눈에는 녹색 콘택트 렌즈가 끼워지며, 마음에는 나이에 어울리지 않게 핑크빛 솜사탕이 봉실 댄다. 이러한 기억은 무미건조한 일상을 이겨낼 수 있는 비타민 같은 단상들이다.

그런가 하면 0의 개념, 신성문자의 원형, 마야력으로 대표되는 마야 문명, 잃어버린 잉카의 공중도시로 남아 있는 마추픽추로 가늠되는 잉카 문명 그리고 헬기를 타야 볼 수 있는 어마어마한 규모의 땅에 그려진 그림이 보여주는 상상하기 어려운 나스카 문명에서 인간의 위대함을 본다. 인간의 그 무엇이 위대한 문명을 탄생시켰는지 새삼 경이롭다. 그런가 하면 그들의 불가사의한 쇠락에서 양지와 음지가 순환하는 역사를 본다.

바티칸 성당, 밀라노 대성당, 쾰른 대성당, 노트르담 대성당, 세비야 성당, 톨레도 성당, 성가족 성당, 소피아 성당, 블루 모스크, 앙코르와트 사원, 카쥬라 사원 등 수많은 종교 건축물에서 인간의 위대함과 동시에 신에게 절대적으로 의지하는 인간의 나약함을 깨닫는다. 블루색의 대서양과 그린색의 인도양이 만나는 희망봉에 서서 옛 항해자들을 생각하며 무모할 정도로 용감한 인간의 모험심의 근원을 더듬어 본다.

하늘호수라는 인레 호수의 물 위에서 한 발로 노를 저으며 농사를 짓고 옷감을 짜며 수상생활을 하는 미얀마의 인따족 사람들, 티티카카 호수의 우로스 섬에서 '토토라'라는 고랭이 비슷한 식물의 짚더미 위에 집을 짓고 물 위에 떠서 사는 우르족 사람들, 소똥으로 집을 짓고 마당에도 온통 마른 소똥을 깔아놓고 집안에 외양간이 있는 집에 사는 케냐의 마사이족에게서 생존의 의미를 되새겨 본다.

집안 한 귀퉁이의 돌 세 개 위에 걸린 작은 솥 비슷한 그릇 하나가 부엌의 전부이고 다섯 명의 아이를 둔 젊은 라오스 맹족 촌부의 미소에서 행복이라는 단어가 피어난다. 밥 세 끼 먹기는 마찬가지인데 없어도 될 마음과 물건을 너무 많이 갖고 진정한 행복과 즐거움이 없는 나와 비교된다.

순간 타임머신을 타고 과거에서 현재로, 환상의 여행지에서 현실의 집과 학교로 돌아와 팽이 치듯 돌아가는 나와 마주한다. 스스로 자초한 숙제를 하느라 늘 허둥대는데 이곳이 나 있는 나로 돌아간다.

그러면서 어김없이 또 다른 여행을 상상한다. 아마도 내 핏줄에는 유목민의 우성 유전자가 흐르는 탓인지 틈틈이 늘 나를 떠나려 한다.

여행가이드 새옹지마

이남숙

꿈에 그리던 중남미 여행을 하던 중 나라 이름도 생소했던 엘살바도르 공항에서 온두라스와 과테말라까지 안내해줄 A선생을 만났다. A선생은 선교사인데 아르바이트로 가이드를 한다고 했고 연세가 좀 있으신 분이었다. 밝은 미소로 사교적이었으나 마야 문명에 대해 아는 것이 없어 무엇 하나 제대로 설명을 해줄 수 없다는 것이 문제였다. 깐깐하기로 둘째가라면 서러운 내 친구 S와 학구적인 J교수님은 마야 문명에 대해 '왜'와 '어떻게'를 서두로 끊임없이 질문을 하였으나 A선생이 우리에게 들려줄 얘기는 별로 없었다. A선생은 식사에 대해서도 다른 가이드들과 달랐다. 예정보다 늦은 시간에 호텔에 도착, 입실 수속을 하고 나서도 저녁 식사에 대해 언급을 하지 않을 정도로 진행이 어설펐다. 너무 이상하여 "이제 우린 저녁 식사를 어디서 하나요?" 라고 물으니 "밖에서 했어야 하지만 너무 늦었으니 그냥 호텔에서 원하는 대로 드세요" 라고 답하는 것이었다. 패키지 여행의 특성상 한 끼의 식사비에 한계가 있음을 아는 우리로서는 도무지 이해가 되지 않았다. 그래서 내 친구 S는 내게 "얘, 저 가이드가 나중에 우리더러 추가 비용 내라고 하는 건 아니니?"라고 걱정스레 묻기까지 하였다. 비교적 낙천적인 나는 "글쎄~, 아무거나 시켜먹으라고 했는데 문제될게 있을까"라고 말했지만 나 역시 속으로는 나중에 옥신각신하게 될까 봐 약간 걱정이 될 정도였다.

가톨릭 신자인 내 친구 S는 과테말라의 안티구아에 도착하여 성당에 갈 수 있게 해달라고 A선생에게 부탁했다. 일정에 없던 일이라 갈 수 없다고 할 수도 있었을 텐데 A선생은 다음날 아침에 "오늘 1시에 부활절 행사가 있다고 하니 그 시간에 맞춰서 가보시죠"라고 했다. 성당에 들어가 잠시 기도하고 둘러볼 줄 알았는데 전혀 예상치 못하고 상상도 못한 일이 펼쳐졌다. 우리의 운이 빳빳한 덕이었는지 TV에서 보던 부활절 행사가 눈앞에서 진행되었다. 물들인 톱밥으로 장식한 길, 예수상과 성모 마리아상을 많은 사람들이 어깨에 메고 행진하는 모습, 그 뒤를 풍악을 울리고 춤을 추는 사람들의 행진이 이어졌다. 일부러 축제에 맞춰가도 그렇게 시간을 잘 맞춰 구경하기란 쉽지 않았을 텐데 정말 큰 행운이었다. 그런데 문제가 생겼다. A선생과 차량기사와의 약속이 잘못되었는지 수많은 관중이 다 빠져나가도록 우리의 기사는 나타나지 않았다. 길가에 서서 기다리다 보니 다리는 아프고 덥고 지치기도 하여 살짝 짜증도 났었다. A선생은 기사를 찾아 이리 뛰고 저리 뛰며 한참을 헤매었고 뒤늦게 나타난 기사는 다른 곳에서 낮잠을 잤다고 어이없는 변명을 했다. 점심식사시간이 훌쩍 지나버려 모두 허기져 있었는데 A선생은 역시 우리에게 또 다른 예기치 않은 선물을 했다. 그 유명한 산토도밍고 호텔은 전망 좋은 언덕에 별도의 멋진 레스토랑을 갖고 있었는데 A선생은 우리를 그곳으로 안내하였다. 역시나 가격 불문하고 주문을 하게 하였다. 우리는 룰루~랄라~ 하면서 파란 하늘과 잘 어우러진 풍광 좋은 곳에서 우아하게 맛난 음식을 먹으면서 행복해했다. 그때의 일은 지금도 그 여행을 정말 좋았던 여행으로 기억하게 한다. 그런데 이게 다가 아니었다. 우리의 끝없는 마야 문명에 대한 탐구심과 질문에 응할 수 없었던 A선생은 자신의 자가용으로 일정에 없던 박물관까지 데려가는 성의로 마무리를 장식했다. 나중에 알고 보니 이분에게는 의류사업을 하는 부인이 뒤에 있었다. 아마도 부인의 경제력을 믿고 돈에 연연하지 않으면서 아르바이트로 여행가이드를 하는 것이 아닌가 생각되었다. 어쨌든 A선생은 가이드로서 질문에 답을 하지 못한 것이 민망했던지 "앞으로 마야 문명에 대해 공부를 더 해야겠습니다." 라고 멋쩍게 웃으면서 말했다. 우리도 처음에는 A선생의 아마추어 같은 안내가 불만이었지만 고급 레스토랑에서 훌륭한 식사를 하고, 일정에도 없던 안티구아 부활절 축제와 과테말라 박물관까지 덤으로 구경하고 나니 '부족한 여행가이드'에서 '행운의 여행가이드'로 생각이 바뀌었다.

A선생 못지않게 기억되는 B선생이 있다. 에콰도르의 적도탑을 보러 갔을 때는 5시가 넘어서 문이 닫혀 있었다. B선생은 연거푸 "뽈 파볼 (por favor~제발, 부탁합니다)"을 외치고 관리인에게 몇십 달러의 지폐까지 찔러주어 결국은 닫혔던 문을 열고 들어가 관광을 할 수 있게 하였다. 퀴토에서는 정말 한식다운 한식집으로 안내를 하였으며, 식사 후에는 밤이 늦었는데도 과일을 살 수 있게 대형 슈퍼로 데려다주었다. 과야킬에서는 일정에 없던 이구아나 공원을 보게 했고, 말레콩 해변 카페에서는 아이스크림을, 갈라파고스에서는 랍스터까지 쏘아 우리를 즐겁게 했다. 그런데 사실 B선생은 먼저 여행을 다녀온 친구로부터 꼭 피하라던 여행가이드이었다. 여행을 떠나오기 전에 자타가 인정하는 서

울 가이드 역을 하게 된 나는 책임감으로 여행사에 가이드의 이름을 문의했고, 공교롭게도 B선생이라기에 죄송하지만 다른 분으로 바꿔달라고 여행사에 신신당부를 하였다. 그런데도 중남미 첫 관문으로 페루 리마에서 만난 가이드가 하필이면 바로 그 B선생이었다. 그는 자신의 아들에게 첫 일정을 시작하게 하기에 "아, 우리가 원한 대로 바꿔주었구나, 아들이 훨~낫네" 하면서 즐거운 여행을 시작했다. 그러나 진짜 핵심인 마추픽추 여행부터는 B선생이 안내를 한다기에 속으로는 크게 실망한 채로 출발하였다. 선입견이 화근이었는지 드디어 문제가 생겼다. 리마에서 쿠스코행 비행기를 타기 위해 줄을 서 있는데 B선생 왈, "저는 표가 없어서 다음 비행기로 곧 따라 갈 테니 먼저 출발하세요." 라고 하였다. 속으로는 "아니, 무슨 가이드가 표 하나를 미리 못 구해 놓았단 말인가? 세상에 별난 가이드도 다 있네." 하면서 겉으로는 별일 아닌 척하며 먼저 출발했다. 쿠스코 공항에 도착해서 제법 기다렸는데 웬 외국인 가이드가 와서 말을 걸어왔다. 얘기를 들어보니 B선생이 자기에게 마추픽추 안내를 부탁하는 전화가 왔었다고 하였다. 어이는 없었지만 그 외국인 가이드와 함께 또 한 코스를 먼저 출발하였다. 다행히 젊은 외국인 가이드는 설명을 잘해주어서 차라리 잘되었다는 생각마저 들었다. 그와 함께 즐겁게 오얀따이땀보에 도착하여 마추픽추로 가는 페루레일을 타려고 기다리던 중이었다. B선생이 허덕거리며 나타났는데 왠지 방해꾼처럼 느껴졌다. 이 사태에 대해 아직 인격 수양이 덜된 나는 서울의 여행사에 그것 보란 듯이 "예상대로 B선생으로 인해 문제가 발생했습니다." 라고 카톡을 보냈다. 페루에 이어 에콰도르까지, 심지어 갈라파고스까지 B선생과 같이 가야 하는 것이 영 못마땅하고 걱정이 되어서였다.

그러나 B선생은 비행기표를 못 구해 빚어진 실수 이후 정말 성심 성의껏 최선을 다하려고 애를 썼다. 실제로 B선생은 유학하다가 현지에 눌러앉은 박사님으로 인품이 좋은 분이어서 영악스럽게 여행가이드를 잘하기에는 체질이 맞지 않는 것 같아 안쓰러워 보일 정도였다.

이십사 일 간 긴 여행의 마무리는 휴식을 겸하기 위해 칸쿤의 올 인클루시브 호텔에서 지내게 되었다. 그런데 그곳에서 먼저 멕시코시티 관광을 하고 온 한국인 여행객들을 만났다. 그들이 만난 멕시코시티 가이드는 칠순이 넘었고 너무 형편없었다고 했다. 나는 안내 잘하기로 소문난 C가이드를 해달라고 서울 여행사에 다시 확인 문자를 보냈다. 그래서인지 C선생이 공항에 나와 우리를 맞기에 안심을 하였다. 그러나 그건 잠시뿐이었다. 호텔 수속 후 C선생은 다음날부터는 전날부터 안내하던 다른 손님들이 있어서 우리를 안내할 수 없으니 자신의 형인 D선생과 같이 가라고 하였다. 순간 "아, 또 이를 어쩌나? 하필이면 멕시코에서 만난 한국인들이 악평하던 그 가이드인가" 라고 생각하니 다음날부터의 여행이 걱정되었다. 우리는 조심스럽게 D선생과 함께 여행을 시작하였다. D선생은 우리에게 박물관에 들어가서 현지 가이드의 설명을 받겠냐고 묻기에 당연히 그러고 싶다고 했다. 그러자 며칠 전 어떤 일행은 현지 가이드 없이 들어갔다고 했다. 아마 전시도 방대하고 언어도 몰라서 이해하기 어려웠을 거라고 말하며 딱하게 여겼다. 박물관에서 D선생은 짧은 시간에 가장 많은 것을 알 수 있게 핵심적인 것을 선택해서 설명을 잘해주었다. 덕택에 그동안 마야 문명에 대해서 궁금했던 것들이 많이 정리되었다. 자신의 설명을 열심히 듣는 우리의 범생 같은 태도가 마음에 들었는지 역시 일정에 없던 바실리카 성당과 시내 야간투어를 늦은 시간까지 덤으로 해주었다. 다른 일행이 혹평하던 D선생은 예술을 전공한 분으로 상당히 점잖고 인생의 깊이가 있을 뿐 아니라 마야 문명과 아즈텍 문명에 대해서도 해박한 지식을 가진 훌륭한 여행가이드였다.

이런 경험들을 통해서 좋은 여행가이드와 좋지 않은 여행가이드가 따로 있는 것이 아니었다. 여행자와 상대적이며, 부족한 부분이 있으면 다른 부분으로 메워질 수도 있어서 새옹지마임을 깨닫게 되었다. 결국 남미 여행에서는 모두 잊지 못할 좋은 여행가이드들을 만난 셈이었다.

골프농장

이남숙

아직 넘어가지 못하고 머뭇거리는 새벽달
다섯 시 반 식당을 메우고 북적이는 허연 머리들
골프백 번호표 호명으로 시작되는 새벽 밭갈이

동창이 밝기 전 쟁기질로 밭을 갈아엎고
삽으로 갈잎을 넣어 땅을 다독인다

드라이버로 원대한 꿈을 날려보고
우드를 휘두르며 서울을 잊는다
아이언으로 땅을 파며 본업을 망각하고
지난 세월을 날려 보낸다

씨앗에 풍작의 날개를 달아 뿌리고
아침 공기로 곤궁했던 기억을 씻어낸다

깃발을 향해 노려봐도
엉뚱한 데로 튀는 럭비공
멀리 보내려하면 코앞에 떨어지는
바람 빠진 풍선
짧게 보내려하면 그린을 튀어 넘는
청개구리

하늘은 높은데 뱀이 되어 땅을 기고
물 앞에서는 여지없는 심청이
지름길로 보내면 애꿎은 나무만 후려갈기고
나동그라지는 망나니

온갖 잡풀을 뽑느라 허리가 휘어져도
여전히 기세등등한 엊그제 잡풀
농약을 쳐도 벌레 먹은 열매
허수아비 세워도 새에게 쪼이고
태풍까지 휩쓸어가는 가을걷이

우여곡절 끝에 이발한 잔디밭에 올라서면
다된 밥 같아도 퍼팅으로 엇갈리는 인간사
구멍을 피해 빗겨 구르는 절망이 태반이다

까맣게 탄 얼굴로 땀에 젖어 수확해보면

해마다 널뛰기하는 추곡 수매가
땀 흘린 대가는 온데간데없다

돈 들여 땀 흘리는 노역
뜻대로 되지 않는 인생

어느덧 골프농장에 길들여지고 있다

사랑 능선

이남숙

생명의 외경심 모르고
철없이 오른 엄마의 능선

엄마의 엄마 그리고 엄마의
사랑 능선
오르려다 헤맨 계곡

십자가에 못 박힌 예수님
부처님의 해탈
엄마의 길

삶의 폭포 위에 무지개 걸리고
물안개 걷힌 사랑 능선
오르고 싶다, 언젠가

800냥이 나간다

이남숙

대학원 시절 허구한 날 저녁 늦게까지 현미경과 씨름을 하던 때가 있었다. 식물의 염색체 실험을 하느라 빙초산 냄새가 몸에 잔뜩 배어 버스 타기가 민망할 정도였다. 그러나 가장 어려운 것은 대안렌즈에 눈을 갖다 붙이고 그 속에 보이는 수많은 세포들 중에서 염색체가 잘 흩어진 세포를 찾는 일이었다. 슬라이드를 이리저리 수천 번을 돌리다 보면 나중에는 눈이 빙빙 돌고 뻐근해지기 일쑤였다. 초등학교 6학년 때쯤부터 눈이 나빠지기 시작하여 중고등학교 때에는 안경을 쓰다가 대학생 시절부터는 콘택트렌즈를 꼈다. 그것도 눈에 분비물이 많이 생기는 탓에 말랑말랑하고 눈에 자극이 적은 소프트렌즈는 얼마 쓰지 못하고 가장자리가 면도날 같이 예리한 하드렌즈를 매일 같이 눈 속에 넣고 빼기를 반복하던 시절이었다. 그렇게 열악한 눈을 현미경으로 더욱 혹사를 시키다 보니 어느 날 나는 내 눈이 희미해지다 못해 머지않아 앞을 못 보게 될 것 같은 불안감에 휩싸인 적이 있다. 그러면서 형편없는 나의 눈은 내게 크나큰 약점이라고 생각했다. 그래도 궁여지책으로 나쁜 눈을 잘 달래가며 하드렌즈를 끼고 살았는데 나이가 들다 보니 그나마 눈의 분비물이 적어지고 빡빡해져 더 이상 하드렌즈를 낄 수가 없게 되었다. 결국 다시 안경잡이로 되돌아갔다. 안경을 쓰는 것은 불편하기도 하지만 고도 근시인 탓에 안경 렌즈의 두께를 얇게 하느라고 더 비싼 값을 치러야 했다. 멋진 테보다는 안경알의 크기가 작아야 했으며, 쓰고 싶은 멋진 선글라스도 쓸 수 없었다. 살아오면서 늘 내 눈은 형편없다고 속상해했다.

　그런데 세월이 흐르고 이제 와 생각해보니 시력은 나쁘지만 자연 속의 식물을 관찰하는 일이 기본인 내 전공에는 알맞은 눈이었던 것 같다. 내 눈의 생김새는 가늘고 작으며 쌍꺼풀도 없는 전형적인 북방계형이다. 눈이 작아서인지 큰 것보다는 작은 것을 잘 보는 것 같다. 야외에 나가면 유독 작은 식물을 잘 찾아냈고, 지도교수를 닮아서 스케일이 작아 작은 것만 잘 본다는 비아냥거림을 듣기도 했다. 뿐만 아니라 내 눈은 귀보다 확실히 좋다. 왜냐하면 듣는 것은 금방 따라가지도 못하거니와, 겨우 어기적어기적하다 알아내도 순간 잊어버리기 일쑤다. 그에 반하여 눈은 한 번 본 것을 나름 잘 기억하는 편이었다. 그래서 중고등학교 시절 어떤 친구는 연습장이 찢어질 정도로 쓰면서 단어를 외우는 데 비해 나는 누워서든 엎드려서든 영어 단어를 눈으로만 보고 익히는 편이었다. 뿐만 아니라 비교적 길치인 나는 낯선 산속 갈림길에서 어느 길로 내려가야 할지 모를 때도 올라갈 때 내 눈에 스쳐 지난 식물을 알아보고 길을 잡는 걸 보면 내 눈은 꽤 쓸모가 있는 편이다. 좀 더 칭찬하자고 치면 내 눈은 그동안 본 많은 아름다운 풍광을 잘 담아 두었다가 주삿바늘이 살을 뚫을 때나 마음이 아플 때나 뭔가를 잊고 싶을 때 그 아름다움을 고스란히 다시 꺼내 보여주어 나를 위로한다. 반세기 가까이 콘택트렌즈와 안경을 이용하긴 했지만, 고가의 유명브랜드 기계들도 고작 20년을 쓸 수 있을까 말까 한 것을 생각하면 육십 년을 버텨준 내 눈의 성능이 그리 나쁜 건 아닌 것 같다. 아니, 그리 나쁜 정도가 아니라 오히려 그런 눈으로 나를 여기까지 오게 했으니 상이라도 줘야 할 것 같다. 멋진 새 안경으로든, 아름다운 풍광 구경으로든 말이다.

'몸이 천 냥이면 눈은 가히 팔백 냥이나 된다'는 옛말이 있다. 물론 사지, 손과 발, 입, 귀와 코 등 겉으로 보이는 부위뿐 아니라 오장육부 등 모든 신체 부위의 역할을 정량적으로 분할하여 따지고 본다면 몸 천 냥 중 눈이 팔백 냥이 된다는 말은 하겠다. 그러나 비록 내 눈이 생김새나 시력이 변변치 않긴 하지만 그래도 내 몸 천 냥 중 800냥이 나간다고 우기고 싶다.

반성문

처음으로 반성문을 접하고 진한 연민을 느낀 것은 대학교 1학년 교양 영어시간 교과서에서 갈릴레이 갈릴레오가 교황께 쓴 반성문을 읽고서였다. 지동설을 주장하다가 감옥에 갇히게 된 그는 "나 갈릴레이 갈릴레오는 지구가 돈다고 주장함으로써 교회와 교황께 큰 죄를 지었습니다. 지구는 돌지 않습니다."고 반성문을 썼다. 그러나 감옥에서 풀려 나오면서, 그 유명한 "그래도 지구는 돈다"라는 말을 한 것이었다. 영어를 겨우겨우 번역하여 읽으면서 우리가 알던 그의 주장과는 다른 내용에 처음에는 어리둥절하였고, 그가 목숨을 구하기 위하여 그러한 마음에도 없는 반성문을 쓴 것을 알고는 깊은 연민을 느꼈다. 우리도 그와 같은 처지가 된다면 갈리레오처럼 행동하리라 이해할 수 있었다.

가끔 나의 삶을 돌아보면서 나도 반성문을 써야 하지 않을까 하는 생각을 하고 있었다. 특히 교육자로서 20여 년 넘게 산 부분에 대하여 반성문을 쓰려고 한다. 그런 나의 말에 자기도 같이 서명하시겠다는 교수들이 몇 분 더 있었다.

　제일 크게 반성하는 부분은 얼마나 스승으로서의 역할을 하였느냐 하는 것이다. 학생들을 깊이 사랑하며 그들에게 꿈을 심어주고 성숙한 인간으로서 자라는데 큰 역할을 하는 스승이고 싶었다. 선생이 학생에게 하는 말 한마디가 그들에게 꿈을 심어주고 자극이 될 수 있는데, 그런 역할을 충분히 못한 것 같다. 큰 꿈을 꾸도록 하기 보다는 현실적이 되라고 하였고, 학자로 자랄 수 있는 학생들에게도 선뜻 '꼭 박사가 되어라' 라고 말하지 못했다. 학생들의 아이디어를 마음껏 칭찬해주고 창의력을 북돋우어주지 못하고 비판을 더 많이 하여 용기를 꺾었다.

　두 번째, 학생들이 버릇없이 행동할 때에도 학생들을 야단치지 않은 것을 반성한다. 젊은 사람들의 잘못된 행동들, 아동학대 뉴스, 부모에 대한 패륜행위 등을 들을 때 제대로 교육시키지 못한 우리 어른들의 책임이 아닌가 하는 생각이 든다. 집에서 '공부해라, 다른 것은 모두 대학 가서 해라' '내가 한 고생 너희들은 시키지 않겠다'며 자라서 그런지 대부분 자기밖에 모른다. 결과 만을 중시하는 경쟁교육의 결과가 아닌가 싶다. 요즘 학생들은 '어른에게 어떻게 해야 한다' 는 개념 자체가 없어 보인다. 교수를 위하여 문을 열어주는 것은 고사하고 내가 문을 열면 먼저 쏙 들어오는 학생도 있다. 복잡한 지하철에서 다리를 죽 뻗고 앉거나, 큰 가방으로 옆 사람을 치면서도 관심이 없다. 인사도 안 하는 학생들, 기본적인 예의도 없는 학생들, 대접을 받으려는 학생들을 보면서 속으로 쯧쯧하지 실제로 야단치는 일은 드물었다. 괜히 끼어들기 싫은 마음, 야단치거나 선생을 대접해라 라고 하면 내가 뭐라도 받고 싶은 치사한 사람으로 보일까 걱정되는 마음이었다. 그저 대학은 학문하는 곳이라는 생각에 인성보다는 전문지식 전달에만 치중하였다. 인성교육은 물론 가정에서 어릴 때부터 지속적으로 이루어져야 하지만 그것이 어려운 현실에서 대학도 책임이 있다. 학생들이 잘못한다고 생각할 때는 교수들이 '요즘 학생들은……' 하고 비판만 할 것이 아니라, 직접 야단을 치자.

세 번째, 학생들에게 검소하게 살아라, 베풀어라 가르치지 않은 것을 반성한다. 학생들이 멋있고 뽐내는 것만을 추구하고, 이기적이고 조금이라도 손해 보기 싫다는 자세를 사는 것을 보면서 '저렇게 안 해도 잘 살 텐데' 싶을 때가 있다. 작은 것에 감사하고 사는 것이 행복에 이르는 지름길임을 깨달으려면 좀 더 시간이 걸리겠지. 그걸 미리 말해주고 가르쳐도 받아들이지 않을 것이고 구질구질하게 보일 거야 싶어 말하지 않았다.

지식도 중요하지만 지혜를 갖추어야 진정 현명하고 슬기로운 판단력을 갖출 수 있을 것이다. '자치통감'에서는 '참스승은 인간을 만드는 스승'이라 했다. 인성을 가르칠 수 있어야만 참스승이라 생각한다. 그리고 여러 부조리에 함구하는 것이 교권붕괴의 길이라 생각한다. 학생들이 무한경쟁 속에게 조그만 것이라도 자기에게 이익되는 것만 쫓는 것이 당연한 일일 것이다. 특히 약사는 따뜻한 마음이 제일 중요하다고 생각하면서도 그들의 마음이 경쟁에 찌들어 차가워진 것을 못 본척한 것을 반성한다. 약에 대한 지식도 중요하지만 그 위에 환자에 대한 연민이 없다면 약사라는 직업은 장사가 될 것이다. 미국 줄리아드 음대 졸업식에서 총장이 졸업생들에게 "음악을 직업으로 하지 말고 소명으로 해주기"를 부탁하는 장면은 인상 깊었다. 어찌 음악만 그러하랴. 약학도 그리고 교수도, 모두 소명을 갖고 진정 상대를 사랑하는 마음이 가득해야 제대로 할 수 있고 보람을 느낄 것이다.

그래서 지금이라도 학생들에게 "겸손해라" "인사해라" "예의를 지켜라" "감사해라" "베풀어라" 등의 잔소리를 하는 선생이 될까 한다. 이러한 잔소리를 하는 선생이 하지 않는 선생보다 학생을 더 사랑한다는 것을 알아주든 말든……. 갈릴레오처럼 강요에 의한 것이 아니라 나 스스로 반성하면서 이 글을 쓴다.

마리아와 마르타

박혜영

누가복음 10장 38-42절 : 그들이 여행하던 중 예수께서 어떤 마을에 들르셨는데 마르타라는 여자가 그분을 모셔들였다. 그에게는 마리아라는 아우가 있었는데 그는 주님 발치에 앉아 그 말씀을 듣고 있었다. 그러나 마르타는 여러 가지 시중을 드느라 분주했다. 그래서 그는 "주님, 제 아우가 저 혼자만 시중들게 버려두는데도 가만히 계십니까? 그더러 저를 도와 주라고 일러 주십시오" 하고 여쭈었다. 그러자 주님께서 대답하여 이렇게 말씀하셨다. "마르타, 마르타, 당신은 많은 일 때문에 걱정하며 부산을 떨지만 필요한 것은 한 가지뿐입니다. 사실 마리아는 그 좋은 몫을 택하였고 그것을 빼앗기지 않을 것입니다."

나는 이 성경 말씀을 읽을 때마다 왜 마리아가 제일 좋은 몫을 택했다고 말씀하셨는지 묵상하게 되고, 또 가끔은 주님 말씀이 불공평하게 느껴지기도 하였다. "언니를 도와서 빨리 밥상 차리고 둘 다 와서 들어라" 하셔야 공평할 것 같은 마음이 들기도 한다. 그러면서도 주님 입장에서는 지금 중요한 얘기하려는데 너무나 일상적인, 한 끼쯤 굶어도 아무 문제 없는 밥에 신경 쓰고 있는 마르타를 보면서 "애야 밥이 그렇게 중요하지 않다, 내 말이 몇천 배 더 중요하다"고 말씀하시는 것이 당연하게 느껴지기도 한다. 주님 그런데 아무도 밥을 안 하면 어떻게 하나요?

사실 나는 직장을 가진 여자로서 살림에 약하고 또 그만큼 살림에 대한 중요성과 평가를 아주 높이 하고 싶다. 어느 TV 프로에서 '못 생겼지만 살림 잘하는 여자'와 '살림은 못해도 예쁜 여자' 중 어느 쪽과 결혼할 것인지 얘기하는 프로를 보았다. 나온 패널들은 양쪽으로 나뉘어서 각자 자기 취향을 얘기하는데 사람들 생각이 많이 다양한 것을 알 수 있었다. 자긴 예쁜 여자라야 된다. 예쁘고 살림 못하는 여자랑 3년만 살아봐라 등등…… 살림을 못해도 좋다는 것은 자기 취향이니까 반대할 마음은 없지만 그 사람을 보면서 '고생 좀 하겠구나' 싶은 마음이다.

가끔 남편이 나랑 영화보고 놀고 싶어 할 때 나는 산더미 같이 쌓인 할 일들이 머릿속에서 맴돈다. 그러다가 '아, 나는 마르타를 닮았구나. 주님도 맛있는 음식보다 그분 말씀 듣는 마리아가 더 예쁘다 하셨는데……' 생각하며 얼른 따라 나선다. 그러나 남편도 내가 같이 놀기만 하고 설거지 거리를 쌓아놓고 있으면 금방 찌푸린 얼굴이 될 것이다. 자기가 놀고 싶을 때는 놀아주기를 그리고 보통 때는 살림 잘해주기를 바란다. 항상 마리아처럼 되는 것도 바라지 않고, 자기 원할 때마다 마르타와 마리아를 왔다 갔다 하면서 맞추어 주기를 원한다.

마리아와 마르타, 현명함과 부지런함. 부지런함의 중요성을 강조한 글을 얼마 전 경북 구미 금오서원 소개 글에서 찾을 수 있었다. 서원 안에 있는 요즘으로 치면 기숙사에 해당하는 건물이 '시민재'라는 이름 이었는데 이는 '학문하는 요건은 부지런함으로부터 얻어진다. 급급히 부지런함을 시민이라 한다. 그 본래의 뜻에 따르고 또 실천함에 재빠르 면, 덕이 샘물이 처음 솟음과 같으며 익혀가는 기쁨이 저도 모르게 쌓 인다'는 뜻이라고 한다. 언젠가 재벌가의 지인을 만나는 기회가 있었는 데 이른 아침부터 하루를 30분 단위로 쪼개어서 스케줄이 짜여 있는 것을 보며 정말 부자는 남다르게 부지런하다는 것을 느꼈었다.

물론 현명함, 지혜를 찬양한 글도 수없이 많다. 부귀나 장수 대신에 지혜를 청한 솔로몬 왕은 계속해서 역사에서 칭송을 받고 있다. 또 잠 언에서도 '지혜가 제일이니 지혜를 얻으라, 그러면 면류관도, 생명도 얻으리라' 하고 노래한다. 그런데 어떻게 보면 부지런함과 지혜는 다른 것이 아니라 마리아와 마르타처럼 같이 다니는 자매인 것 같다. 부지런 함과 현명함. 사실 이 둘 중 그 어느 하나가 중요하다고 말할 수 없으 며, 어느 하나도 놓칠 수 없다. 두루 갖추고 필요할 때 꺼내 쓸 수 있기 를 희망해 본다. 그리고 아우구스티노 성인께서도 말씀하셨다. '실천 과 기도, 자비와 관상은 천국으로 가는 두 개의 날개이다. 그 어느 한쪽 없이는 날 수 없다.' 자비와 기도 이것은 부지런함과 현명함, 마리아와 마르타의 다른 이름일 것이다.

아, 금요일

이번 학기 수업이 참 많았다. 팀티칭을 하면서 두 달 동안 매일 수업이 있었다. 체력이 달리는 것을 느끼면서 모든 에너지를 수업에 집중시켰다. 있는 힘을 다하여 금요일 오전 수업까지 마치고 나면 '아! 한 주일을 무사히 잘 보냈구나' 하는 안도감과 함께 진한 피로가 물밀듯 밀려왔다. 그리고 "Thanks God It′s Friday" 라는 말이 저절로 나왔다. 어느 유명 음식점 이름 - TGIF. 그 이름에서부터 금요일이 주는 여유로움, 기대감, 즐거움 등이 묻어난다.

금요일이 즐거운 것은 토요일과 일요일이 기다리고 있기 때문이다. 해야 할 숙제가 있어도 좀 미루고 우선 쉬고 나서 재충전한 후에 일요일쯤 숙제를 해도 된다는 안도감이 깔려있다. 일에서 벗어나 요리를 하고 아이들이랑 놀거나 친구들이랑 수다도 떨고 예쁜 옷도 사러 간다는 기대를 금요일에는 한다. 미루었던 집안 청소나 옷장 정리도 즐겁다. 아무것도 안 하고 주말 내내 뒹굴뒹굴 밀린 드라마 보는 것도 또한 즐겁다. '이번 주에 벚꽃이 한창일 텐데 어디로 가지?' '원대리 자작나무

숲을 갈까?' '안면도 가서 바다도 보고 꽃게탕 먹고 올까?' '선운사 꽃
무릇이 피었을까?' 등등의 고민을 하면서, 가기도 전부터 가슴이 뛰고
행복해진다.

　그러나 막상 토요일과 일요일이 되면 시간은 눈 깜박할 사이에 지나
간다. 여행을 가게 되면 정말 즐거운 대신에 집안일이 고스란히 밀리게
되고, 아무 데도 안 가고 집에만 있는 주말도 별로 한 일 없이 식사 준
비 몇 번 하다 보면 하루가 후딱 지나가게 된다. 금요일 오후 기대감이
컸던 만큼, 일요일 오후에는 어쩔 수 없는 쓸쓸함이 찾아온다. 주말의
시간은 정말 쏜살같이 지나가서 일요일 해가 저물어가는 시간이 되면
금요일에 미루었던 숙제는 여전히 남아 있고, 수업 준비도 하나도 안
되어 있는 자신을 발견하고 절망감이 스며온다. 특히 완전히 캄캄해지
기 전, 어슴푸레 어둑어둑해지는 시간은 묘하게 마음 한 구석을 시리게
한다. 여행 갈 때의 기대감, 즐거움과는 달리 여행에서 돌아오는 길은
항상 막히고, 피곤하고, 녹초가 되기 일쑤다. 즐거웠던 바닷가 또는 산
속의 기억은 한나절을 못 버티고 돌아오는 고속도로에서 벌써 퇴색되
어 옛날 일이 되어가고 있다. 가끔 즐거웠던 기억을 봉지에 넣어 냉동
실에 얼릴 수 없을까, 필요할 때 한 봉지씩 꺼내서 녹이면 행복해질 수
있는 방법이 없을까를 상상해본다. 그리고 일주일 중 4일만 일하고 금
요일부터 논다면, 월요일이 다가온다는 부담감을 덜 느끼지 않을까, 또
수요일 오후의 피로감이 사라질까 궁금해진다.

　그러나 모든 사람이 금요일을 기다리는 것은 아닐 것이란 생각도 든
다. 나도 만약 수업이 이렇게 많지 않았다면 금요일을 이렇게 애타게
기다리지 않았을 것이다. 금요일이 즐거운 진짜 이유는 월요일부터 금
요일까지 열심히 일하였기 때문일 것이다. 일하는 사이사이에 맛보는
휴식이 달콤한 것이지 계속 놀기만 한다면 즐겁지 않을 것 같고, 일하

는 강도가 셀수록 휴식의 단맛도 커질 것 같다. 만약 지금 나에게 '직장을 그만두고 매일 놀아라' 한다면 일하고 싶어 안달을 할 것이 분명하지 않은가. 오래전 연구소 다닐 때, 우리가 일하던 빌딩을 보면서 '만약 이 빌딩이 내 것이라면 직장을 계속 다닐 것인가?'라는 주제로 동료들이랑 얘기를 나눈 적이 있다. 우리 6명 중 3명은 '돈이 많으면 당장 직장 그만두고 즐겁게 놀겠다', 3명은 '아무리 돈이 많아도 일을 해야 한다'로 의견이 나뉘어 격렬히 토론하였다. 충분한 돈이 있어서 여행하고, 명품 사고, 운동하고, 그러면 행복할까? 나는 계속 직장 다녀야 한다는 생각이었다. 일을 하면서 얻는 존재감, 성취감, 기쁨 등등은 무엇과도 바꿀 수 없는 것이라 생각하기 때문이었다.

나는 얼마 전 상영된 영화 〈워낭소리〉를 보면서 펑펑 울었었다. 소와 할아버지가 오랜 시간 가져온 끈끈한 마음이 정말 감동스러웠지만, 특히 영화 마지막 부분에 소가 죽을 때가 되어서야 코에 꿰였던 코뚜레를 벗겨주는 것을 보면서 우리도 저 소처럼 평생 일하면서 살다가 죽을 때가 되어서야 일에서 벗어나는 것이 아닌가 싶어서 눈물이 줄줄 나왔다. 영화가 끝나고 퉁퉁 부은 눈을 보고는 같이 간 친구가 물었다, 자기는 정말 열심히 사신 아버지 생각이 나서 울었다며 나에게 누구 생각이 나서 그리 울었냐고? 꼭 누가 생각났다기보다 그냥 이렇게 묵묵히 일하는 것이 우리 인생이 아닌가 하는 생각이 들고 나 자신을 포함한 우리 모두가 좀 불쌍해져서 울었다. 그렇지만 다시 생각해보니 이렇게 열심히 일하는 것이 불쌍한 것이 아니고, 직업이든 집안일이든 열심히 일하는 가운데 금요일이 오고, 토요일이 오고, 즐거움도 오지 않을까 싶다.

다이어트 싫다 싫어

박혜영

누가 물었다. 돈을 주로 어디에 쓰냐고? 그 질문 때문에 나는 대부분의 돈을 식비에 쓴다는 사실을 깨달았다. 사는 즐거움 중의 하나인 식도락을 제법 만끽하여서 봄이면 도다리쑥국, 여름이면 삼계탕과 민어, 겨울이면 방어…… 등등 계절마다 맛있는 음식을 찾아다녔고 요리에도 관심이 많았다. 아무리 맛있어도 같은 음식을 두 끼 연달아 먹기는 싫어하고, 반찬타령도 심히 했었다. 그런데 그렇게 음식을 즐기다 보니까 반갑지 않은 손님 '고지혈증과 당뇨'가 찾아왔다. 담당의사 선생은 당뇨약 복용하기 전에 먼저 체중을 5~10% 감소시켜 보라고 한다. 20대 이후 아주 서서히, 그러나 꾸준히 늘기만 했지 한 번도 줄어든 적이 없어서 옷 사이즈는 두 번 바뀌고 반지는 하나도 맞지 않게 된 나의 체중을 무슨 수로 줄일 수 있을지 난감하였다. 그러나 당뇨가 보통 무서운 병인가? 나이 더 들어 당뇨부작용 등으로 고생하지 않으려면 잘 다스려야 하고 체중을 줄여야만 하였다.

배고프면 못 참는지라 먼저 음식량보다 음식의 종류를 바꾸었다. 탄

수화물을 확 줄이고 채소를 늘렸다. 아침 식사는 당근, 브로커리, 단호박, 토마토, 상추, 머스터드그린 등을 한 접시 가득 먹는 것으로 했다. 신기하게도 채소는 생각보다 맛이 좋았고 배도 불렀다. 계속 먹어도 별로 싫증나지 않았고, 신선한 야채에 익숙해지다 보니까 짜고 매운 음식을 싫어하는 입맛으로 서서히 바뀌어 갔다. 물론 갓 구운 빵의 냄새, 그 행복감을 잊을 수 없어 빵도 한 조각씩 곁들였다. 점심은 주로 학교 식당에서 한식으로 하는 것을 원칙으로 하였다. 가끔 음식점, 특히 부페에 가면 정말 조심하지만 원칙을 지키기가 어려웠다. 치즈케익, 초콜릿 파이 등이 유혹을 하고, 의지가 약한 나는 항상 그 유혹에 넘어갔다. 더 큰 문제는 저녁 식사로서, 무엇을 먹던 아주 조금만 먹어야 하는데 그것이 쉽지 않았다. 간식은 대략 포기하고 우유, 과일, 고구마 등으로 하였다. 음식조절과 함께 중요한 것이 운동이었다. 헬스장으로 퇴근하여 1시간 정도 운동하였다. 무슨 운동이든 즐거워야만 꾸준히 할 수 있는데, 런닝머신 30분과 스트레칭 30분이 나한테는 잘 맞는 것 같았다. 신기하게도 운동하고 나면 피곤할 것 같았는데 오히려 가뿐하고 배도 고프지 않았다.

이렇게 몇 달 동안 음식조절과 운동을 병행하니까 체중도 빠지고 혈당 수치도 내려갔다. 몸에 끼던 옷도 잘 맞고 건강 상태도 좋아졌다. 다이어트는 마음만 먹으면 얼마든지 할 수 있을 것 같았고, 행복하였다. 문제는 1년쯤 지나자 방심하는 사이에 조금씩 체중이 다시 늘기 시작한 것이다. '이 정도는 괜찮을 거야' 하면서 조금씩 더 많이 먹게 되었고 운동은 '주 3회' 하던 것을 '월 3회' 하게 되면서 원래 체중으로 다시 돌아와 버렸다. '아 다이어트가 이렇게 어려운 것이구나. 정말 싫다 싫어.'

날씨가 더워지면서 다이어트에 신경 쓰는 학생들이 많아지는 시기이다. 다이어트 참 어려운데 꼭 해야 할까? 나처럼 당뇨 등의 이유로 꼭 해야 하는 경우도 있지만 충분히 예쁘고 날씬한 학생들이 힘들게 다이어트 하는 것을 볼 때는 아름다움의 기준에 대한 의문이 든다. 다이어트 하다가 거식증 걸린 지인의 딸도 있고, 제대로 먹지 않고 하루 종일 컴퓨터 앞에 앉아 있어서 생리불순, 허리통증, 목 디스크 등을 경험하는 학생이 많아 걱정이다. 특히 여학생들의 건강은 다음 세대 출산과 직접적으로 연결되므로 잘 관리하여야 한다. 이런저런 다이어트 프로그램도 좋지만 요요 없이 건강 유지하면서 체형을 유지하는 것이 필요하다. 그러므로 음식과 다이어트에 대한 정확한 지식을 갖고 접근하여 영양소를 골고루 섭취하고, 운동을 꾸준히 하는 것뿐 왕도는 없는 것 같다. 프랑스에서는 체지방지수(체중 kg /키 m) 18이하는 모델로 금지하는 법안도 통과되었고, 또 약간 살찐 사람은 병이 와도 이겨내는 체력이 있어서 오래 산다는 통계도 나와 있다는 사실을 생각하고 적절한 체중을 목표로 잡으면 좋겠다.

막장 드라마, 왜 그리 재미있는 거니?

박혜영

나는 드라마를 참 좋아한다. 만들어지는 스토리에 빠져서, 남녀 배우들의 미모에 빠져서, 매주 그 시간을 기다리고, 그 시간이 다가오면 행복해하며 TV 앞에 앉는다. 내 인생에서 만날 일 없는 재벌도 드라마에서 만나고, 그들이 이렇게 사나? 진짜 재벌은 저렇게 좋은 집에서 살까? 하며 궁금해한다. 내 인생에 일어날 일 없는 뜨거운 사랑도 드라마에서 보며, 둘이 잘 되기를 마음으로 응원한다. 하도 드라마에 빠져 보니까 "뭘 저런 유치한 걸 보냐"며 잔소리 하던 남편도 이제는 "재미있게 봐라"며 슬며시 다른 방으로 간다.

그렇다고 내가 모든 드라마를 좋아하는 것은 아니다. 드라마 주제라든지, 출연 배우가 마음에 안 들면 가차 없이 안 본다. 너무 폭력적인 드라마라든지, 너무 뺀질한 배우가 나오면 싫다. 그러니 제작하는 사람들은 시청률이라는 성적표를 항상 생각할 것이고 작품성보다 상업성을 더 추구할 것은 자연적인 이치이다. 그래서인지 점점 더 자극적인 드라마가 많아지고 있다. 왜 드라마에는 미혼모와 아이 버리고 간 엄마는 그리도 많으며 왜 그 엄마들은 다 성공해서 부자가 되어 나타나는가? 출생의 비밀 없으면 얘기가 안 만들어지는지 왜 드라마에서 사랑하는 사람이 남매로 밝혀지거나 겹사돈인 것인가? 그리고 서로 예의를 갖추지 못하고 함부로 말하고, 상대에게 막 대하거나, 엿듣거나, 서류를 바꿔치기 한다거나, 불법적인 방법으로 남의 회사를 빼앗거나 등등의 일을 하는 장면이 자주 나오는가? 왜 남의 빰도 너무 쉽게 때리고, 격앙되고 못된 말투를 쓰고 염치없는 일도 서슴없이 하는가?

그냥 나쁜 사람이 자기 목적을 이루기 위해 하는 일 정도로 그려지고 있지만 도덕적으로 해서는 안 되는 일, 나아가 불법적인 것들이 많다. 문제는 학습효과이다. 자꾸 보다 보면 '저렇게 해도 되는가 보다'로 느끼게 되고, "저런 나쁜……."하고 욕하면서 따라하게 된다. 중학교 교사인 친구는 전에 유행하던 '봉숭아 학당'이라는 코미디 프로를 아주 싫어했다. 거기에 나오는 바보 같은 말과 행동을 학생들이 학교에 와서 수업시간에 바로바로 따라 하기 때문이란다. 중학생뿐만 아니라 전 국민이 모르는 사이에 그렇게 되어 가고 있다. 그래서 드라마 작가들께 진심으로 부탁한다. 우리 모두 당신들이 쓰신 드라마에 울고 웃으며 살고 있으니, 제발 그 커다란 파급력을 생각하며 드라마를 써 주십사고.

몬트리올 또 가고 싶다

박혜영

"엄마, 이번에 미국 저희 집에 오시면 같이 몬트리올로 여행가요"하고 작은아들이 얘기할 때만 해도 이런저런 걱정에 일정을 줄여 한국으로 가야 할까 하는 마음이 더 커서 썩 내키지 않았다. 그런데 눈치를 보니 작은아들 내외는 나름 여행준비를 다양하게 한 것 같아 안 간다고 우기기도 미안하고 또 아들이랑 여행하는 이런 좋은 기회가 어디 있나 싶어 모른 척하고 같이 떠났다.

우리는 뉴욕주를 종단하며 계속 북쪽으로 올라갔다. 여름인데도 건조하고 상쾌함이 느껴지는 날씨였다. 이곳 Up-State New York이라 불리는 곳은 사람도 많이 살지 않고 고속도로 양쪽으로 울창한 숲이 계속되었다. 가을에는 단풍이 아주 아름다운 곳이지만 지금은 신록이 울창하였다. 우리나라처럼 아기자기하게 예쁜 맛은 없지만 깊은 산에 온 느낌은 주었다. 중간에 고속도로 휴게소에 들어갔는데 화장실과 음료수 파는 기계만 있고 음식점도 없었다. 핸드폰도 잘 안되어서 휴게소에서만 전화가 가능하다는 표시가 있었다. 달콤한 공기, 산소로 포화된 것 같은 공기, 파아란 하늘 그리고 팔을 간지럽히는 황금빛 햇살이 이 곳이 깊은 산속이라 말하고 있었다. 보이는 마을은 집이 몇 채 없으며 평화로워 보였지만 또한 한없이 심심해 보였다. 이곳에서는 옆집 부인 과 "지난주 심은 상추가 잎 세 개 났어요" "토마토가 이제 열리기 시작 하네요" 외에는 할 말이 별로 없을 것 같다.

점심을 먹기 위해 캐나다 국경에 제일 가까운 도시로 들어갔다. 아들 이 인터넷으로 찾아놓은 음식점을 한참 걸려 찾아갔는데 호숫가에 있 는 꽤 분위기 나는 레스토랑이었다. 하얀 보트와 파란 물을 보면서 데 크에서 밥을 먹는 곳으로 눈은 즐거웠지만 닭튀김은 너무 짰고 크램차 우더 스프는 엄청난 양을 주었다. 우리는 음식 맛은 분위기만 못하다고 불평하면서 '송어회와 매운탕을 팔면 얼마나 좋을까' 하고 킬킬 웃었 다.

점심을 먹고 다시 자동차로 출발하여 30분 남짓 가니까 캐나다 국경 이었다. 국경이라지만 작은 검문소가 하나 있을 뿐이었다. 차에 탄 채 로 네 사람 여권을 모아서 건네주니까 한 사람씩 이름을 부르며 확인을 하였다. '캐나다에는 왜 가느냐' '얼마나 머물 계획이냐'(우리가 하룻밤 있을 계획이라고 대답하자) 뉴욕주를 지나 운전 많이 하고 와서는 겨우 하 룻밤 자느냐'(아들 내외가 학생이라고 하자) 전공은 무엇이냐, 공부는 언 제 끝날 계획이냐' 등등 꽤 자세히 물었다. 국경 직원은 젊은 여자였는 데 그 옆에 있는 더 어린 남자 신임직원에게 계속 "이렇게 질문해야한 다"고 가르치면서 우리에게 여러 가지 질문을 하더니 "미국에 다시 들 어오려면 학생은 I-20 폼이 있어야 하는데 잘 챙겼는지"까지 묻고서는 웃으며 도장을 찍어 주었다. 차에서 내리지도 않고 국경을 통과하는 것 이 너무 신기하였고 마치 맥도날드에서 드라이브 스루로 햄버거 주문 하는 수준 같아 웃음이 나왔다.

캐나다 국경을 넘자 갑자기 풍경이 바뀌었다. 울창한 숲 대신에 넓은 초원이 나타났다. 우리가 미국 쪽에서는 애틀란틱 산맥을 넘어 왔기에 평지가 아닌 것도 사실이지만 이곳이 미국에서는 제일 북단이므로 더 날씨가 좋은 남쪽에서 농사를 짓고 이곳을 버려두고 있는 반면 캐나다는 이곳 국경지대가 제일 남단이므로 개간하여 농사를 짓고 있는 것을 알 수 있었다. 캐나다를 갈 때 전혀 외국에 간다는 느낌없이, 환전도 안하고 국경을 넘었는데 갑자기 모든 간판은 불어로 되어 있어서 뜻을 알 수 없고, 스피드 리미트도 마일이 아니라 킬로미터로 바뀌어 나타났다. 사슴이 나타난다고 주의하라는 표지판의 사슴도 미국 사슴보다 더 크고 뿔이 많았다. 우리 넷은 모두 약간 긴장하고 이제 믿을 것은 영어로 길을 알려주는 자동차 내비게이션과 크레디트카드뿐이라고 농담하였다. 한 시간쯤 달려서 몬트리올이 시작되었는데 강가의 놀이공원, 큰 배가 다니도록 높게 만든 다리 등이 먼저 눈에 띄었다.

아들이 예약해 둔 민박집은 몬트리올 동쪽에 있는 2층짜리 연립주택이었는데 쉽게 찾을 수 있었다. 아래층에는 주인이 살면서 bed and breakfast로 손님을 받았고 위층은 완전 독립된 공간으로 침실 2개, 응접실, 부엌, 화장실 및 파티오를 갖춘 아파트였다. 독일계 멋쟁이 50대 아줌마인 안주인은 아주 친절하게 집을 소개해주고 근처에 있는 가게며, 음식점을 자세히 소개해 주었다. 근처 가게 명함들을 죽 준비해 두고서 '빵은 이집 빵이 제일이에요' '이 프랑스 음식점은 맛은 있는데 좀 비싸구요' '스시를 먹으려면 이곳이 좋아요' 하며 설명해 주었다. 반면 덩치 크고 마음 좋게 생긴 프랑스계 주인아저씨는 그저 모든일을 아줌마가 시키는 대로 할 것 같이 생겼다. 집은 지은 지 100년이나 되었다는데 마루가 좀 삐그덕거릴 뿐 정말 깨끗하고 잘 꾸며져 있었다. 부엌도 깔끔하며 각종 티와 커피도 준비되어 있었고 맥주컵은 냉장고

냉동칸에 넣어져서 시원한 맥주 마시기에 일품이었다. 정말 독일사람 다운 준비였다.

　아파트 단지를 나서자 곧 아줌마가 소개해준 가게며, 음식점들이 줄을 서 있는 길을 만났다. 거리는 적당히 많은 사람들로 활기차 있었고 멋져보였다. 맛있어 보이는 빵집, 분위기 있게 꾸며진 음식점 등이 즐비하였다. 우리는 세 블럭쯤 되는 거리를 계속 왔다 갔다 하였다. 처음에는 구경하러, 두 번째는 아줌마가 강조한 빵집을 찾으러, 세 번째는 못 찾은 빵집 대신 아까 봐두었던 빵집에서 빵을 사기 위해서였다. 우리는 남편의 주장에 따라 요리된 음식과 와인을 사갖고 집으로 가서 파티오에서 저녁을 먹기로 결정을 하였다. 아들 내외는 프랑스 식당에 가보고 싶어 했지만 파티오에 매료된 남편이 그것은 내일 점심으로 미루자고 강력 주장하였다. 먼저 빵집에서 빵뿐만 아니라 햄, 샐러드, 퀴시, 디저트 등등 바로 먹을 수 있는 음식을 샀다. 올리브가 들어간 치아바타와 정체를 모르지만 엄청 맛있어 보이는 둥근 빵을 골랐다. 저녁거리를 산 다음 우리는 슈퍼로 가서 와인과 맥주를 사기로 했다. 잔뜩 산 보따리를 들고 슈퍼에 들어가기가 좋지 않아 나만 슈퍼 앞에서 보따리 들고 기다리고 나머지 셋은 슈퍼에서 장을 보기로 했다. 기다리는 동안 거지가 나타났다. 보통 키의 40대 프랑스 남자는 피터팬 반바지에 색깔 맞춘 셔츠도 멋있게 입어서 처음에는 거지인 줄 몰랐다. 슈퍼에서 나오던 젊은이가 봉투를 떨어트리면서 주스 병을 깼는데, 엎질러진 주스와 깨진 유리병 조각이 슈퍼 입구에 흥건해졌다. 젊은이는 얼굴을 붉히며 황급히 봉투를 챙겨가 버렸고, 이 우아한 거지가 슈퍼 직원을 불러서 사태를 설명하고, 직원이 걸레 가지러 간 사이에 슈퍼 들락거리는 아줌마들에게 발 조심하라고 얘기하고 있었다. 어느 아줌마가 고맙다며 동전을 주길래 그가 거지인 줄 알게 되었다. 물론 모두 불어로 진행

되었고 내가 불어를 알아들은 것은 아니지만!

파티오에서의 저녁은 기대만큼 멋있었다. 파티오는 두 평 정도 되는 공간에 테이블과 의자 네 개를 놓고 옆집과는 눈높이 정도의 발을 쳐서 방해를 받지 않는 공간을 만든 것이었다. 선선한 저녁 바람을 맞으며 뉘엿뉘엿 해 지는 하늘을 보며 와인과 맥주를 마셨고, 빵집에서 샀던 수제 햄과 반찬도 정말 프랑스 맛이었다. 지난해 결혼한 아들 내외랑 같이 이런저런 학교 얘기하면서 와인 두 병을 금방 비웠다. 작은아이가 좋아하는 크램 브륄레를 디저트로 만찬은 끝냈다. 알코올만 들어가면 졸리는 나는 저녁 식사가 끝나자 바로 침대로 갔고 아들 내외에게는 구시가지 구경 다녀오라며 자유를 주었다. 나중에 들은 얘기지만 마침 시내에서는 축제가 열려서 불꽃놀이도 보고 야시장 구경도 하고 아주 볼거리가 많아 톡톡히 즐거웠다고 한다.

다음날은 마침 일요일이어서 우리는 체크아웃을 한 후 시내로 가서 시내를 구경하고 그곳에 있는 노트르담 성당에서 미사를 보기로 하였다. 체크아웃하기 위해 주인아줌마랑 아저씨를 다시 만났고 남편이 영어를 잘 한다는 것을 알아차린 아저씨는 한참 동안 한국에 대하여 물었고 마지막으로 우리랑 기념사진도 찍었다. 아줌마는 살림꾼 같은 표정으로, 아저씨는 여전히 사람 좋은 표정으로 푸들 강아지를 안고서.

구시가지에 갔을 때 일요일 아침이라 거리는 조용하였다. 주차할 곳을 찾던 우리는 운 좋게도 성당 앞 가까운 길에 빈자리를 찾았다. 주차비를 내는 방법을 몰라 한참을 헤메다가 일단 그냥 가기로 하였다. 곧 일요일 오전은 공짜임을 확인하고 얼마나 기뻤는지. 정말 작은 돈에서 기쁨을 느끼는 순간이었다. 주차할 때부터 슬슬 내리기 시작하던 비는 본격적으로 오기 시작했고 우산은 하나뿐이었다. 마침 마차가 지나가는 것을 본 남편은 너무 좋아하며 마차를 타자고 제안하였고 우리는 물론 대찬성이었다. 내가 타자고 졸라도 탈까 말까 망설일 남편이 비 때문에 먼저 타자고 하니 그것도 횡재였다. 마차 타는 값이 얼마냐고 물었더니 48달러이란다. 우리는 캐나다 돈이 없다고 했더니 미국 돈도 좋고 가격은 48달러이란다. 그런데 갑자기 우리 남편이 화들짝 놀라면서 "1인당 48달러?"하고 물어서 우리 모두 와르르 웃었고 그 자리에서 남편은 1인당 12달러 대신 48달러씩 내고 마차를 타는 부자로 인정되었다. 엄청 수다스런 마부는 구시가지 건물에 대하여 설명하면서 중간중간 "이집 남편은 엄청 부자다" "자기 차도 현대차다" "자기 핸드폰도 삼성이다" 등의 멘트를 커다란 소리로 외쳐서 새댁인 작은며느리 얼굴을 빨갛게, 어쩔 줄 모르게 만들었다.

마차 투어는 아쉽게도 금방 끝났고 우리는 미사를 보기 위해 노트르담 성당으로 갔다. 성당 앞은 벌써 관광객들로 꽉 차 있었고 비까지 많이 오기 시작하여 복잡하였다. 성당 입구에서는 안내원이 '모자를 벗어라' '미사 도중에 나오면 안된다' '사진 찍으면 안된다'는 주의를 단단히 주고서야 우리를 성당 안으로 넣어주었다. 성당 안에 들어간 순간 밖의 소란스럽던 분위기와는 달리 갑자기 조용한 가운데 내부의 빼어난 아름다움에 감탄이 절로 나왔다. 유럽의 성당이 너무 크고 무덤 같은 분위기가 있다면 노트르담 성당은 한국 성당과 구조가 비슷하여 친숙한 느낌이면서도 화려하고 단아한 모습에 압도되었다. 한 시간 넘게 미사 드리면서 계속 감탄하였고 그 기쁨이 오래 남아 있다. 너무나 사진 찍고 싶었는데 안내원의 주의 때문에 그냥 둘러보기만 한 것이 지금도 속상하다. 내가 그렇게 말 잘 듣는 사람이 아닌데 어쩌자고 그 좋은 기회를 놓쳤나 싶어 아쉽다.

미사를 마치고 나왔더니 비는 더 세게 오기 시작하여 근처 프랑스 식당에 가려던 계획을 수정하여 지하 쇼핑몰로 가기로 했다. 이곳은 겨울에 무척 추우므로 건물 지하를 연결하여 대규모 쇼핑몰을 만든 것이 유명하다. 우리는 이미 코엑스몰에 익숙해져있어 별 기대를 안 하였지만 그 규모가 대단하였다. 계속 지하에서 분위기 나는 프랑스 식당을 찾았으나 거대한 지하 공간을 한참 헤멘 끝에 결국은 대형 푸드코트에서 그렇고 그런 점심을 먹게 되었다. 어찌나 아들 내외에게 미안하던지 — 한 번 멋있게 점심을 쏠려고 했는데. 점심을 먹고 나니까 차를 세워둔 곳을 찾는 것이 또 큰 문제였다. 우리는 네 사람이 퍼즐 풀 듯이 아까 지나온 길들을 한참 거꾸로 더듬어서 겨우 빠져나왔다.

몬트리올을 떠나기 전에 전체 시가지가 보이는 몽레알 언덕에 올라갔다. 언덕은 커다란 묘지가 대부분인 공원으로서 비는 거의 그쳤지만 비안개가 자욱해서 몬트리올 시가지는 어슴푸레 보였다. 제법 큰 도시임을 알 수 있었고 하루만 보고 간다는 것이 너무 아쉽다는 생각이 들었다. 우리는 그 아쉬움을 언덕 아래에 있는 노천 카페에서 근사한 디저트를 먹으면서 달래기로 하였다. 크레페 간판을 보고 차를 세워 들어간 까페에서 아이스크림, 커피, 케익 및 큼직한 크레페를 푸짐하게 시켰다.

디저트 카페에서 나와 이제 미국으로 돌아가기 위해 길을 찾고 있었다. 차가 막 출발하여 아직 다운타운 지역에 있을 때, 갑자기 거지가 나타나 신호등에 서 있는 차로 다가와서 구걸을 하였다. 자세히 보니 50대 정도 나이의 동양 남자인데 수염, 차림새 등이 무척 지저분하였고 특히 차 운전석마다 다니면서 강요하는 것이 불쾌하였다. 차가 출발하여 다음 골목으로 들어 갔을 때 이번에는 아주 지저분한 차림의 동양 아줌마가 같은 방식으로 구걸하고 있었다. 조금 전의 아저씨와 부부인 듯 보이면서 혹시 한국 사람이 아닐까 하는 생각도 들었다. 어제 슈퍼 앞의 우아한 거지와 참 분위기가 다른 두 사람을 보면서 캐나다까지 이

민 와서 구걸하고 살고 있다면 어쩌나 싶은 애잔한 마음이 들었다.

　몬트리올을 간다고 하자 '간 김에 퀘벡을 보는 것이 좋다' '간 김에 오타와를 보고 와라'는 조언을 들었었는데 그 조언을 들었어야 한다는 아쉬운 마음이 가득하였다. 몬트리올 지역을 소개할 때 프랑스보다 더 프랑스 같다는 표현을 하는데 정말 유럽 기분이 팍팍 나는 즐거운 곳이었다. 곧 또 한 번 오리라 마음먹으며 미국 국경을 향했다. 아들아, 이번에 정말 즐거웠고 고맙다!

그 나이에도 즐거울까?

박혜영

    올해가 환갑이었다. 그 전에는 생일이 돌아오면 온 식구가 다 알도록 "내 생일 다음 주야, 아들 뭐해줄 거니?"하고 호들갑을 떨었었는데 2~3년 전부터 환갑을 생각하니 생일 돌아오는 것이 영 두렵기만 하고, 지구 도는 것을 붙들어 놓고 싶은 마음이었다. 내가 소설에 나오는 '60대 노파'가 되다니…….

    내가 원하든 원하지 않든, 이렇게 환갑은 돌아왔고, 우리 대학동창 15명은 남해로 환갑여행을 갔다. 서울역에서 만나는 장소부터 '파리 크라상' 앞이었는데 2층과 3층에 '파리 크라상'이 두 군데 있는 바람에 7명씩 나뉘어 기다렸고, 기차 떠날 때까지 한 친구가 나타나지 않아 우리 모두 마음을 졸였다. 그 친구는 옆 라인의 KTX 기차를 탔다가 떠나기 직전 잘못 탄 것을 알고 옮겨 탔다고 한다. 아침으로 준비해 온 김밥을 먹으며 우리가 끝없이 떠드는 동안 기차는 대전, 대구를 금방 지나 창원역에 도착했다. 우리는 오랜만에 만난 짝꿍이랑 아들, 딸, 손자 애기하느라 기차가 어디쯤 왔는지 알지도 못했다. 창원에 도착하니까 맑고 따스한 가을 날씨에 노랗게 물든 가로수들이 우리를 반기고 있었다. 마창대교를 지나 통영 어시장에서 점심을 먹기로 했다. 어시장에서는 서로 생선 사라고 권하는 통에 정신없긴 했지만 많은 생선들이 즐비하게 있어서 풍성하고 즐거운 마음이었다. 인상 좋은 아줌마한테서 싱싱한 광어와 도미를 사고 우럭을 덤으로 얻었다. 아줌마가 회를 준비해주면, 바로 옆에 있는 초고추장집으로 가져가서 반찬과 탕을 시켜서 같이 먹을 수 있도록 되어 있어 싼값에 회를 즐길 수 있었다. 어시장 바로 위가 유명한 동피랑 벽화마을이었다. 마을은 길 따라 올라가며 벽마다 갖가지 멋진 그림으로 맞아주었다. 우리는 아이들처럼, 벽화에 그려진 포즈대로 팔과 다리를 뻗어보기도 하고 천사 날개 앞에 서서 천사가 되기도 했다. 한편 산비탈 오르막길이 힘들어서 마을 앞 쉼터에 앉아 '다른 친구들 사진 찍어오면 보지 뭐' 하는 친구들도 물론 있었다. 마음만 아이들 같았지 몸은 60이니까.

미륵산 케이블카를 타고 산 정산으로 갔다. 케이블카에서 내려 약 10분 걸으니 미륵산 정상이다. 정상에서는 사방으로 탁 트인 잔잔한 바다에 그림 같은 섬들이 펼쳐져 있는데 마침 구름 사이에 햇빛이 바다를 비추니 한 폭의 그림이 펼쳐졌다. 거제도, 남해, 여수로 호수 같은 바다가 시원하게 보였는데, 멀리는 일본 대마도까지 보인다지만 잘 믿어지진 않았다. 기념사진 찍어달라고 어느 아저씨께 부탁하자 '고전적 포즈'를 취하란다. 어리둥절 못 알아들었더니 미스코리아 사진처럼 한 줄로 서서 팔을 옆 사람한테 걸치는 포즈를 하라는 것이었다. 덕분에 모두 환하게 웃는 예쁜 사진이 나왔다. 통영에서 초등학교를 다닌 영란은 1학년 때 이곳 미륵산으로 소풍 왔었단다. 그때만 해도 10살에 초등학교 들어온 친구들이 있어서, 언니 같은 동기가 자기를 업고 소풍을 왔었단다. 자기를 업고 얼마나 힘들었까 생각하니 지금도 미안하단다.

치열한 경쟁에 사는 요즘 초등학생은 상상도 못할 얘기지? 내려오는 케이블카 속에서 갑희가 만주를 간식으로 나누어 주었는데 정말 입 안에서 살살 녹는 맛이었다. 너무 맛있어서 케이블카 타는 짧은 시간 동안에 만주를 2개나 먹었다.

진주로 가는 차 속에서는 오늘 밤 숙소에서 같이 잘 파트너를 정하기로 했다. 정말 머리가 좋은 친구들이 생각해낸 것으로 '견우와 직녀' '선녀와 나무꾼' '철수와 영희' '로미오와 줄리엣' '갑돌이와 갑순이' '전쟁과 평화' 등을 쓴 쪽지를 준비하여 철수를 뽑으면 영희를 뽑은 파트너를 찾는 것이었다. 한바탕 웃으며 잘 뽑았는데 진주에 있는 모텔이 싱글 침대는 없고 다 더블침대라는 바람에 할 말을 잊었다. 2인 1실은 알고 왔지만 방을 같이 써도 침대는 따로 쓰려니 생각했었으니까.

진주에서는 대학 졸업 후 덕환이를 처음 만났다. 우리가 간다니까 일부러 모텔로 찾아온 것이다. "하나도 안 변했네" "약국은 하니" "아이는 몇이니" 질문 공세를 폈다. 졸업하자 진주로 내려와 친구들을 28년 만에 만나는 덕환이. 갑자기 할머니가 되어 나타난 우리가 처음에는 낯설더니 조금 얘기하다 보니 옛날 얼굴이 살살 떠오른단다. 어릴 적 친구는 이렇게 오랜만에 만나도 어색하지 않은 것이 대학 4년간 쌓은 끈끈한 정 때문이겠지. 정성스레 과일, 요구르트, 과자를 봉지에 넣어 선물세트를 준비해 온 친구한테 다시 한번 고맙다.

아침에 일어나보니 모텔이 다행스럽게 촉석루 바로 옆이었다. 남강 따라 촉석루까지 아침 산책을 나갔다. 해 뜨는 남강의 아침 풍경도 다정하게 마음에 다가 왔지만 촉석루 앞에서는 논개 생각을 하지 않을 수 없었다. 유명한 진주 연등행사가 바로 이틀 전에 끝나 아쉽게도 불 킨 멋진 모습은 볼 수 없었지만 자전거 타는 베트남 처녀, 태국 코끼리 행렬 등 조형물들은 그대로 남아있어서 그걸 보는 것만 해도 즐거웠다.

강 위에 떠 있는 조형물 외에도 진주 산성에 저잣거리, 포졸, 주막 등등을 유등으로 만들어 산책로에 적절히 배치해 놓았다. 불이 켜지면 정말 멋있을 것 같았다. 그런데 어느 모퉁이를 돌자 환갑상이 한 상 잘 차려져 있었다. 물론 모두 유등 모형이었지만 한과, 과일뿐만 아니라 절하는 자손들 모습까지 있었다. "애들아, 우리 환갑인데 여기서 환갑상을 받는구나"며 한 명씩 차려진 상 앞에서 포즈를 잡고 사진을 찍었다.

아침 식사 후 남해 독일인 마을로 갔다. 우리나라 산업발전에 크게 도움을 주었던 독일 파견 광부와 간호사 중에는 남해 출신이 많았고, 그래서 귀국해서 안식처로 고향 남해를 정한 것이란다. 독일인 마을과 같은 입구를 쓰는 원예인 마을이 아주 예뻤다. 아기자기한 집, 예쁘게 가꾼 정원이 늦가을 햇살에 반짝이고 있었다. 우린 기념품 파는 집에서 모두 스카프를 하나씩 사서 주인아저씨를 기쁘게 하였고, 예쁘게 꾸민 집 앞에서는 자기 집 앞인 것처럼 포즈를 취하며 깔깔 거렸다. 젊은 대학생들이 한무리 지나가기에 한 학생한테 단체사진을 찍어 달라 부탁했다. 서글서글한 그 학생은 "화이팅하세요" 하면서 포즈까지 잡아줬다. 우리는 그 학생을 '파이팅 총각'으로 부르며 몇 번 더 사진 찍기를 부탁했다. 그러면서 생각했다. 우리가 이렇게 까르르 웃는 것보며 저 젊은 사람은 "저 나이에도 즐거울까" 하겠지. 그렇지만 그 총각도 나중에 알게 될 것이다. 이 나이에도 친구들이랑 정말 즐겁다는 것을. 이 나이에도 멋있는 사람 만나면 잘 보이고 싶고 마음 떨린다는 것을.

덕분에 카톡에 사진이 잔뜩 생겼다. 각자 찍은 사진을 경쟁적으로 카톡에 올려서 차 타면 전화기가 계속 '카톡 카톡' 울려댔다. 바닷가에서 발 담그고 찍은 사진, 진주성에서 환갑상받은 사진, 보리암 계단에서 찍은 사진, 미륵산에서 미스코리아 포즈 사진 등등 생각만 해도 웃음소리가 들리고 미소를 머금게 된다. 진주에서 먹은 비빔밥과 콩나물 해장국 그리고 남해에서 먹은 생선구이 맛을 입에 새기고, 손에는 멸치, 말린 홍합 등을 가득 사서 들고 1박 2일의 여행을 마무리하였다. 그리고 생각한다. 막상 환갑이 되니 걱정하던 것보다는 마음이 괜찮다.

밤 떨어진다

김난숙

맘이 급하다.

추석이 오기 며칠 전 9월, 시골에 사는 언니에게 별러별러 안부 전화를 한다.

전화를 받자마자 "애 올핸 추석이 꽤 이른데도 어떻게 추석 오는걸 아는지 밤이 막 떨어진다. 형부가 매일 조금씩 줍고 있는데 시간 있냐? 줍기도 하고 가져가면 좋은데." 언니 얘기에 갑자기 마음이 바빠진다.

"가만 있어봐. 그럼 밤 주우러 형제들 모두 모이면 좋겠네. 식구들 모일 수 있는지 알아볼게." 각 집으로 전화를 돌린다. 추석 지나고 처음 맞는 토요일에 밤줍기 가족모임을 갖자는 소식에 모두들 "좋아, 좋아. 그럼 가야지."하며 나이든 마음들이 벌써 어린 시절로 돌아간다.

여러 식구들에게 모이라 했으니 식사준비를 도울 겸 우리집은 전날 저녁에 먼저 간다. 다음날, 아침밥을 먹고 조금 있으니 웃음소리와 함께 형제들이 들어선다. 언니가 사는 집은 시집가기 전부터 몇 대를 이어 살고 있는 평택호 근방 시골집이다. 주위는 서해안고속도로가 생기며 어디보다 많이 변했지만 마을 안에 있는 집은 근 50년 전이나 지금이나 모습이 그대로다. 모두들 이런저런 일로 한두 번 넘게 찾은 기억이 있어 몇 십 년 시간을 되돌려 다시 옛날로 돌아간 것 같다. 가져간 증편과 과일로 요기를 하며 반가운 인사가 오간다. 형부는 오래전 돌아가신 아버님 생각이 많이 나는지 아버님의 그림으로 만든 병풍, 가리개 등 작품을 꺼내 보이며 하실 얘기가 많으시다. 마루에 걸려 있는 형부 아버님의 초상화 모습이 칠순 지난 지금 형부보다 더 젊으시다. 어르신은 가셨어도 생전에 그려놓은 복숭아꽃 핀 풍경은 어찌나 화사한지 유품이 세대를 잇고 있구나 하는 생각이 든다.

오늘 가족행사 일정이다. 평택호를 가로지른 다리만 건너면 갈 수 있는 공세리 성당을 가보고 밤나무가 있는 선산으로 가서 밤을 줍고 돌아와 점심 식사다.

공세리 성당, 미사가 진행 중인 성당을 살며시 들여다본다. 천주교 신자에게 가해진 모진 박해를 이겨낸 자리에 서 있는 자그마한 성당에서 드리는 예배 모습이 소박하고 경건하다. 성당 옆에서 몇백 년 세월을 보내며 성당과 신도들을 지켜봤을 느티나무와 팽나무 거목은 신령스럽게 보인다. 성당과 잘 정리된 아랫마을이 하나의 공동체가 되어 방문객을 맞는 모습도 편안하다.

성당에 인사를 했고 작은 박물관도 보았고 이젠 밤을 주으러 떠날 차례.

목장갑과 비닐봉지를 들고 저만치 보이는 밤나무 아래로 부지런히들 간다. 밤나무 아래엔 꽤 많은 밤이 떨어져 있다. 알밤이 벌어진 것도 있지만 송이째 떨어진게 많아 밤송이를 벌리며 밤을 줍는데 허리를 펼 수 없게 계속 밤이 보인다. 그만 줍자고 얘기하면서도 모두들 떨어진 밤송이를 쳐다보고 있다.

밤송이 속에 알밤이 꼭 세 알씩 들어 있는 모습이 어찌나 참한지 밤 한 개 꺼내고 또 하나 꺼내고 허리가 아프면서도 멈출 수가 없다. 한 시간쯤 줍고 나니 각자의 자루가 꽤 묵직하다.

이젠 가자고 재촉해 집으로 돌아와 점심을 준비한다. 남자분들이 한 상에 둘러앉고 한쪽 상엔 올케들이 앉는다. 세 올케언니에게 오늘은 모처럼 앉아서 식사하시라 하고 언니, 여동생과 내가 주방을 맡는다. 음식 만들기 좋아하는 언니가 새벽에 일어나 준비했다는 사과와 배와 밤을 튀긴 탕수, 청포묵무침, 호박전, 가지전, 김부각, 고사리나물, 도라지나물, 멸치볶음, 열무김치, 배추김치, 마늘장아찌에 요즘이 제철인 대하소금구이가 점심 메뉴다. 새벽에 조카가 사다준 대하만 빼고는 거의 집 앞 텃밭에서 온 재료들이다. 올케언니들은 이렇게 앉아서 상을 받으니 참 좋다고 감탄 연발이다. 오빠, 언니들 나이가 모두 칠순을 오가고 있으니 인연이 되어 만난 후 시간이 많이도 지났다. 밤 줍고 난 후 출출함과 모처럼 먹는 시골 음식에 접시가 여러 차례 주방을 들락거리고 주방을 맡은 동생과 나도 무척 바쁘다. 제사나 명절 때면 늘 전날 모여 음식을 준비하는 나이든 세 올케에게 "오늘은 편히 앉아서 점심 드셔요" 한게 아주 흐뭇하다. 좋은 시간은 더욱 빨리 지나간다더니 벌써 집을 나설 시간이다.

형부와 언니는 집에 모아놓은 밤을 한 바구니씩 더 넣어주고 미리 손질해놓은 마늘도 한 접씩, 오래전에 만들었다는 죽염도 한 봉지씩, 텃밭에서 따온 가지도 한 무더기씩 담아준다.

오랜만에 형제들을 집에서 대접한 형부와 언니가 기분이 좋으시다.

모두 어린 시절로 돌아갈 수 있었으니, 밤 떨어진다는 소리에 형제들을 급히 내려오게 한 내 생각이 아주 좋았다.

우리 세대, 주부의 나이가 많아지면서 여러 번 지내던 제사도 어쩔 수 없이 줄이고 명절 가족모임도 미리 성묘하고 밖에서 점심 먹고 헤어지는 모임으로 바뀌고 있다. 외국에 살다 오랜만에 한국에 다니러 온 분이 가족, 친지 여러 사람을 만나고 식사를 했는데 집으로 가 본 적은 없다는 얘기를 들으니 집에서 갖는 행사가 점점 힘든 일임을 알게 된다. 그래서 형부와 언니에게 더 고마운 마음이 든다.

모처럼 형제들이 모여 즐긴 화창한 가을날은 각자에게 소중한 추억으로 남을 것 같다. 너무 열심히 밤을 주웠던 난 며칠 동안 허리가 펴지지 않았다.

잠자는 숲 속의 공주 휘파람 불며 일어난다

김난숙

꼭 4년 전이었어. 내 얼굴에 큰 어려움이 찾아온 건.

그때, 긴 세월 함께 살고 있는 시어머님은 치매가 시작되어 누군가가 옆에서 늘 돌봐드려야 했다. 그리고 한해를 결산하고 정리하는 학교 일도 어지간히 끝낸 6월, 무척이나 내 몸이 지친걸 느꼈다. "아이구, 이제 좀 쉬어야겠어" 하던 어느 날 박물관 관람이 끝나고 입이 답답해 '아' 하고 거울을 보니 입이 동그라미가 아닌 옆으로 처진 풍선껌 모양이다. 자주 다니던 한의원을 찾으니 '구안와사'가 며칠 전부터 시작되었단다. 몸이 많이 지치고 면역력이 떨어졌을 때 바이러스가 침투하여 올 수 있는 병이란 설명과 3~4주 쉬면 대부분 제자리를 찾으니 너무 걱정 말고 푹 쉬라는 진단. '그래 넉넉하게 한 달만 지나면 되겠지" 한 기다림이 많이도 길어졌다. 빠른 시일 내에 제자리로 돌아오지 않으면 치료기간이 길어진다고 하더니 재활치료에 긴 기간을 보냈고 지금도 얼굴을 치료하고 몸을 살피러 일주일에 두세 번 한의원을 찾는다. 퇴근 후 침대에 누워 치료받는 시간이 내 몸이 가장 편안해지는 시간이니 이젠 병이 오랜 친구가 된 듯하다.

큰 병은 아니라 했지만 얼굴 한쪽의 마비로 얼굴 모양뿐 아니라 눈과 입이 자유롭지 못하고 귀는 답답하고, 계속 작은 소리가 들리니 가벼운 병이 아니었다. 발병 초기 자다가 꿈속에서 얘기를 하면 어찌나 자연스럽게 말을 잘하는지 '빨리 거울을 봐야지' 하고 자다가 벌떡 일어나길 수없이 했다.

잠자는 숲속의 공주가 긴 잠에서 깨어나선 하고 있던 일을 그대로 계속하듯, 나도 푹 자고 일어나면 얼굴은 예전대로, 귀도 조용해지리라 간절히 기다렸다. 그 긴 기다림의 시간은 나를 돌아보는 시간이 되었다.

여자들이 거울 보기를 좋아한다지만 맘에 들지 않는 거울 속 나를 쳐다보며 사소한 변화를 꼼꼼히 찾는게 매일의 일과였다. '나는 그냥 나야. 얼굴이 조금 달라졌을 뿐야' 생각을 하면서도 남과 마주하고 말하기가 꺼려지니 스스로 위축되는 걸 느끼곤 했다. 더디게 나아지는 얼굴 보기가 민망해 가끔씩 '얼굴 나아지는 걸 바라는 것처럼 마음을 넓게 키우고, 품위있게 늙는 걸 생각하지 그래' 스스로에게 핀잔을 주기도 많이 했다.

처음엔 '한 달 후면', '아냐 서너 달은 걸릴거야', '일 년이면 되지 않겠어?' 하며 날마다 내일을 기다리며 살았다.

치료하며 보낸 긴 시간이 많이 힘들고 속상했지만 헛되지만은 않았으니 내 몸을 위할 줄 알고 마음을 적절히 다스리게 되었다. 몸과 마음이 좋아하는 걸 찾고, 안 좋은 건 되도록 피하고, 일도 스스로 할 수 있는 만큼만 하자고 기대치를 낮추려 노력하게 되었다.

내가 택한 한의학 치료는 몸 전체가 하나로 연결되어 있다는 관점으로 치료하는 것이어서 스스로 몸의 흐름을 이해하고 알게 되었다. 그러면서 내 몸처럼 다른 사람을 이해하고 마음을 너그럽게 가지려 노력하니 이건 병이 내게 준 선물인가보다.

며칠 전 모임에서 한 친구가 "얘들아, 그냥 든 생각인데 개인마다 행복총량은 정해져 있을 거란 생각이 들어. 이만큼 살고서 드는 생각인데 평생을 기준으로 사람마다의 행복을 다 합하면 모두 비슷한 양이 되지 않을까?"라는 얘기를 한다. "그럴 수도 있겠지? 그런데 사람마다 행복을 느끼는 기준은 다를 수 있지? 그러니 행복이라고 느끼는 게 많은 사람일수록 행복량은 더 커지지 않을까?" 하는 얘기를 나눴다. "내게 온 병은 큰 시련이었어." 속상했지만 가만히 옆을 돌아보니 몸이 힘들어진 친구들이 꽤 많다. 한 친구는 이명으로 귀에서 큰 소리가 계속 들린다 하고, 한 친구는 밤이면 잠들기 힘들 정도로 다리가 아프단다. '행복총량' 뿐 아니라 고통에도 총량제가 있음인가?

지금은 많이 좋아졌지만 아직도 긴장하면 눈과 귀가 따라서 긴장한다. 휘파람이 좋은 운동이 된다는 말에 못 불던 휘파람도 자꾸 불어보니 이제 소리를 낼 수 있다. 휘파람 불며 거울을 보면 아직도 입도 눈도 별로다. 그래도 매일 몸이 좋아하는 운동을 하면서 "잘될 거야. 한해 더 지나면 괜찮아지겠지." 하며 아직도 넉넉하게 남은 내년을 기다린다.

오랫동안 해오는 '나의 얼굴 되찾기' 운동법에 여러 가지가 있다.

얼굴 많이 두드려주기, 햇볕 받으며 등 쭉 펴고 걷기, 자연과 친한 밥상 차리기, 좋은 시 찾아 큰 소리로 읽기, 노래 부르기 등. 흥얼흥얼 하는 노래는 동요, 가곡, 학교 때 부르던 캠프송에 애국가, 찬송가 장르

불문이다.

스스로 꽤 노래를 잘한다고 생각하는 남편, 끝날 줄 모르고 이어지는 내 노랫소리에 괴로워지면 "당신은 스스로 노래를 잘한다고 생각해?" 질문에 "아주 중요한 운동 중임"이란 명쾌한 대답 뒤 나의 노래는 계속된다.

며칠 전 우연히 본 A. 링컨 대통령이 한 말 "대부분의 사람들은 자기가 행복해지려고 결심한 만큼 행복해질 수 있다"는 구절에 정신이 번쩍 든다.

함께 부른 노래 '그날에'

김난숙

어떤 일에 관심을 갖는 데엔 우연한 계기가 있다.

지난 1월 초 한 방송국의 다큐멘터리 프로그램를 보게 되었다.

'이승철과 탈북청년 42인의 하머니 그날에'였다. 크게 기대하지 않고 보기 시작한 프로그램을 다음날은 늦은 밤까지 기다려 2부를 보았고 탈북청년과 통일문제를 다시 생각하게 되었다.

탈북청년 모임 위드유가 가수 이승철에게 함께 부를 노래를 작곡해 달라고 부탁했고 몇 달간 합창 연습을 하게 되었다. 그리고 작년 8월 14일 독도를 찾아 '홀로 아리랑'과 새로 작곡한 '그날에'를 합창으로 불렀다. 그리곤 다시 급하게 영어 버전으로 연습하여 미국으로 가게된다. 유엔본부에서는 탈북자 합창단이 노래 부르는 것은 문제가 될 수 있다는 이유로 참석을 허락하지 않아 이승철만 노래를 불렀다. 그러나 하버드대 작은 교회에서는 이승철과 위드유가 함께 노래를 부르게 되었다. 독도에서 합창할 때는 독도지킴이 십여 명이 관객이었지만 하버드대 공연에서는 미국 각지에서 모인 천여 명이 보는 앞에서 노래를 불렀고 합창단과 관객이 모두 감동하는 모습을 볼 수 있었다. 몇 달간 한 주일에 한 번 늦은 밤에 모여 연습한 노래는 '홀로 아리랑'과 '그날에' 단 두 곡뿐이었지만 노래를 부르는 그들을 보며 진한 감동이 밀려왔다.

우리 사회의 중요한 이슈로 탈북자 문제가 많이 보도되지만 정책적으로나 행정기관을 통해 걱정하고 해결할 수 있는 문제로만 인식하고 있었다. 그러다 어느 날 '그날에' 프로그램을 보며 그들의 아픔을 이해하게 되었고 우리 사회가 할 수 있는 일, 해야 할 일에 대해 관심을 갖게 되었다.

20대 초반에서 30대 중반까지의 남녀 탈북청년들 한 사람 한 사람이 북한을 떠나온 사정은 모두 한편의 소설이 될 정도로 고단한 모습이다. 아직 완전히 정착한 단계는 아니지만 탈북 후 많은 어려움 속에서 고단하지만 열심히 살고 있는 모습을 보는데 저절로 눈물이 흐른다.

최근에 본 영화 '국제시장'이 생각난다. 갑작스런 전쟁에 목숨을 걸고 맨몸으로 고향을 빠져나왔고, 낯선 땅에서 힘겹게 뿌리내리며 살아낸 어려웠던 그 시절을 실감나게 볼 수 있었다. 탈북청년들이 어렵게 북한을 탈출해 이곳에서 사는 모습이 영화 속 장면과 겹치며 많은 생각을 갖게 한다. 어찌해볼 수 없는 극한 상황까지 몰려 혹독한 어려움을 겪고 탈출한 시절이 불과 몇 년 전이니 마음속에 남아 있을 두려움과 아픔이 얼마나 클지 짐작이 된다.

다큐멘터리는 단원들이 사는 여러 모습을 보여준다. 경기도 안산에서 유정란 양계장을 하며 세 명의 청년이 함께 사는 모습이 나온다. 아직 살기에 충분한 수입이 나진 않지만 서로 일을 분담하여 닭을 키우고 계란을 배달하며 천천히 자리잡아가는 모습이 나온다.

어느 날의 양계장 모습이다. 닭에게 모이를 주면 여러 마리가 한꺼번에 달려들어 정신없이 먹는다. 그중에 제대로 크지못해 볼품없이 생긴 닭을 다른 닭들이 자꾸만 쪼아대니 비척비척 쓰러질 것만 같다. 합창단원 중 노래도 썩 잘하던 예쁜 처녀가 그 닭이 불쌍해 밖으로 데리고 나오니 왜소한 그 닭이 저를 살려내준 고마움을 아는지 앉아 있는 옆으로 다가와 궁둥이에 머리를 비비며 서성이는게 꼭 자기들 모습을 보는 것 같다는 얘기에 측은한 마음이 든다.

이곳에서 결혼해 단촐한 신혼 살림을 꾸린 젊은이와 이들을 지켜준 양부모 모습도 나온다. 신랑인 청년이 남한 정착 초기, 고등학교에 입학하려고 교장실에서 면접을 했을 때 얘기가 나온다. 교장 선생님이 학생에게 "학생은 여기 오기 전 그곳에서 꿈이 뭐였나?"는 물음에 "먹을게 없어 죽게 생겼는데 꿈이 어디 있습니까?"라고 답했다고 한다. 교장 선생님이셨던 지금의 부모님은 그때 무척이나 미안하고 가슴이 아팠다는 얘기를 하며 눈물을 글썽인다. 그때 인연으로 교장 선생님은 학생의 양부모가 되었고 졸업 후 결혼할 때는 다른 자제 혼사 때처럼 부모가 할 일을 똑같이 했다고 하신다. 멀리서 사는 자녀들이 결혼식에 참석해 찍은 단란한 가족사진을 보면서 가슴이 뭉클하고 덩달아 흐뭇해진다.

이승철과 함께 노래 연습을 즐겁게 하는 모습, 지휘자의 말 한마디에 서로 웃으며 즐거워 하는 모습이 좋다. 살아가는 모습이 우리 젊은이들과 크게 다르지 않은데 그들의 가슴속엔 얼마나 큰 두려움과 고독이 있을지 짐작도 할 수 없다. 그들이 이곳에서 살아야 할 목적엔 '통일이 되면' 하고 싶은 일, 꼭 해야만 할 일로 꽉 차 있었다. 그러기에 '통일이 너무 늦어지면'은 그들에게 가장 큰 두려움이었다. 빨리 통일되어 부모님 돌아가시기 전엔 꼭 다시 만나야 한다는 것이 그들 모두 공통된

소원이었다.

그들이 부른 노래 '홀로 아리랑'은 독도에 대한 노래다.

곡 선정과 노래 부르는 곳을 독도로 하게된 이유로 살던 곳을 떠나 이곳에 있는 자신들의 모습이 독도와 비슷할 뿐더러 남에서도 북에서도 독도는 모두가 사랑하고 지켜야 하는 곳이기에 그 노래를 택하게 되었다고 설명한다.

자기들은 북한과 남한을 모두 경험했기에 통일의 징검다리 역할을 할 수 있다고 말하는 것에 크게 공감하게 된다.

'홀로 아리랑' 2절 가사에서 함께 가야 할 길을 노래하고 있다.

> 금강산 맑은 물은 동해로 흐르고
> 설악산 맑은 물도 동해가는데
> 우리네 마음들은 어디로 가는가
> 언제쯤 우리는 하나가 될까
> 아리랑 아리랑 홀로 아리랑
> 아리랑 고개를 넘어가보자
> 가다가 힘들면 쉬어가더라도
> 손잡고 가보자 같이 가보자

이 프로그램을 본 후 탈북한 그들의 실상을 많이 알아야 할 필요를 느낀다. 영어를 처음 접하는 그들이 영어 버전 '그날에'를 부르려고 한글로 가사를 적어 외워야 했고 생활에서 쓰는 단어를 이해하지 못해 일어나는 일 등 다름에서 오는 어려움이 많이 있다. 그러나 천천히 서로를 이해하고 알아가면 통할 수 있는 길이 생기리라 기대를 갖는다. 함께 부르는 합창의 위대함을 새삼 깨달았고 한 가수의 생각, 노력과 행동은 여러 사람의 가슴을 따뜻하게 채워주었다. 서로를 끌어안을 때 더 큰 일도 잘해낼 수 있으리란 기대감이 든다.

'그날에'를 본 후 관심이 생겨선지 탈북청년들의 얘기를 자주 보게 된다.

목동에 사는 탈북청년이 독서실 원장, 동사무소 직원 등 주위 분들의 도움으로 서울대학교에 입학했다는 기사가 났다. 또 지난 주엔 탈북자 출신 최초로 외과 전문의가 된 분의 얘기를 보았다. "통일이 되면 북한에 가서 간이식 수술을 할 겁니다. 북한에 간경화 환자는 많은데 그런 고난도 수술을 할 외과의사가 없으니까요." 탈북자 최초 외과의사가 꿈꾸는 훈훈한 얘기를 보게 되었다.

2만 8천여 명의 탈북자가 우리 사회에 잘 정착하기 위해선 가까이 있는 분들의 관심이 큰 역할을 할 것이다. 떠나온 탈북자들의 안정된 정착은 후일 통일을 준비하는 데에, 통일 후 남북한을 잇는데 훌륭한 징검다리 역할을 할 수 있을 것이다.

쉽고 부르기 편한 '그날에' 가사를 불러본다.

그날에
우리 다시 마주보게 될 날에
그땐 서로를 향해 웃어주기로 해
기도해 그날 위해
우리 안의 그날에 그날에

매일 받는 숙제

김난숙

저녁을 맞는다. 하루를 마무리하며 오늘의 숙제를 정리한다. 해야지 했던 일을 잘한 날은 숙제를 다 끝냈기에 홀가분해진다.

받아서 하는 학교에서의 숙제, 직장에서의 숙제는 이제 끝났다.

지금 내게 숙제를 주는 이는 따로 없다. 스스로 숙제를 내고, 잘하고 있어? 잘 끝냈어? 묻는다. "늦게 뭔 숙제야?" 하겠지만 긴 직장생활 끝내고 몸과 시간이 자유로워지며 내게 숙제를 내기 시작했다.

묵묵히 해내는 매일의 숙제가 하고 싶은 일로 하루를 차곡차곡 쌓아가는 것이라면 좋겠다. 나무가 살아온 흔적이 나이테로 나타나듯 우리가 매일 하는 숙제로 사는 동안 필요한 양분을 충분히 쌓을 수 있으면 좋으리라.

요즘 나를 위한 것과 가까운 사람들을 생각하며 숙제를 내고 있다. 그동안 시간이, 생각이 부족해 하지 못했던 일을 찾아낸다. 그리고 시간을 들이고 몸을 움직여 할 수 있는 일을 실행한다. 나와 인연 지어진 이들에게 따뜻함을 전하려 음식 만들어 나누기, 자주 소식 전하기, 다른 사람 얘기 잘 들어주기, 모임에 빠지지 않기 등을 숙제로 냈다. 천천히 생각하기, 책 읽기, 글쓰기, 많이 걷기, 찬찬히 보기, 새로운 것 배우기는 나를 위한 것이다.

오늘 할 숙제를 하려 바삐 움직이며 다음에 할 숙제, 내 나이에 해야 할 숙제를 천천히 머릿속에 그린다.

얼마 전 큰 숙제를 잘 끝냈다.

지난 구정 지나고 두 딸을 보려고 근 10년 만에 미국을 방문했다.

뉴저지에서 둘째 딸과 며칠, 친구와 며칠을 보내고 플로리다에 있는 큰딸네 집에서 한 달을 보내고 올 계획으로 떠난 길이다.

15년 전 공부를 더 하겠다고 떠난 큰딸, 공부 마치자 바로 결혼을 하겠단다. 그것도 미국에서. 결혼하고 남편이 대학에서 일을 찾아 인디애나에서 아주 먼 남쪽 플로리다로 이사를 했고 다행히 딸도 그곳 대학에서 일자리를 찾았다.

도와줄 사람 전혀 없는 곳에서 직장 다니고 두 아이 낳아 키우는 일에 얼마나 정신없었을까? 내 직장 일이 바빠 찾아가지 못하고 전화로만 소식을 듣다 직접 눈으로 사는 모습을 보니 하루하루를 잠시 쉴 틈 없이 살고 있다. 대학시절 입던 옷이 지금도 그대로 맞는다고 입고 나서는 날씬한 딸을 보며 그동안 생활이 얼마나 힘들었을지를 짐작해 본다.

도착 다음날부터 남편은 두 손녀딸과 딸의 전속 할아버지 기사, 나는 집안일을 담당하는 할머니 우렁각시가 되었다. 아이들과 딸의 출퇴근을 담당하는 기사가 있고 집안이 점점 말끔해지고 퇴근하면 바로 저녁식사가 준비되니 모두들 좋아한다. 큰딸은 한 달간 긴 휴가를 받은 것 같다며 저녁 후 산책을 나서고 책을 읽고 음악을 들으며 여유롭게 지낸다. 직장 다니면서 두 아이 낳아 키우고 모든 힘든 일을 혼자서 해온 딸이다. 내가 일을 하고 있어 어려울 때 찾아와 도와주지 못한 미안함이 많았다. 이번 여행길 짧지만 딸이 어려워하고 잘 못하는 가사일을 많이 해주고 싶었다. 매일 부지런히 움직이며 두 사람이 바쁘게 한 달을 보냈다. 그동안 엄마, 아빠가 못했던 일을 해줄 수 있어 얼마나 좋은지, 오랫만에 하고 싶었던 큰 숙제를 참 잘했다는 생각이 든다.

숙제 틈틈이 집집이 큰 나무가 몇 그루씩은 있는 평범한 미국 집 식탁에 앉아 책 읽고 재즈 음악 들으며 이런게 사는거지 하며 잘 지냈다. 창문을 열고 흙 속으로 떨어지는 빗소리를 들으며 시원한 바람을 맞는 건 또 얼마나 좋던지. 오랜만에 자연 속에 파묻혀 긴 휴가를 마치고 온 기분이다. 높고 푸르고 구름이 움직이는걸 그대로 볼 수 있는 맑은 하늘, 주위에 백 개가 넘는다는 스프링과 습지, 걷는 길이 많은 파크, 넓은 땅을 후대를 위해 손대지 않고 보존하려 애쓰는걸 보며 부러워진다.

오래 묵은 숙제를 하며 낙원을 다녀온 듯 즐겁게 지냈으니 바랄게 없이 잘 지낸 기간이다. 긴 시간 여행으로 몸은 고단했지만 마음은 편안하고 홀가분하다.

여행 다녀와 시작한 작은 숙제 얘기도 해야겠다.

엊그제 몇 달이 걸릴 숙제를 시작했다. 봄이 왔고 올해의 농사를 다시 시작한 거다. 처음 농사일을 시작한 지난해, 여러 일로 농사 시기를 놓쳐 늦게 씨를 뿌리고 작물을 심었다. 초여름 접어들며 강한 햇볕에 밭은 딱딱해지고 뿌려놓은 씨는 흙 속에 꼭꼭 숨어 나올 생각을 하지 않는다. 비가 오지 않으니 심어놓은 모종은 생기를 잃어간다. 멀리서 물을 길어와 뿌려주고 언제 싹이 나오려나 쳐다보아도 감감하다. 거의 한 달이 지나 비가 흠뻑 오고서야 도라지밭에서 소복하게 싹이 올라온다. 고구마 모종도 가뭄에 거의 실신 지경까지 갔다가 늦게야 비를 맞고는 쑥쑥 자라 밭이 넘치도록 자랐다. 농사일 첫해 이것저것 물어가며 보살폈더니 늦가을 가을걷이에 고구마 여러 박스와 들깨 한 말을 선물로 받았다.

올해엔 작년의 어설픈 모습에서 벗어나려 미리 준비하고 때맞춰 돌보고 가을을 맞겠다는 긴 시간의 숙제를 시작하는 날이다. 작년에 고구마, 들깨 추수하고 겨울지나 찾은 농장은 어디서부터 손을 대야 할지 풀덤불이다. 자라고 싶은 대로 크게 자란 풀이 말라 그대로 풀덤불이 되어 내 키를 넘어서려한다. 심호흡을 하고 덤불 속으로 들어가 낫을 들고 치기 시작한다. "쪼끄만 사람이 그걸 어떻게 다 쳐내려고 그래. 그냥 내버려 두지" 남편의 말에 "밭을 만들었으니 자랄 수 있게 해 줘야 밭이 제 할 일을 해요" 대답한다. 두 사람이 마른 풀을 획획 쳐서 옆으로 밀쳐내니 천천히 밭 모양이 나타난다. 경사진 밭을 올라가며 서투른 낫질을 하려니 숨이 턱턱 막힌다. 잠깐 쉬기를 여러 번, 드디어 엄청난 풀들이 옆의 도랑 속으로 밀려났다. 다음은 퇴비를 뿌릴 차례. 복숭아 농장 젊은 주인에게 얼마나 뿌리면 좋겠냐 물으니 풍성한 거름이 농사의 기본이라고 30포대는 뿌려야 한단다. "그럽시다"고 부탁하니 다음날 아침 일찍 트럭에 20kg 퇴비 33포대를 싣고 왔다. 농사에 무지한 우리를 도우려 트럭을 밭 위쪽으로 올리고 아래로 내려오며 뿌리기 좋게 띄엄띄엄 던져 놓아준다. 푸대를 뜯어 사오백 평 되는 밭에 바가지로 훌훌, 엄청난 양의 퇴비를 다 뿌렸다. 허리가 아프고 목이 뻣뻣했지만 올여름 애써야 할 밭을 위해 참 잘했다 싶다.

다음 주엔 다음 순서인 로타리를 쳐야 하고 농사일이 지금부터 시작이다.

이틀 동안 두 사람 올해 농사의 첫 번째 숙제를 잘하고 왔다.

아주 오랜 기간 내게 주어진 숙제를 힘껏 했다는 생각이 든다. 매일 숙제로 분주했던 직장 일 끝냈고 세 아이는 독립하여 제 일을 하며 자기들의 숙제를 하고 있다. 이젠 내가 내는 숙제를 할 때가 되었기에 스스로 숙제 내고 숙제 검사를 한다. 언제까지 일지는 모르지만 할 수 있는 만큼 숙제를 하며 새로 시작하는 하루를 지내려 한다. 숙제를 해 많이 쌓아놓으면 한참 후 꺼내보며 웃을 일이 많으리란 기대로 오늘의 숙제가 즐겁다.

오늘 숙제는 음식 만들기와 글쓰기. 주말에 아들네 식구와 함께하는 저녁 식탁에 올리려 시골 장에서 사온 오이와 부추를 다듬어 오이소박이를 담았다.

그리고 한 달여 어서 해야지 생각만 하고 있던 글쓰기 숙제를 시작했다. 써놓고 정리하며 조금 있다 가스불 꺼야지 했는데 나가보니 가스레인지에 올려놓은 고구마가 아슬아슬 타기 직전이다. 이제부터 숙제는 미리미리, 한 가지씩만 해야겠다.

오늘, 숙제를 다 했다. 내일 숙제는 내일하면 되겠지.
야호! 즐거운 웃음이 나온다.

메리 크리스마스

김난숙

작년과 똑같이 올해도 크리스마스날 오후에 편지를 씁니다.

해야 할 일도 시간이 촉박하지 않으면 손에 잡히지 않는게 습관인지라 12월이 시작되면 "아, 벌써 한해가 다 가네. 부지런히 할 일을 마무리해야지. 아직 다 못한 일은?" 생각은 하면서도 한해 마무리 편지를 쓰는건 늘 12월 끝나는 날이 가까워져야 하게 됩니다. 해야 할 일을 일찍 시작하지 못하는건 이리저리 한해를 다시 돌아보는 이유이기도, 한달이 채 남지 않았지만 한해를 끝내는데 조금이라도 더 할게 있길 바라는 조바심 때문인가 봅니다.

12월 첫째 날 작은 송년모임으로 올해 마지막 달을 시작하였고 세상에서 가장 일찍 올린다는 '이화가족 성탄예배'를 드리면서 만나는 사람마다 따뜻한 눈길을 주고받는 푸근한 12월이 시작됩니다.

금년 12월 초엔 우리들의 송년모임이 있었고 난 오랫만에 제일 늦게 일어난 팀에 속해 느긋한 한나절을 보낸게 참 좋았습니다. 언제나 집에

오는 시간에 쫓겨 모임에 참석도 어려웠고 참석해도 급하게 먼저 나오
곤 했는데 세월이 많이 흐른게 나에게도 편안한 시간을 즐길 수 있는
여유를 준 것 같아 슬그머니 웃음이 나왔지요. 나뿐 아니라 우리들 모
두 시간에 쫓기고 힘에 부친 세월을 잘 살아낸거죠?

　지난 4월 친구들 마음이 합해져 졸업 40년을 기념해 제주도 여행을
다녀온 건 올해의 가장 멋진 행사였습니다. 별장에서 보낸 2박 3일, 함
께 걷고 함께 찾아나선 여러 곳들, 친구들의 솜씨로 차려진 몇 번의 맛
있는 식사 등등…….
　지난 봄날 들렀던 제주도 곳곳을 상념 속에서 다시 한번 들러봅니다.
　그곳에선 또 우리의 선생님을 뵐 수 있었습니다. 힘든 세월 평생을
정의롭게, 치열하게 사셨고 앞서서 가야 할 길을 만들고 많은 사람에게
사랑을 나누신 이효재 선생님의 편안한 모습을 만나게 되었습니다. 선
생님은 제주에서 만난 어떤 아름다운 꽃보다 환한 꽃이었습니다.

　그리고 금년에도 우리에겐 많은 일이 있었습니다.
　우리를 할머니로 만든 일, 오랜 기간 묵묵히 어려운 이 돕는 일을 묵
묵히 해온 친구가 칭찬받은 일, 편찮으신 부모님을 지키는 일, 가까운
분을 먼저 보낸 일, 너무 많은 일에 잠시 쉬어야 한다고 신호를 받아 몸
을 돌보는데 애쓰고 있는 일 등 살면서 늘 일어나는 일이 올해에도 어
김없이 우리를 찾아왔습니다.
　서로 잘 모르고 지나간 기쁜 일, 어려운 일이 각 집에 더 많이 있겠지
요. 그중에 감사한 일은 예전에 우리가 잘하지 못했던 것을 하려는 마
음들입니다. 큰 일 있을 때 서로 연락하고 함께하려고 노력하는 일이지
요. 어렵고 헤쳐나가기 힘든 일이어도 시간이 지나면, 세월이 가면 다

지나가는걸 알기에 묵묵히 살아내고 있는 것이 나이든 우리들의 철든 모습으로 보입니다.

아직은 우리들 꽤 기운이 있어 할 수 있는 일이 많다고 자신할 수도 있지만 하고 싶은 일, 해야 할 일을 오랫동안 할 수 있으려면, 그래서 즐거움을 함께 나누려면 몸도 마음도 조심하고 아꼈으면 바라게 됩니다.(모두들 썩 잘하고 있는데 나이 든 사람 잔소리 같은 얘기를 계속하는걸 보며 "애가 말이 길어지네" 이곳저곳에서 구시렁구시렁하는 소리가 들리는 것 같습니다)

두 달 전 남보다 한참이나 늦게 스마트폰을 장만하고 처음 맞는 크리스마스엔 또 다른 재미가 있습니다. "메리 크리스마스"와 캐롤을 실컷 듣고 보았습니다.

각자 좋아하는 사진, 영상으로 연말과 새해 인사를 보내오니 그동안 "크리스마스? 음, 뭐하지?" 무덤덤했는데 보내온 메시지와 음악에 진한 감동을 받고, 웃음 짓기도 하며 작은 세상 속을 보게 됩니다. 옛 친구들 카톡방에선 몇십 년 전 국민학교, 중학교 때 사진이 올라오고 "이게 누구야?" 서로 물으며 친구들은 소녀 시절과 할머니 시절을 왔다 갔다하며 지내고 있습니다.

근데 이상한건 "메리 크리스마스!"를 진심으로 전하고 있는 내 모습입니다.

만나는 사람에게 따뜻한 인사 건네는게 꽤 좋아서인가 봅니다.

무척이나 추웠던 날씨도 어제부터 푸근해지더니 오늘도 따뜻한게 봄이 가까이 오고 있는 느낌입니다. 동지를 지났으니 해도 조금씩 길어질 것이고 겨울이 아직 많이 남은건 알지만 곧 봄이 오리라 기다리게 됩니다.

하루를 보내는 일, 계절을 맞고 보내는 일도 감사하고 더욱이 소소한 일상이 소중함을 알게 되었습니다. 더욱이 소중한 건 앞으로 맞을 날들을 오래도록 모두 함께하는 것입니다.

새해엔 더욱 강건하시길 빕니다.

(2014년 겨울 편지)

긴 하루를 살고, 살아낸 하루를 모으며

김난숙

"꽈다앙!" "천둥 치는 소리야?" "벽에 뭐가 부딪혔나?" "왜 벽을 치는거야? 이 소리 뭐야?" 지난 5월 말, 모처럼 친정집 가족모임으로 형제들이 함께 지낸 날 밤의 일이다. 충청도로 식구들이 다 모여 산채비빔밥으로 점심 먹고, 오일장 구경하고, 농장 가서 쑥, 미나리 뜯고 산딸기 따먹으며 아이들처럼 놀고, 온천하고, 저녁 식사 잘 마치고 돌아왔다. 편안한 얘기 속 술잔을 나눴고 잠자리에 든게 11시 반경. 남자, 여자 방을 나눠 누웠다. 그리고 2시간이나 지났을까 오랫만에 함께한다는 흥분인지 잠자리가 바뀌어선지 모두 잠이 들듯 말듯. 갑자기 우레 같은 큰소리에 혼비백산 뛰쳐나왔다. "뭐야, 무슨 일야?" "여기요. 여기. 큰일났어요." 이쪽으로 오란다. 남자들이 차지한 큰 방을 가보니 셋째 오빠가 쓰러져 있다. 화장실에 가려고 일어나다 넘어진 듯. 벽에 부딪치고 다시 방바닥에 부딪쳤는지 숨을 쉬지 못하는 것 같다. 정신없이 번갈아 가슴을 눌러도 반응이 없다. 제부가 다시 힘껏 누르기 시작하니 "휴우" 긴 숨을 내 쉰다. 1분이 채 안 지났을 텐데 무척이나 길게 느껴진다. "아, 정신 차렸어요. 어서 병원을 가야지요." 소리에 119로 전화를 건다. 목이 콱 막혀 소리가 나오질 않는다. 더듬더듬 그래도 찬찬히 장소를 일러준다. 차를 기다리며 모두들 오빠의 손발을 주무른다. 10분 남짓, 응급차가 도착했고 오빠가 간신히 일어나 응급차에 실려 병원으로 떠났다.

"별일 없겠지? 큰 일 아닐거야." 서로 묻고 대답한다. 이때부터 불안 속에 온 가족의 긴 기다림이 시작되었다. 응급실에서 머리 CT를 찍으니 미세한 출혈이 있고 판독할 의사가 용인에서 출발해 오려면 시간이 꽤 걸린단다. 마침 오빠 아들이 큰 병원에 의사로 있어 당직의사와 전화로 의논 후 길병원으로 옮기기로 했다. 새벽에 병원에 도착, 다시 사진을 찍으니 뇌출혈과 귀 뒤쪽 머리가 깨졌다는 진단. 뇌출혈 부위는 출혈이 멈췄지만 머리 깨진 곳에서 출혈이 있으면 크게 위험할 수 있는 상황이어서 중환자실로 옮긴다고 한다.

오빠를 병원으로 보내고 남은 식구들의 얼굴은 하룻밤 새 홀쭉해졌다. 잠깐 쉰 후 간단히 요기하고 모두들 집으로 돌아가 기도하면서 기다리기로 한다. 떠나는 길, 불안함 속에 서로를 안으며 위로하고 잘 견뎌내자고 마음을 다진다.

너무나 급박한 상황이어서 언니한테 각자 전화를 거는 것도 힘든 일. 모든 연락은 한 사람이 맡고 각 집으로 상황을 알려주는 비상체제로 움직이기로 했다.

이때부터 모든 가족의 관심은 오빠의 상황 변화에 집중되었다. 다행히 나흘을 중환자실에서 지낸 후 출혈 위험이 없다고 판단 일반 병실로 옮겨졌다. 그리고 나흘 후 퇴원하여 집에서 안정을 찾아가고 있다. 사고 후 퇴원까지의 팔 일. 온 가족이 힘을 합해 오빠 무사하기만을 기다린 날이었다.

형제들이 60대, 70대로 나이 들어가며 일 년에 두 번쯤은 함께하자고 시작한 일. 떠나기 몇 주 전부터 한마음 가족모임이 있음을 알리고 강조했다.

그런데 갑자기 당한 사고. 한순간에 일어난 기막히고 황망한 일에 불안한 생각이 가슴을 조여온다. 함께 있던 식구들이 할 수 있는 일은 마음을 함께하는 일 이외 아무것도 할 수가 없었다. 모두 오빠 회복되기만을 간절히 기도했다.

이제 6주간 안정을 취해야 한다는 기간의 반이 지나갔다. 오빠 가족과 형제들이 이제야 일상으로 돌아왔다. 처음 첫 주의 긴장과 기다림에서 이젠 조금 여유로운 마음으로 그때를 얘기한다. 우리 가족의 신속하고 적절한 대처, "우리 모두 참 잘했어." 하며 가슴을 쓸어내린다. 그리고 서로 다른 방식으로 기도했지만 우리 모두를 함께 있게 해주신 각자의 그분께 감사의 기도를 올린다.

젊은 시절, 꼭 가야 할 문상이 얼마나 두렵고 어려웠는지 모른다. 찾아가는 길, 돌아오는 길 잔뜩 긴장을 했다. 상갓집에서 음식을 먹는 것도 힘들었다. 이젠 그 생각이 많이 바뀌었다. 왔으면 누구나 가야 하는 길, 떠나는 이와 나누는 마지막 인사가 아닐까? 가는 분이 찾아온 이들께 마음을 전하는 마지막 인사겠지 한다. 세상 떠나는 일, 누구나 받아들여야 할 일이지만 가까운 사람이 어느 날 갑자기 우리 곁을 떠날 수도 있겠구나 드는 생각을 떨쳐내느라 무척 힘들고 긴 시간을 보냈다.

집으로 돌아온 오빠가 안정을 찾아가는 상황을 기상관측소가 일기예보하듯 각 집으로 알렸다. 매일 전화하여 안부를 묻는게 하루 중 중요한 일과였다.

여러 날이 지나고 이젠 많이 안정되었단 얘길 들은 후 그동안의 긴장이 풀려선지 기운이 빠지고 하루 종일 잠이 온다.

어느 날 조금 여유가 생긴 언니가 "고모, 6주가 얼른 가야 하는데 왜 이리 날이 더디가나 모르겠어요." 하는 말에 "언니는? 힘든 날은 더 천천히 가요. 그래도 지나가긴 해요. 저도 어서어서 날이 가길 기다렸던 적이 있어요. 결혼하고 일 년쯤 지났을 무렵 남편 군대 갔을 때 생각이 났어요. 군에 간 후 하루가 참 길었어요. 긴 하루를 살고, 살아낸 하루를 모으며 기다렸던 그때만큼 하루가 천천히 간 적이 없었어요." 얘기한다. "그래. 맞아요. 이젠 몸이 회복되기만 기다리면 되는데 이런 말을 했죠?" "어린 아기 하루 자고 나면 훌쩍 크듯 하루 보낸 만큼 오빠 몸이 편안해질 거예요." "이렇게 웃으며 하루를 보낼 수 있으니 참 감사해요." "그래요 참 감사해요. 두 사람 다." "다시 생각해도 기적이에요." 웃으며 전화를 끊는다.

좋아하던 커피도 끊고 집안에서만 지루한 하루하루를 보낸 오빠. 한 달이 되었을 때 경과를 확인하려 CT를 찍었다. 조금 더 안정은 취해야겠지만 이젠 괜찮다는 진단. 가볍게 일상생활을 해도 된단다. 각 집으로 반가운 소식을 전했다.

그리고 며칠 후 맞은 어머니 기일에 형제들과 자손, 또 그들의 자손으로 3대가 모였다. 우릴 놀라게 했던 셋째 오빠가 왔다. 서로 반갑게 인사 나누며 얼굴을 보고 또 쳐다본다. 어머니, 아버지 영정 앞에 오빠가 술잔을 올린다.

두 분이 내려다보며 "혼났지? 걱정 많이 했다. 이젠 되었다." 말씀이 들리는 것 같다. 한마음 우리 가족이 기적을 만들어 낸거다.

나 이제 프리랜서야

잘 지냈지? 저녁이 된 오늘 빼고 올해가 꼭 열하루 남았네.

40년간 일한 직장, 학교를 끝낸 후 여유로운 날을 보낸 지 열 달이 되었어.

축복으로 온 여유에 해야 할 일을 서두르지않고 느긋하게 잘 할 수 있으리라 여겼는데 그건 생각일 뿐. 살면서 해야 할 일은 더 이상 미룰 수 없을 때까지 가야만 하는 나를 알게 되었어. 금년엔 12월에 보내는 편지를 느긋하게 가다듬고 써야지 했지만 이달도 하순, 수첩을 받아놓고도 며칠이 지나서야 책상 앞에 앉았네.

긴 세월 책상을 친구하여 살았기에 퇴직하면서 아이들 이사가고 난 큰방을 사무실로 꾸몄지. 이곳에서 음악 듣고 책 읽고 글 쓰고 편지 쓰고 뭔가 막 해볼 수 있는 좋은 공간을 꿈꾸며 꾸민 방인데 겨울이 되면서 화분이 들어왔고 빨래널기에 좋은 방이 되었어. 컴퓨터 앞에 앉은 지가 얼마만인가 자꾸만 나타나는 오자에 자판을 쳐다봐야 하고. 익숙한 일도 손 놓고 시간이 조금만 지나도 이렇게 무뎌지네. 그러나 우리들이 쉼없이 잘하려 애쓰는 일들이 많이 있지. 충실하게 가정을 이끄는 일, 오랜 시간 한 분야를 찾아 누군가는 해야 할 일을 하는 일 모두 끊임없는 정성과 실행이 모여졌음을 알기에 친구들의 오랜 노력에 기뻐하고 박수를 치게 되네.

처음 퇴직하고 맞은 3월, 갑자기 쉬는 충격을 줄여주려는 남편의 제안으로 가까운 충청도 여러 곳을 하루씩 묵으며 지역의 볼만한 곳을 찾았어.

경치 좋은 곳, 미술관, 박물관, 사찰, 순교지, 재래시장 등 가볼만한 곳을 찾으며 나그네 생활을 했지. 아침에 나서서 돌다 해가 질 무렵이면 쉴 곳을 찾는 여행, 이 역시 9시에 집을 나서고 저녁에 들어오는 출퇴근을 하고 있네 하는 생각이 들었지. 밖에서 한 달의 반 이상을 머물며 지내도 시간이 어찌나 더디 가는지 한참을 놀았네 하고 다시 달력을 보아도 4월이 많이 남아 있었어. 그러던 날들이 서서히 빨라지는가 싶더니 지금은 하루, 한 주일, 한 달이 너무 빨리 지나 아하 세월이 이렇게 가네하고 가끔 심란해지곤 해.

그때에 떠오른 생각. 친구들이 참 잘 살아가고 있다는 생각이 들었어. 어디에 매이지 않았기에 긴 세월 해야 할 일, 하고 싶은 일을 혼자 찾고 결정하고 새로운걸 배우며 삶을 잘 꾸려나간 친구들이 대단한 거지.

난 직장에 간다고 해야 할 일도 가끔 빼먹고, 잘하지 못하는건 그럴 수밖에 없다고 양해받고 살았던 거지. 직장에서 일하는 게 쉽지 않았지만 난 그곳에 기대어 어려움없이 살았으니 큰 울타리 덕을 보았던거야.

이제 혼자 살아내야 하는 날을 맞이하고 얼마나 당황했겠어?

지금도 초보 생활인이라 신기한 일이 많고 배워야 할 것이 무척 많다

네.

 일 년 동안 내가 한 일 적어볼게. 수안보에서 10분 정도 떨어진 괴산에 있는 농장으로 농사지으러 다녔어. 몇 년 전에 나무를 심어놓은 농장 빈터 약 사오백 평에 농사를 지어보자 했지. 초보 농사꾼이 뭘 알겠어? 강화 노랑고구마순을 300주 사다 심고 대학찰옥수수 한 판, 호박, 토마토, 노각을 몇 주씩 심었지. 그러고도 빈 곳이 많아 들깨 모종 한 판 심었고 언니에게서 받아온 도라지, 더덕씨 뿌려놓고 마와 토란도 군데군데 자리잡아 주었지. 그래도 빈 곳이 많이 남았어.
 시골 사는 언니 설명을 들으며 꾸역꾸역 해보았어. 올해 날이 어찌나 가물던지 물통에 물을 받아 조금씩 부어주기를 여러 번. 결실이 궁금하지? 옥수수는 멧돼지가 거의 다 먹어버렸고, 고구마순을 고라니가 뜯어먹길래 빙둘러 휀스를 쳤더니 내 키보다 낮은 장애물에도 고라니 출몰 중지.
 가을에 걷은 수확? 고구마는 시누이 내외와 함께 5박스 캤고 마 한 자루, 들깨 한 자루, 호박, 노각 몇 개를 땄지. 아, 농장에서 쑥을 많이 뜯어서 쑥개떡을 여러 번 만들었고, 지금도 데쳐놓은 쑥이 냉동실에 남아 있어. 깻잎장아찌 넉넉이 담았고. 수확한 들깨로 들기름을 짜니 6병, 형제들과 며느리도 한 병씩 나누었으니 농사꾼 되어 하고 싶은 일 잘했지? 농장을 자주 가며 음식 만들기에 도전하게 된 건 사찰요리를 배운 덕일거야. 무얼 해볼까를 찾느라 은평구의 예술회관, 복지관, 평생학습관을 돌아보았어. 가까운 복지관에서 처음 배우기 시작한게 사찰요리. 일주일에 한번, 일 년 코스 중 10달이 다 되었네. 사찰요리를 배우는 건 음식의 기본을 배우는 거지. 철따라 나는 재료의 특성과 다른 재료와의 궁합, 몸에 어떻게 작용하는지 등을 배우고 실습하고 온 후 집에서 활용하고 있어. 사찰요리에서 배운대로 쑥개떡을 실컷 만들어 나누어 먹었고 농사지은 깻잎으로 장아찌도 해보았어. 처음 부추김치를 엉성하게 담고 훌륭하단 칭찬에 배추김치, 총각김치, 석박지까지 삼총사 김장을 담았고 맛도 자랑할 만하게 잘 되었어. 옛날 친정에서 먹던 김치맛을 내니 잘한 거지? 세월이 흘러 음식을 만들고 자식들을 키우신 어머님은 가셨지만 딸들이 그맛을 이어가고 있구나 생각이 되었어. 앞으로 콩나물도 키워보고 여러 종류의 강정을 만들어보려 계획 중이네.

집에 있더니 살림꾼 다 되었다 생각되지? 초보 주부라 궁금한게 많아서지. 여러 식구 살던 집에 두 식구만 남았고 내가 쓸 수 있는 시간은 하루 10시간쯤 많아졌으니 더 많이 뭘 해야겠다, 할 수 있겠다 싶은데 생각보다 하루가 빨리 지나가네. 느긋함을 즐기다보니 생각은 많으나 천천히가 친구되어 하루가 이렇게 짧은가 깜짝 놀랄 때가 많지.

어떤이가 서른인 자기 나이를 계란 한 판만큼 나이를 먹었다 표현하는걸 보고 웃음이 났어. 그래? 하며 우리의 나이를 헤아려보니 계란 두 판은 꽉 채워졌고 세 판째를 시작했어. 어디까지 채울진 모르지만 이게 마지막 한 판일 테니 좋은 계란으로 충실하게 잘 채워야지 싶네.

지난해 시작한 스마트폰으로 요즘 얘기를 많이 나누고 있어. 아이들과 친정 식구들과 하루하루 사는 얘기를 나누는 거지. 어렸을 적 일이 많이 생각나기에 함께 자란 형제들과 나누는 옛 이야기는 소소한 재미를 주고 있지. 가끔씩 형제들에게 전화하면 웃음부터 나오니 매일의 얘기방이 좋구나 생각되네.

먹을 것만 챙기고 움직이는 건 안하냐 하겠지? 얼마 전부터 아침 저녁으로 건강박수와 온몸 마사지를 꾸준히 하고 있어. 틈나면 개천길을 걷고 고전무용을 배우러 다니고. 나이 들어 잘하는 건 꾸준함이 제일이더라 생각이 든 건 고전무용반 어른들을 보면서야. 10년 넘게 꾸준히 무용을 배워 잘 추는걸 보며 지금은 못해도 세월이 가면 나도 잘하겠지 기대하고 있어. 무용반에 여섯 달째 다니고 있는 난 동작이 외워지지
않아 머리가 이렇게 무뎌졌나 한숨이 저절로 나오지. 그이들의 조언, 머리가 아닌 몸이 익혀야 되는데 이건 무한 반복이 답이라 하네.

이제 해야 할 많은 일 끝낸 우리들. 여유롭고 느긋하게, 의미있게 그리고 재미있게 힘차게 살아야지. 그동안 많이 애쓴 몸에 더 신경 쓰고 위해야 오래 잘 버텨줄 수 있으니 열심히 몸을 움직이기로 하고.
올해를 잘 보낸 우리들 모두 수고 많았어. 내년에도 잘 살아내기로 함세.
집에 있으니 잔소리 많이 늘었구나 하겠기에 이제 그만 쓰네.
우리 모두 새해엔 복 많이 짓기로 하고. 안녕.

(2015년 겨울 편지)

숲에서 생각한다

김현자

어느 날 아침, 잠이 깨어 부엌 쪽으로 가려는데 누군가 나를 손짓하는 느낌이 들었다. 무심코 그쪽을 쳐다봤더니 야채를 넣어둔 종이상자에서 파아란 새싹이 돋아나고 있었다. 먹다가 미처 냉장고에 넣지 못하고 던져둔 고구마에서 어여쁘게 싹이 나고 있었던 것이다. 볼품없이 말라비틀어진 몸에서 연두색 어여쁜 잎이 얼굴을 내밀고 있었다. 하도 기특해서 질그릇에 담고 물을 조금 부어 주었더니 며칠 새 줄기가 자라고 잎이 쑥쑥 돋아나서 그쪽 공간을 푸르고 싱싱하게 가득 채우고 있다. 윗줄기를 잘라 먹은 미나리, 양파, 무 등 싹이 돋은 것은 무엇이든 그 옆에다 가져다 두었더니 요즘 내 부엌은 작은 숲을 이루고 있다. 그들을 바라보고 있으면 자주 온갖 일에 시들해서 생기가 없던 마음에 푸른 샘줄기를 갖다 댄 것처럼 힘이 솟는다.

아아! 놀라워라. 생명이 주는 감동은!

그 하나하나의 몸체들에서 솟아나는 잎은 각기 생김새가 다르고 크고 작음의 형체가 다르다. 마치 수천, 수만의 사람들이 얼굴이 다르고 목소리조차 달라서 늘 창조주의 오묘한 솜씨가 새삼 놀랍게 느껴지듯이.

더 큰 나무들이 그리워 산으로 간다. 멀리서 보면 하나의 숲처럼 보이지만 가까이 가보면 나무들은 적절히 간격을 두고 햇볕을 받으며 서 있다. 큰 나무, 작은 나무 그리고 그 나무들 밑에는 이름 모를 야생화와 온갖 풀들이 자신의 빛깔로 광채를 내며 반짝인다. 나도 가만히 앉아 그들의 일부가 되어 풍경을 바라보고 있으면, 식물이 동물이 되고 동물이 식물이 되기도 한다. 줄기에 붙어있던 나뭇잎이 숨어있던 벌레에 의해 꿈틀대기도 하고 나무줄기 뒤에서 꼼짝을 않고 있던 두꺼비가 느닷없이 먹이를 낚아챈다. 이 평화롭고 아름다운 숲에서도 생사를 건 싸움이 진행되고 있는 것이다.

모든 살아 있는 것들은 자신의 생명을 유지하기 위해 참으로 애쓰고 살아야 하는 슬픈 존재들인 것 같다. 태어나서 자라고 활동하다가 죽기까지 땀흘려 심고 가꾸어야만 목숨을 유지할 수 있다. 나무 위에서는 어미새가 벌레를 물고 와서 아기새들의 입에 넣어준다. 보고 있는 동안 벌써 몇 차례 부지런히 둥지를 오고 간다. 입을 있는 대로 크게 쩍 벌리고 서로 자기들의 입에 넣어달라고 아우성인 새끼들. 자기만 먹겠다고 형제를 밀쳐대는 철딱서니들. 살아남겠다는 생명의 본능이 징그럽다. 야생의 동물들은 남의 목숨을 빼앗아야만 유지되는 생명들. 생각해보면 긴장하고 집중하는 순간의 연속이다. 자신이 태어난 곳으로 몇 수십만 리 바다를 헤엄쳐 알을 낳고 죽어가면서 새끼들의 먹이가 되어주는 연어떼들. 이 엄숙한 생명의 순환이 아름답고 무섭고, 슬프다.

어렵던 시절임에도 퇴근 시간이면 어김없이 아버지의 손에 들려있던 한 봉지의 먹을 것들. 단팥빵, 땅콩, 군고구마. 자신들의 몸이 부서지는 것도 모르고 먹이를 물고 와 자식들의 입에 넣어주던 아버지, 어머니.

이제 그분들은 돌아가서 숲의 흙이 되었다.

숲에는 때때로 갑자기 비바람이 불어 온 산이 흔들린다. 나도 흔들린다. 졸졸졸 물소리를 들려주고 산딸기, 머루, 다래를 내밀며 "먹어 보렴"하고 손을 내밀던 다정한 숲은 험상궂은 얼굴이 되어 으르렁대며 나를 위협한다. 그리고 밤이 되면 숲은 괴물처럼 무섭다. 등산로에 가끔씩 보이던 사람들도 돌아가고, 새들의 지저귐도 그친 숲 속에서 홀로 남겨지면 산에서 살고 싶던 마음은 사라지고 도망치다시피 뛰어서 집으로 돌아오게 된다.

숲은 아름답고 어둡고 깊다.
그러나 나는 지켜야 할 약속이 있고
잠들기 전에 가야 할 길이 있다.
잠들기 전에 가야 할 길이 있다.
— 로버트 프로스트

낮의 숲과 밤의 숲, 빛과 어둠, 온화함과 무자비함을 동시에 지닌 자연의 두 얼굴. 그 숲처럼 우리들의 삶도 아름답고 깊다.

자운영(紫雲英) 피는 논둑

김현자

 비바람이 멎어 모처럼 화사해진 봄날 동생들과 함께 남쪽 여행을 했
다. 이 얘기 저 얘기하면서 둑길을 걸어다니다가 한 무리의 자운영꽃을
만났다. 맑은 공기와 밝은 햇살 아래 투명한 자줏빛 작은 꽃들이 빛나
고 있었다.

 노랑 장다리밭에
 나비 호호 날고

 초록 보리밭 골에
 바람 흘러가고

 자운영(紫雲英) 붉은 논둑에
 목메기는 우는고
 ─ 정훈 「춘일(春日)」

누군가 "자운영이다"라고 말하자마자 동생이 이 시를 한 글자도 틀리지 않고 외우는 것이 아닌가. 중학교 2학년 국어 교과서에 실렸다고 시인의 이름까지 정확히 기억하는 그의 기억력에 감탄했다. 봄날의 소풍길이 자운영과 그 시로 더 찬란하게 느껴졌다. 노오란 장다리꽃, 푸른 보리밭, 자운영의 붉은 색깔이 어울려 빛을 뿜는 봄날 찬연한 색채의 향연. "언니야, 이 시를 외우니 근심걱정 없던 아버지, 어머니의 둘째 딸 그 시절로 돌아가는 것 같네."

그렇다. 문학작품이 펼쳐내는 역동적인 상상력은 고독한 개인을 고향의 공간으로 돌아가게 한다. 현대인은 거대한 대중문화의 일원으로 존재하지만, 근본적으로는 고독하고 소외된 개별자들이다. 이들에게 문학의 상상력은 자기 존재를 확인하고, 자신만의 창조적 경험과 세계에 참여하는 즐거움을 줄 의무가 있다. 고독한 개별자들은 의식의 깊은 곳에서 원형적 삶의 질서, 원초적인 통일성의 세계로 되돌아가보고 싶은 전논리적 심성을 갖고 있다.

그러나 디지털, 속도, 영상으로 대표되는 이 시대에 '문학 읽기의 의미란 무엇인가'라는 오래된 질문이 오히려 낯설게 들리기도 한다. 질문은 낯설어졌지만, 답은 점점 명확해진다. 문학작품은 아름다운 감동을 경험하는 것이고, 그 감동의 힘으로 훌쩍 경계를 넘어서는 것이다. 나는 무엇보다 감동이 주는 힘을 믿는다. 작품 한 구절에 세상이 달라 보이고 안보이던 것들이 보이기 시작한다. 언어 너머에 존재하는 새로운 이미지의 세계, 그 힘찬 울림에서 우리는 스스로를 넘어서고 초월하며 저 너머에 있는 것들을 보게 된다. 타자의 아픔과 나의 아픔이 공유되며 인간과 세계 사이의 갈등이 최소화되는, 새로운 삶의 결이 되살아난다.

문학은 '자기도취'가 아니라 '따뜻한 소통'과 '뜨거운 감동'을 지향

해야 한다. 서정을 통해 물질주의와 폭력적 경쟁의 문명에 대응하고, 인간의 품위와 고결한 정신적 성취에 도달하는 것이 문학이 당면한 현재적 과제일 것이다. 엄정한 자기 반성과 세계에 대한 깊은 통찰은 아무리 시대가 바뀌어도 변함이 없으며, 문학의 힘은 영원할 것이다.

바람에 실려오는 아카시아 향기가 싱그럽다

김현자

1960년대 김승옥의 소설에는 "옛날에 손금이 나쁘다고 진단받은 소년이 있었다. 그 소년은 송곳으로 손바닥에 좋은 손금을 파가며 열심히 일했다. 드디어 그 소년은 성공해서 잘 살았단다" 이런 식의 이야기에 감동받아 성공하는 인물의 이야기가 나온다. 비단 소설 속에서가 아니더라도 역경과 곤고함을 이기고 자신의 목표를 성취한 사람들의 예는 우리들 주변에도 많이 있다.

내가 대학에 다닐 때 구두를 고쳐주곤 하던 신기료 아저씨는 땅 한 평값이 어마어마하다는 봉원동 몇 층 건물 '앵두골'의 주인이 되었다. 10원을 아껴서 사업을 일으킨 성공한 사람들의 이야기나, 7번 떨어지는 고통을 극복하고 8번 만에 고시 패스에 성공한 법대생, 처녀의 몸으로 가난한 마을을 변모시킨 새마을 지도자는 인간승리의 표본으로 우리를 감동시킨다.

자신의 목표를 위하여 무슨 일에 부닥쳐도 억세고 끈기 있는 사람들. 그들은 오로지 목표로 하는 일점(一點)을 향하여 일로 매진하는 열정에

의해 성공을 보상받는 것이다.

그러나 나는 그런 사람들이 길가에서 놀고 있는 어린이에게 웃어줄 수 있는 여유가 있을까 의문이고, 자기 자신 및 다른 사람의 입장을 헤아리는 정신적 평화를 모르지 않을까 두렵다. 성공은 우리를 행복하게 하는 중요한 요소가 되지만 그것 때문에 더 귀중한 것이 희생된다면 그 가치는 지나치게 어리석은 것이 되고 만다.

해가 떠서 질 때까지 네가 밟는 모든 땅을 네게 주마는 하늘의 약속에 한 평이라도 더 차지하려고 숨이 턱에 닿도록 뛰고 또 뛰다가 죽어버린 어리석은 농부의 이야기를 우리들 모두는 알고 있다. 그 농부의 어리석음을 모두가 익히 인지하면서도, 자기 힘을 측량해서 무리하지 않는 지혜를 사람들은 자주 잊어버리는 것이다.

실제로 프로이트(Freud)는 사람들이 오래 꿈꾸고 목표로 하는 소망이 거의 이루어지려할 때 갑자기 병이 들거나 허탈감과 무기력에 빠져서 성공의 결과를 향유하지 못하는 경우가 많음을 정신의학적 측면에서 지적하고 있다.

성공의 속도와 긴장에서 우리를 지탱시켜주는 것은 무엇보다 열정과 함께 부드러움이다. 너무나 명백히 알고 있지만, 나날의 생활에서 실현하지 못하는 마음가짐들. 예컨대 부와 명예와 권력에의 갈망을 궁극적으로 우리들 스스로가 행복해지기 위한 것이며, 남이 가진 것과 비교해서 끝없는 욕망 속에 헤매다 말며, 진실한 삶의 가치가 무엇인지를 스스로 생각해보며 사는 방법이 필요한 것이다.

아인슈타인은 "선생님의 그 많은 학문은 어디에서 왔나요?"라고 묻는 제자들에게 손끝의 물 한 방울을 떨어뜨리며, "나의 학문은 바다에

비하여 이 한 방울의 물에 지나지 않는다"고 하였다. "그러면 선생님은 어떻게 학문에 성공했나요?"라고 다시 묻자 그는 'S=X+Y+Z'라고 써주며 S는 성공하며, X는 말을 많이 하지 말 것, Y는 생활을 즐길 것, Z는 한가한 시간을 가지라는 뜻이며 그것이 성공의 비결이라고 했다.

즉 말을 많이 하면 실수가 있고, 너무 한가한 시간이 없으면 고요히 생각할 시간이 없으며, 감정적인 데서 이성적인 데로 돌아갈 시간적 여유를 갖지 못하게 된다는 것이다. 그의 말은 성공이 자신을 위한 근원적 여유나 정신적 행복감과 같이 할 때 비로소 의미가 있는 것임을 지적하고 있다.

외국어를 공부한 경험을 되살려보면 느낄 것이다. 처음에는 한 페이지에서 모르는 단어가 너무 많아 사전을 찾고 또 찾다 시간을 다 보내게 된다. 다음날도 또 다음날도 찾는 단어의 수는 줄지 않고, 1년이 가고 2년이 가도록 매양 그 모양일 때 느끼는 환멸스러움과 답답함.

그러나 그렇게 책장과 씨름하는 시간이 꽤 흘렀을 때 어느 날 갑자기 모르는 단어들이 한 페이지에 한두 개쯤으로 줄어들고 어제까지도 잘 되지 않던 독해가 저절로 이루어질 때 우리는 될 것 같지 않아 회의하며 바쳤던 시간들이 헛되지 않았음을 알게 된다.

남에 의해 평가받는 것이 아니라 자신에 의해 확인된 이러한 성공은 순수한 성취의 기쁨을 누리게 한다. 이러한 체험은 사람의 영혼을 수직으로 상승시켜 두고두고 좋은 힘의 근원이 되어준다.

몸이 생각에 가비엽고,
맘이 더 높이 떠오를 때
문득 멀지 않은 갈숲새로

별빛이 솟구쳐라.
— 김소월 「저녁때」

그것은 수평적으로 이어지는 평범한 일상의 흐름에서 자신을 새롭게 하는 빛나는 계기가 된다. 문득 상승하는 정신을 별빛의 솟구침처럼 깨닫게 되는 순간 마음은 진정한 성취의 가능성을 획득하게 되는 것이다.

탄탄한 성공은 자신에게서 태어나는 세계에서만 가능하며, 작고 가치 있는 것들이 모여 이룩된다. 그것은 충실하고 꾸준한 생존에의 노력과 행복에의 노력을 전제로 하는 것이므로 성공으로 향한 한 걸음 한 걸음은 그 자체로서 가치가 있어야 할 것이다.

바람에 실려 오는 건너편 산의 아카시아 향기가 싱그럽다. 그 싸아하게 달콤한 감각은 한동안 모든 것을 잊게 할 만큼 그윽하다. 늘 볼품없이 마른 몸에 가시까지 돋아 산을 오르는 사람들을 성가시게 하더니 오늘은 그 향기가 이 넓은 공간을 가득 채우고 있는 것이다.

이 무렵 산에 오르면 들찔레와 두릅, 더덕의 냄새 속에 어린 날의 밝은 기억들이 되살아 온다. 이런 순간에 나는 가장 편안한 마음의 자리로 옮겨 간다. 손상당함 없이 아늑하게 존재할 수 있는 영역—어머니의 심음(心音)을 듣던 꿈속 같은 곳이다.

발길 닿는대로 오르는 야트막한 학교 뒷산 호젓한 길은 휘파람새의 청아한 노래와 불어오는 바람과 함께 '열림'의 소리로 가득 차 있다. 사방이 삐걱대는 소리와 격문들이 뒤엉켜 있는 혼돈 속에서 무력감과 자책을 한시도 떨쳐버리기 힘든 이 시대를 살면서 순간적이나마 맛보는 이 기쁨이 불안하다. 그러나 받아들일 수 있는 한 마음껏 자연 속에서 안도감을 느끼려 하는 것은 우리들의 끊임없는 갈망이다.

우리의 주변에 찾아와 얼룩진 풍경들을 감싸는 초여름의 향기를 맡으며 사물의 모든 것을 받아들일 수 있는 신비로운 '후각의 열림'을 경험해본다.

어머니의 봄나들이

김현자

　최인호의 글은 재미있다. 이 화려한 이야기꾼은 평범하고 일상적인 얘기를 찰진 입말글로 술술 풀어내며 한 번 읽기 시작하면 결코 책을 손에서 내려놓을 수 없게 만든다. 게다가 이 이야기에서 저 이야기로 종횡무진 흘러가는 글을 따라가다 보면 어느새 마음 한켠이 환해지는 조용한 깨우침을 얻게 된다. 그가 주는 감동은 욕망이나 상스러움, 고립 등의 감정을 숨기지 않고 풀어내는 데 있을 것이다.

　나는 특히 월간 《샘터》에서 꾸준히 연재되고 있는 「가족」의 애독자이다. 「어머니의 봄나들이」, 「어머니는 죽지 않는다」, 「일어서세요. 어머니」와 같은 글들은 어머니에 대한 진한 애정이 가슴을 울리게 한다. 여기에서 그가 보여주는 어머니의 모습은 우리가 어머니를 이야기할 때 흔히 떠오르는 온화하고 자애로운 이상적인 어머니상과는 거리가 멀다. 이 어머니는 아홉 남매를 낳고, 그중 여섯 남매를 아버지 없이 피난통에 길러낸 어머니인지라 무척이나 억척스럽고 강하다.

중학교 1학년 때인가. 그 지긋지긋하던 여탕에서 벗어나 성인으로서의 독립을 선언하던 날, 어머니는 남탕으로 들어가는 내 등 뒤에다 대고 몇 번이고 이렇게 소리치셨지요.

"꼭꼭 때를 밀어라. 머리는 세 번씩 감고. 물이 뜨겁다고 욕탕에 안 들어가서는 안 된다."

그땐 남탕 여탕이 비록 칸막이가 되어 있어 나뉘어 있었지만 허공으로는 통하여 어머니가 소리지르면 그 소리가 그대로 내 귓가에 그렁그렁 들려왔었지요.

"깨깨 씻어라, 깨깨 씻어라(꼭꼭 씻으라는 말의 이북 사투리), 인호야."

나이를 먹어 가면서 아들은 강하고 억척스러운 어머니를 한없이 복잡한 심경으로 바라본다. 가슴에 담긴 애증 때문일 것이다. 다리를 못 쓰게 된 어머니는 "일 분에 열 번 울고 열 번 웃을 수 있는 천재적인 연기력을 가진 배우"이자 걸핏하면 욕을 퍼붓고 투정하고 파출부가 계란 두 개 훔쳐 먹었다고 의심하는 트집의 명수로 묘사된다. 성모님의 은총을 갈구하는 독실한 가톨릭 신자이면서 기르던 개를 몸보신으로 잡아 잡숫는 "뻔뻔한" 어머니, 바깥바람을 쐬고 싶을 때 집 안을 들들 볶아 대는 "교활한 노인"…… 이런 복잡한 심경으로 신륵사로 바람을 쐬러 간 모자(母子)의 마음을 따뜻하게 적신 것은 생기 넘치는 봄비였다.

괜찮아. 나 혼자서 걸어가겠다. 젠장할. 나 혼자서 저 산 너머까지 걸어가겠다.

어머니는 손을 들어 봄비에 젖어 능선이 하늘과 맞닿아 지워진 먼 산을 가리켰다. 어머니는 조금 전 그녀가 놓아준 물고기처럼 비늘을 반짝이며 서 있었다.

"젠장할. 죽은 나무에서도 꽃이 피는 봄 아니냐."

어머니는 휘청이며 몸을 바로 잡았다.

나는 그 자리에 서서 어머니를 지켜보았다. 어머니를 향해 손 하나 움짓일 수 없는 이상스런 경외감을 나는 느꼈다.

봄비에 젖은 어머니를 보며 아들은 유난히 꽃을 사랑하신 어머니, 다 죽어가는 화분의 꽃들도 어머니의 손만 닿으면 기적처럼 살아나는 마술 손을 가진 어머니의 모습을 떠올린다. 나들이에서 그는 한 중년 여인을 만나 돌아가신 어머니 바깥구경하자는 소원도 못 들어드렸다고 가슴 아파하며 우는 사연을 듣는다. 비단 그의 마음에만 돌을 던지는 이야기일까. 곁에 계실 때에는 무심히 살다가 어느 순간 우리 곁을 떠나버리시는 어머니. 이 세상 모든 자식들의 심정을 나타내는 구절은 읽는 이들의 가슴을 때린다.

겨울의 풍경은 삭막하다. 지난 세월 무성한 녹음으로 우거져 있던 나무들은 헐벗은 은자의 모습으로 물러서 있다. '계곡의 신은 죽지 않는다(谷神不死 「老子」 6章)'는 성인의 갈파를 생각하며, 생명이란 낮게 가라앉아 있는 곳에서, 보이지 않는 곳에서 비로소 준비되고 탄생되는 것이라는 우주의 비의를 엿본다. 화려하고 눈부신 생명이란 메마른 나무의 인고의 산물이며, 높은 산봉오리를 빚어내는 것은 결국 계곡의 낮고 그윽함이 아니던가.

생의 기쁨을 열어주시고, 우리들이 가는 길마다 보이지 않는 손으로 지켜주는 어머니. 크나큰 산 계곡의 신이 되어 우리들의 작은 봉오리들을 지켜주는 어머니의 사랑을 마른 계절의 찬바람에서 느낀다.

3부

이화연가

이화의 길은

김현자

이화의 길은 숲을 향한 마음으로 깊다
아침이 금빛 날개를 칠 때
저문 저녁이 겨운 짐을 부려놓을 때
큰 길에서 문득 숲길로 접어들면
남몰래 핀 꽃들과 나직이 노래하는 새들
나뭇잎 사이 설핏설핏 지나가는 구름들이 보인다
이 낮고 작은 것들의 따뜻한 속삭임

이화의 길은 하늘을 향한 마음으로 높다
학관 앞 십자로 목숨 타는 싸루비아길 지나
중강당에서 계수나무까지 눈부신 개나리길
가쁜 숨결 헐떡이는 휴웃길 지나
버들잔디길의 어우러짐을 거쳐
대강당 성문길 층계에서

마음은 소슬히 솟구치는 새가 된다

이화의 길은 대지를 향한 마음으로 넓다
바람에 쓸리고 낙엽에 뒤덮여도
나아가라 나아가라 재촉하기도 하고
때로는 쉬어가라 쉬어가라 감싸안기도 하며
길은 느리게 걷는 법
들숨, 날숨의 숨쉬는 법
대지에 몸을 맡기는 법을 우리에게 가르쳐준다

우리 어디에 서 있어도

김현자

빛과 사랑의 만남이어라

어둠을 뚫고 오는 여울과 같이
그대 처음 우리 앞에 이르렀을 때
따뜻하고 형형했던 눈빛을 기억하네

날마다 일어서는 아침을 향하여 그대는
부동의 그 높은 대강당 성문(城門)으로
하나씩 솟구쳐오르는 날개를 달아주고

도서관 책갈피 사이에 숨긴 노래
가장 깊은 살 속에 담아 내려오는 길에
하늘의 노을과 지상의 불빛이 하나가 되어
들려주던 우주의 응답

우리 어디에 서 있어도
늘 마음속 꺼지지 않고 빛나는
이화의 불빛

하루에도 몇 번이고 그리움처럼 기차는 지나가고
스스로 일어서는 서늘한 바람
한 백 년 섬겨온 지혜가
산초잎처럼 푸른 곳

우리에게 남아
높은 곳 날갯짓 가르치는 크나큰 힘들이
여기에서 만나고 있네

이화연가

김현자

이화광장 건너 신단수 지나
마흔다섯 계단을 올라 대강당 성문 앞에 서면
눈부시게 핀 아름찬 배꽃들

청정한 가지 백 년을 푸르게 드리우고 선
우리 속에 자라는 나무
세상 소금꽃빛이 되어 흐르고

이 웅숭 깊은 사랑의 역사
굽이쳐 넘는 큰 언덕에
숨 고르며 솟아오르는 저 순연한 젊음들

가자, 더불어 사는 세상을 위해
섬김과 수고로 닿는 성스러운 자리
환하게 꽃피울진저.

우물과 장독대와 진돗개가 있던 자리

김현자

기숙사가 있던 진관 앞을 지날 때면 지금도 그때의 시간들이 되살아
난다. 나무에 물이 오르고 산목련이 피기 시작하는 봄날이나 진관 앞
나무들이 사륵사륵 몸 부비는 소리를 내는 가을날이면 그 기억이 한층
선명해지곤 한다. 가끔씩은 옛 기숙사 주변을 서성거리거나 기숙사 안
을 슬쩍 들여다보며 아직 마음에 남아 있는 그 시간들로 잠깐 돌아가
보기도 한다. 젊은 시절에 치렀던 것이라면 지독한 향수나 절망까지도
아름답게 기억하듯, 이화의 기숙사에서 보낸 내 젊은 시절 역시 그 치
열함만큼 아름다웠던 시절로 각인되어 있다. 물끄러미 들여다보는 그
때의 흑백사진들에는 외롭고 혼란스러웠던 성장기에서도 늘 꿈꾸고 사
색하던 나와 친구들의 모습이 손에 잡힐 듯 새겨져 있다.

기숙사를 입사할 당시 김봉순 총사감 선생님께서는 함께 온 어머니
들에게 이런 말씀을 하셨다.

"이 딸들은 이제 어머니 품을 완전히 떠난 것으로 생각하십시오. 이
들은 보호해줘야 하는 딸이 아니라 혼자 설 수 있는 사람이 되어야 합

니다."

그때는 그 이야기가 참 아득하게 느껴졌고 서울에 혼자 남겨진 외로움을 더욱 크게 하는 듯했다. 하지만 학기를 더할수록 방학이 되어 집에 내려갔을 때 내 소유물들이 한쪽으로 치워져 있고 동생들이 들락날락하는 내 방을 보니 집이 오히려 기숙사보다 낯설게 느껴졌다. 내가 깃들여 살던 푸른 숨결과 잎새의 집, 기숙사 구관 209호가 새삼 그리워지는 순간이었다. 다른 기숙사생들은 모두 신식 건물인 신관으로 가고 싶어했지만 우아하고 장중한 돌집이 좋아서 추운 방임에도 불구하고 자청해 들어갔던 구관 기숙사, 겨울이 되면 추위에 손이 곱아오고 창문틀에는 늘 하얀 성애꽃이 피었던 돌집이지만 외로움 속에서 나를 견인케 해주고 세계를 향한 그리움의 푸른 둥지가 되어 주었다.

내가 대학을 다니던 1960년대 초반은 나라 전체가 아직 살기 힘든 때였으며 대학 기숙사도 예외는 아니었다. 정량만 먹을 수 있는 기숙사 식사는 매번 모자란 듯해 우리는 자주 배고픔을 느끼곤 했다. 아마 배불리 못 먹었기 때문에 온 허기라기보다는 두고 온 집과 가족에 대한 향수에서 온 정신적 헛헛함에서 연유된 허기였던 듯싶다. 구관에서 신관 식당으로 밥을 먹으러 가는 길목에는 오십여 개가 넘음직한 배불뚝이 장독이 옹기종기 모여 있었다. 그곳에는 기숙사생들이 한철 먹을 수 있는 김치와 여러 가지 장들이 소복하게 담겨 있었다. 햇볕에 반짝거리는 옹기 장독을 보고 있으면 장독대에서 허리를 굽히고 보시기 가득 김치를 담아내시던 어머니가 떠오르곤 했다. 정겨운 장독대 옆에는 겨울 김장거리로 준비해둔 배추와 무가 잔뜩 쌓여 있었는데, 우린 그 길목을 오가며 무를 하나씩 집어다가는 출출한 밤이면 깎아 먹곤 했다. 먹을 것이 많은 지금은 무가 무슨 맛이 있었겠나 싶지만 그 시절 친구들과 둘러 앉아 깎아 베어 물던 무, 그 싸한 향기가 입 안 가득 퍼지고 가슴 속까지 시린 것이 정말 별미였다. 기숙사생들이 하도 많이 집어가서 김 장 담글 무가 줄어드는 바람에 언젠가는 사감 선생님이 순찰을 돌며 무를 지키기도 하셨다. 기숙사의 한 후배는 어업을 하시는 부모님이 어렵 게 보내주시는 학비로 공부를 하느라 용돈이 빠듯해 1년 내내 방 식구들에게서 얻어먹기만 했다. 그러다 오징어철이 되면 그 아버지는 오징어를 몇 상자씩 기숙사로 보내 주셨는데 우린 그때마다 즐거운 오징어 파티를 밤새 벌이곤 했다. 같은 방 친구가 외출하고 돌아왔을 때면 그 친구의 손에 군것질 봉지가 들려 있는지부터 살폈던 기억도 있다. 군밤, 고구마 튀김, 옥수수 따위를 사와 나눠먹던 시간들, 그 구수한 냄새가 정겹게 되살아난다.

지금도 그렇지만 그 당시 우리 이화 기숙사생들의 인기는 대단했다. 어느 대학이라 할 것 없이 여러 대학 기숙사의 남학생들이 이화 기숙사로 편지를 보내왔는데, 하루는 우리 209호로도 편지가 왔다. 서울농대 학생들이 보낸 "호박꽃도 꽃이요 멸치도 생선인데, 호박꽃과 멸치가 한 번 만나보자"라는 편지였다. 재미있기도 했지만 한편으로는 괘씸한 생각도 들어 "서로 얼굴도 보지 않은 상대에게 그렇게 비하하는 편지를 보낼 수 있느냐, 그런 사람들과는 상대하고 싶지 않다"는 답장을 보냈다. 그랬더니 그쪽 기숙사 방 식구 세 사람이 찾아와서 "머리를 조아려 정중히 사과한다"며 딸기밭으로 초대하겠노라는 것이었다. 그 주 토요일, 매일 운동화에 티셔츠만 입던 우리들은 하이힐에 정장 차림으로 한껏 멋을 내고 초대에 응해 나가 딸기를 실컷 먹고 돌아왔던 신나는 일도 있었다.

이렇듯 인기를 누리던 이화 기숙사에는 면회 오는 남학생들도 많았는데, 그 가운데도 유명한 남학생이 한 명 있었다. 그는 만나주지 않는 한 여학생을 보러 매주 토요일이면 구관 기숙사 측백나무 밑에서 3층을 하염없이 올려다보다 돌아가곤 했다. 한 번도 거르는 법이 없는 그였기에 매주 토요일 점심식사 후면 그 남학생을 보는 게 우리들에겐 한 재미였다. 한 번은 그가 보이지 않자 '무슨 일일까', '아픈 건 아닐까' 하는 궁금증이 온 기숙사의 화제가 될 정도였다. 그의 정성과 성실함에 모두 감동을 받은 우리들이 구애의 대상인 여학생에게 적극적으로 다리를 놔준 덕에 그 둘은 모든 기숙사생의 성원을 받으며 연애를 했고, 결혼에까지 이른 대단한 사건도 있었다. 그 남학생이 곧잘 서 있곤 하던 측백나무 옆, 버들잔디 한쪽으로는 작은 우물이 하나 있다. 지금은 퇴락해서 못을 박고 막아두었지만, 차고 맑은 우물은 우리에게 고향의 편안함을 상기시켜 주곤 했다. 단수조치로 가끔 수돗물이 나오지 않는 날에는 우물가에서 펌프질을 하는 모습을 볼 수 있었고, 콸콸콸 솟아오르는 물줄기에 가슴속까지 청신해지곤 하던 기억이 있다.

또한 신관 정문 앞에는 커다랗고 충직한 진돗개 한 마리가 있었다. 그 개는 참 신통하게도 기숙사생을 보고는 절대 짖지 않았다. 그러나 바깥에서 남학생들이 찾아오는 날에는 무시무시할 정도로 맹렬하게 짖어 대었다. 그것도 기숙사를 고정적으로 찾아오는 사람에게는 짖지 않고, 처음 기숙사를 찾은 신참내기들에게만 짖어서 혼쭐이 나 돌아가게 만들곤 했다. 오금이 저릴 만큼 무섭게 짖다가도 우리들만 보면 싱긋한 웃음을 눈가 가득 흐뭇하게 흘려서 우리들은 충직한 신하에게 보호를 받는 성 속의 공주가 된 듯한 기분에 사로잡혀 실없이 즐거워지곤 했다.

그 시절은 이렇듯 즐거운 기억으로 가득한 때이기도 했지만 그보다는, 더불어 사는 법과 혼자 서기를 배워야 하는 뼈아픈 성장의 시기이

기도 했다. 한 인간으로 독립해 어엿한 성인으로 바로서야 하는 일과 어떻게 살아야 할 것인가에 대한 고민으로 불안한 시기였다. 좁은 공간에 네 명이 함께 살아야 하는 경험을 통해 더불어 사는 법의 어려움과 기쁨을 함께 배우고, 가족과 떨어져 지내야 하는 고통을 통해 주체적으로 서는 법을 스스로 깨우칠 수 있었던 시간이었다. 쉽게 정답을 찾지 못하는 날들이 흘러가는 중에도 전공학문에 대한 흥미와 몰입으로 내 미래는 뿌리를 내리기 시작했다. 꿈의 나무 한 그루를 젊음이라는 시간의 대지 위에 심었던 때였다. 그 당시 힘든 나로 하여금 희망을 품게 하고, 나와 타자, 나와 세계 사이의 단절을 극복할 수 있도록 손을 내밀어준 힘은 바로 문학을 공부하는 즐거움이었다. 문학을 나의 진정한 학문으로 발견한 그 기쁨과 함께, 총학생회 학예부장으로 《이화》지(誌)와 《녹원》 등을 내느라 3학년 2학기를 몹시 바쁘게 보냈다. 이때 이곳 저곳 뛰어다니는 내가 활동적으로 보였던지 기숙사생 회장으로 뽑히게 되었지만 당시 나로서는 그 일까지 감당할 자신이 없었다. 총사감 선생님께 기숙사생 회장을 못하겠다고 말씀드리자 선생님은 기숙사에 있는 한 그런 일은 용납할 수 없다고 하셔서 할 수 없이 4학년 한 학기를 남기고 기숙사를 퇴사했던 기억도 뒤따른다.

무엇보다도 기숙사는 뒤지지 않는 학구열로 가득했던 공간이기도 했다. 지금의 미관식당 옆 큰 방이 그 당시에는 기숙사생들을 위한 '자습실'이었다. 네 명이 한 방을 쓰다 보니 맘같이 공부하기가 여의치 않은 상황일 때 기숙사생들이 자주 이용하던 곳이다. 학구파와 밤샘파인 의대생과 약대생들이 붙박이로 있던 곳이기도 했지만 평소에도 자리를 잡기 어려울 정도로 늘 학생들로 붐볐다. 창밖은 어스름 저녁을 지나 밤이 깊어가도록 자습실 불빛 아래에서 자부심의 칼들을 갈며 책에 얼굴을 묻고 공부에만 몰두해 있는 학생들, 그들의 얼굴은 제 안에서 우러나오는 진리의 빛과 열기로 가득했었다. 밤 늦도록 무엇인가에 빠져 골똘한 얼굴로 또 핼쑥해진 얼굴들로 서로 마주칠 때 그 눈빛들은 공부가 주는 즐거움만큼이나 고심참담한 고통과 인내로 가득 차 있었다. 자습실에서 공부하다 지치거나 잠을 깨야 할 때면 학교 안을 산보하곤 했다. 지금도 선연히 떠오르는 장면은 이화교의 불빛이다. 이화교를 건너다 그 불빛에 취해 잠시 발걸음을 멈추고 멀리 신촌역 쪽을 바라보면, 가로등과 철로, 교회의 첨탑, 어둑한 하늘과 나무 등으로 어우러진 풍경이 새삼 가슴에 와 닿곤 했다. 학교 안에서 밤을 지새워 공부할 수 있는 유일한 공간이었던 기숙사 자습실의 후끈함이 생생하다.

돌이켜 보면 그 당시 기숙사 생활은 매우 엄하고 제약이 많았다. 외박이 어려운 것은 물론, 친척집에서 하루 자고 오는 것조차 여의치 않았으며 점호 시간도 철저했다. 그러나 엄격한 감시의 틈에서도 우리가 누릴 수 있었던 크고 작은 낭만들은 더할 수 없이 경쾌한 경험들이었다. 교정이 꽃으로 가득할 때면 돗자리와 먹을 것을 들고 나가 앉아 봄바람 속에서 늦도록 얘기를 나누고 노래도 부르곤 했으며, 토요일이면 모두들 대야를 하나씩 옆에 끼고 줄줄이 목욕도 가고, 다른 대학 기숙사의 남학생들과 편지와 학보는 단체로 주고 받으며 즐거워하기도 했다.

끝도 없이 이어지는 그때의 기억들에 빠져 있다 보니 이화의 기숙사 시절, 눈 맑고 가슴 뜨겁던 그 시간 속으로 다시 들어선 듯하다.

함께 가는 길

김현자

1

한겨울에도 거의 눈을 볼 수가 없는 남쪽 지방에서 자란 나는 온 세상을 하얗게 덮은 은세계를 대학에 와서 처음으로 보고 놀랐다. 이화에 입학하던 그 해에는 4월 초순에도 간간이 눈이 내리곤 하는 유난히 추운 해였다. 저녁 무렵 이화교에서 바라보는 신촌역의 차가운 불빛을 보며 두고 온 집과 친구들을 한없이 그리워하며 나는 눈부심과 함께 매서운 차가움을 느꼈다. 같은 학교에서 온 벗들끼리 무리지어 활기차게 몰려다니는 교정에서 지방학교 출신이었던 나는 마음 붙일 곳 없이 외로움에 시달렸다.

그러던 어느 날 나는 우연히 중강당 앞에 써 붙여진 〈문학의 오후〉라는 행사에 들어가 보았다.

"어머니, 당신의 기대와 제 희망 사이에는 너무나 큰 강물이 흐르고 있습니다. 이 도도하게 흐르는 강의 이편과 저편에 당신과 나는 각기 서 있는 것입니다."

딸이 잘 되기를 세속적으로 희원하는 어머니와 자신이 생각하는 자아추구에서 느끼는 거리를 주제로 한 에세이가 낭독되고 있었는데, 그 글을 쓴 선배 언니가 너무 지적으로 보여서 나는 두말 할 것 없이 그가 속한 문학회에 가입했다.

　문학회의 회원들과 함께 책을 읽고 와서 토론하고, 때때로 자신이 쓴 글에 혹평을 받아 얼굴을 붉히면서 서먹서먹하던 이화는 나의 학교로 가까이 다가오기 시작했다. 열정적이면서 사려 깊은 성품을 천성으로 지녔던 그 선배 언니 덕택에 고등학교와는 다른 대학 수업의 낯섦음도 쉽게 극복할 수 있었고, 학기말 시험의 출제 경향도 파악할 수 있었다.

　봄이면 너무 눈부신 색깔로 노랗게 피어나서 우리들 중 누군가가 미친 개나리라고 불렀던 개나리길, 백 년을 청청한 진관 앞 느티나무 그리고 팔복동산과 버들잔디를 고향 같은 그윽함으로 마음에 심게 되었다.

2

　졸업을 하고 친구들은 각기 제 갈 길을 갔다. 학교를 떠난다는 사실이 너무 애달파서 나는 혼자 남아 대학원을 가고, 스승을 만나고 그리고 선생이 되었다. 교실이 떠나갈 듯 하하 웃다가도 앞길에 대한 설계로 잔뜩 고뇌에 가득 찬 학생들의 얼굴에서 오래전 나와 내 친구들의 얼굴을 떠올린다. 그들이 야생마처럼 오고가는 학관의 바닥은 늘 커피 자국으로 얼룩져 있다. 공부하다 지친 학생들이 자판기에서 커피를 뽑아오다 바닥에 쏟기 일쑤이기 때문이다. 오가다 그들의 표정을 힐끗 보노라면 하나같이 화장기 없는 얼굴에 무엇인가 골똘한 표정이다. 쏟아진 그 얼룩은 커피가 아니라 마치 그들이 쏟아낸 생명의 코피 같아 마음이 쓰려려온다.

중간고사 기간 중의 어느 날, 학관 모퉁이에서 한 학생과 심하게 온몸 부딪치기를 했다. 6시가 넘은 저녁 늦은 시간이라 서로 무심코 마음을 놓은 것이 화근이었다. 잘못이 서로에게 있었음에도 어찌나 아픈지 저도 모르게 얼굴이 찌푸려져서 우리는 서로 상대방을 노려보았다. 저만큼 나가떨어진 두터운 노트장에는 형광연필의 언더라인이 여러 군데 쳐져 있었다. "죄송합니다"를 연발하는 그에게 "그래 시험은 잘 쳤냐" 하고 물었더니 금세 표정이 밝아지면서 "네, 전공과목인데 문제를 좀 비비꼬아 내셨거든요"라고 했다. 까다로운 문제를 맞춘 그의 노력이 좋아서 나도 덩달아 기분이 밝아졌다. 그래 작은 문제, 작은 일에도 온갖 정성을 기울이는 자 복 있으리니! 성적은 절대 공으로 나오는 것이 아니니까.

나는 그와 헤어지며 속으로 말했다. 과도 이름도 모르는 너와 오늘 온몸으로 부딪쳐서 나도 기쁘다. 공부의 재미는 때로 그것 자체가 기쁨이 될 수 있지만, 얼마나 더 많이 우리를 지치고 힘들게 하는가. 창밖은 어느덧 어스름 저녁인데 도서관의 빛 아래서 자부심의 칼들을 갈아 가슴에 묻는 이화의 표정을 보며 제 안에서 우러나오는 진리의 빛, 그 이화의 밝음을 확인한다. 캄캄한 밤길을 나오면서도 그들은 민들레 씨앗처럼 날아다니는 빛의 꿈을 꾸겠지.

3

학교 다닐 적 친구들은 모교를 언제나 5월의 창공에 화려하게 펼쳐진 꽃구름과 신록의 모습으로 기억하곤 한다. 오늘의 대학생들이 그렇듯이, 그들도 삶의 밝은 부분만큼 많은 고뇌의 어둠으로 젊은 날을 지냈음에 틀림없었을 것임에도 열두 달 중 유독 5월의 모습만을 간직하고 있음은 이화가 늘 우리들 생의 밝음 속에 가까이 서 있기 때문일까.

이화의 밝음, 그 힘은 얼마나 놀랍게 우리를 일으켜 세우는 것인가. 나는 오늘도 이화를 향한 연가(戀歌)를 쓴다.

상상력의 은빛 날개를

김현자

　이어령 선생님께서 1960년대 초 처음 이화에 오셨을 때 나는 과의 연구 조교이자 석사 논문을 준비하고 있던 대학원생이었다. 당시엔 큰 교실을 중국집같이 칸막이를 해서 선생님들의 연구실로 쓰고 있었는데, 그 입구에 수문장처럼 앉아 전화받고 차 끓이고 하는 것이 나의 임무였다. 그 초라한 간이 연구실들 중 가장 북적였던 곳은 안쪽 구석, 이어령 선생님의 자리였다. 선생님의 그 좁고 구석진 칸막이 방은 수업이 끝나면 찾아오는 학생들로 늘 북새통이었다.

　어느 날 모두들 퇴근해 버린 빈 방에서 나는 언제나처럼 기진맥진해져 있었다. 하루를 보낸 피곤과 함께 그날따라 '학문이라는 것이 과연 바다와 같구나. 나는 거기에 빠져 익사할지도 몰라' 하는 비감스런 상념이 나를 더욱 지치게 했다. 그런데 마침 무엇인가를 가지러 다시 돌아오셨던 선생님께서 그런 내 모습을 보시고는 논문테마가 무엇이냐고 물으셨다. 나는 '우리 문학의 전통성에 관한 몇 가지 고찰'을 테마로 잡고 있다고 말씀드렸다. 선생님은 얼굴을 약간 찡그리시더니 연구가 전혀 안되어 있는 쪽으로 방향을 돌리는 것이 어떻겠냐고 하셨다. 그 날 오후, 선생님은 상세한 조언을 해주셨고 무명천지를 막막히 헤매고 있던 나는 아무도 손대지 않은 광맥 하나를 뚝 떼어 받은 느낌이었다. 그 후로 선생님께서 빌려 주신 책과 조언을 통해 수사법과 문체론 등 당시 1960년대 초로서는 가장 새로웠던 방법론들을 접하게 되면서 나는 비로소 구체적으로 공부의 가닥을 하나하나 잡아 나갈 수 있었다.

그 시절 칠판 가득히 찍혀 있던 선생님의 글씨들, 어떤 화가나 만화가의 그림보다도 잘 표현되어 지우기 아깝던 사람, 산 그리고 수많은 기호들…… . 양복 자락을 흠뻑 적시고 선생님의 빠르게 움직이는 손길을 따라 사방으로 흩어지며 빛나던 흰 분필 가루의 광경이 그립게 떠오른다. 작품을 그 본래의 모습보다 몇 배나 더 빛나게 만들던 작품 분석들, 논리 정연한 이론과 섬세한 감정의 교직이 군더더기 하나 없이 전달되어 올 때의 숨막히던 긴장감…… . 그 시기의 내 삶이란 온통 선생님께서 주신 가르침으로 가득 차 있었다.

선생님의 수업에는 늘 미지의 세계를 찾아 떠나는 탐험 같은 흥분이 깃들여 있었다. 항상 새로운 방법론으로 작품을 볼 수 있는 눈을 뜨게 하셨고, 대학원 석·박사 수업을 동일한 제목으로 두 학기를 계속하시는 일이 없을 만큼 강의의 레퍼토리가 다양했다. 구조주의, 현상학, 기호학, 은유법, 병렬법 등 세계 석학들이 지닌 정신의 세계를 가장 앞서서 그리고 일목요연하게 가르치셨으며, 또한 그와 같은 새로운 방법론들을 한국 문학에 적용시키는 데까지 빈틈이 없으셨다. 문학이라는 언어의 마술이 어떻게 녹색의 이파리에서 붉은 꽃을 피우며 이를 다시 노랑나비로 날아오르게 하는가. 우리는 선생님의 호흡에 맞추어 그 현란한 이미지의 변용을 숨가쁘게 쫓았다. 고독한 인간이 자신의 작은 존재를 날개 돋힌 수직의 상승으로, 때로는 온 우주를 가득 안을 수 있는 끝없는 수평으로 확산시킬 수 있음을, 윤동주의 「서시」에서, 이상의 「산촌여정」과 「권태」와 「절벽」에서, 이육사의 「황혼」에서 우리는 배웠다. 우리들 상상력에 은빛 날개를 달아 주고, 감각의 날을 세워 온 우주의 숨소리를 문학 속에서 논리화해 보이던 그런 수업들. 선생님의 수업은 우리를 숨죽인 긴장 속에서 문학의 깊고 오묘한 향기에 취하게 만드는 마법의 시간이었다.

법관인 내 친구의 남편은 《문학사상》에 실린 선생님의 「언술 구조로서의 은유」를 읽고, "아, 나는 헛살았다는 생각이 든다. 이런 글을 한 편 쓸 수 있다면 이제까지 내가 쌓아올린 모든 것과 바꾸어도 좋겠다." 고 말했다고 한다. 선생님의 글은 그처럼 문학을 전공하지 않은 사람도 뒤흔들어 놓을 만큼 명쾌하고 논리정연하고 사람을 감동시키는 감성이 반짝이는 그런 것이다. 논문을 쓰는 중에 어쩌다 스스로 비교적 잘 쓰여졌다고 생각되는 때면 나는 거짓 없이 마음속으로 이런 고백이 터져 나오곤 한다.

'선생님! 제 생에서 선생님과의 만남이 없었더라면 학문하는 내내 얼마나 답답한 무명(無明)의 세계를 헤매었을는지요. 당신의 가르침은 빛처럼 화두(話頭)처럼 우리를 일으켜 세웁니다.'

선생님은 또한 학생들에게 관심도 많고 신경도 많이 쓰시는 분이셨다. 한때 4학년생들이 사은회 직전에 선생님들의 인기투표를 실시하던 때가 있었는데, 겉으로는 그런 데엔 통 관심이 없는 척하셨지만, 몇 해 연속 베스트로 뽑히시던 선생님이 어느 해인가 K교수에게 2위로 밀려나자 눈에 띄게 낙담하셔서 우리를 긴장시켰다. 또 어느 해인가는 이대 학보 '사풍'이라는 가십난에 '국문과 L교수 해외 강연, 국내 세미나로 다망하여 학기 초 1주 연속 휴강. 목 빠지게 기다리는 제자들 생각을 하셔야지요.'라는 기사를 보시고는 몹시 화를 내시며, "세상에! 다른 교수들은 한 학기 한두 번 휴강하기 예사인데 왜 나만 이렇게 신문에 나고 구설수에 올라야 하는지. 내 요걸 쓴 기자놈을 꼭 찾아서 얘기 좀 해야겠다"고 흥분하셨다. 그때 내가 옆에서 "학생들이 선생님의 수업을 그만큼 열렬히 기다린다는 증거죠, 뭘" 했더니 선생님은 "그런가?" 하시며 의외로 순진하게 넘어가 주셨다.

그런가 하면 일견 날카로워 보이기만 하는 선생님의 날이 선 눈매도 제자들을 대하실 때면 쉽사리 따뜻하게 풀어지셨고 때로는 심약해지시기까지 하였다. 석 · 박사 논문 심사를 할 때면 쓰윽 한 번 훑어보시고도 그 논문이 지닌 약점을 예리하게 지적하셔서 제자들을 꼼짝 못하게 하셨는데, 어느 날인가는 좀 엉성하게 쓰여진 논문을 보시고 호되게 질책을 하시며 한 학기 다시 쓸 것을 지시하셨다. 그런데 그날 밤 선생님이 같이 심사를 했던 내게 전화를 하셨다.

"그런데 말야……, 그 낮에 심사했던 이 아무개 때문에 영 잠이 안 오네. 내가 너무 심하게 말해서 충격받아 엉뚱한 생각이라도 하는 건 아닐까? 마음이 아주 여리게 생겼던데……."

'아이구 참 선생님도. 그렇다고 걔가 죽기라도 하겠어요? 하루 지나면 마음 다잡아 한 학기 더 해 충실한 논문을 만들겠지요. 약하신 것은 그 학생이 아니라 선생님이십니다.'

이렇게 마음속으로 중얼거리는 내게 선생님은 꼭 그 밤으로 학생에게 전화를 해서 잘 위로해주고 다음날 점심이라도 사주면서 구체적으로 참고문헌도 제시해주고 문장도 일일이 고쳐주라고 당부하셨다. 이런 일은 그 후로도 몇 번이나 되풀이되었다. 선생님은 그처럼 섬세하고 따뜻하고 또 치밀하신 분이었다. 본래 자신을 들볶는 편인 나는 조교와 대학원, 시간강사 시절을 지나면서 불확실한 미래에 대하여 방황과 회의를 거듭했는데 그럴 때 선생님께 편지를 드리면, 2, 3일이면 어김없이 선생님의 답장이 왔다. 그때 그 답장들은 흔들리는 내게 얼마나 많은 위로를 주었던가. 아직도 나는 그 편지들을 장롱 깊숙이 보물처럼 간직하고 있다.

선생님은 컴퓨터나 워드 프로세서, 반도체 같은 첨단기기에 대단한 흥미를 갖고 계셨다. 1980년대 처음으로 워드 프로세서가 나왔을 때는, 그 신기한 기계가 원고 쓰는 일이며 자료 정리를 비롯해 공부하는 일에 얼마나 많은 기여를 하는가를 입에 침이 마르도록 설명하셨다. 키들을 누르노라면 생각이 생각을 낳고 손으로 더디게 쓰느라 중단되거나 방해되는 일 없이 기능적으로 경쾌하게 일할 수 있다고 신이 나서 말씀하셨다. 그 말씀을 듣고 있노라면 누구든지 그것만 있으면 좋은 글이 저절로 쓰여질 것 같았다. 게다가 이 좋은 것을 나 혼자 알고 있을 수가 없어서 알려 주신다고 갑자기 목소리를 낮춰 은밀히 덧붙이곤 하셨기 때문에 우리 과 교수들은 하나씩 둘씩 그 신기한 기계를 사들일 수밖에 없었다. 대단한 설득력이었다. 나 역시 그 설득에 안 넘어갈 재간이 없어 거금을 들여 워드 프로세서를 샀지만 유감스럽게도 워낙 기계에 둔한 나는 10년이 지난 지금까지도 한 번도 그것으로 원고를 써 본 일이 없다.

그처럼 첨단기기에 빠르게 적응하시는 선생님도 학교의 직급이나 사무적인 제도는 너무나 모르셨다. 학교의 학무처장이 누구인지 인문대학장이 누구인지 전혀 모르셨고, 심지어는 종전의 문리대가 인문과학대학으로 개칭된 것도 몇 년이 지나도록 모르셨다. "그 우리 과 주임 교수 말야!" 20여 년이 넘게 이화에 봉직하면서도 학과장을 과 주임 교수라는 세련되지 못한 말로 지칭하곤 해서 우리는 서로 눈짓을 해대며 웃음을 참기도 했다.

선생님은 이화대학에 오시고 나서도 신문사 논설위원, 《문학사상》

운영, 그 밖에도 텔레비전으로, 책으로 늘 분주하셨다. 너무나 사방에서 선생님을 원하여 제자들은 선생님을 어딘가에 영영 빼앗겨 버리는 것은 아닐까 늘 조마조마했던 것도 사실이다. 그러나 20년 넘게 선생님은 우리와 함께 하시며 우리를 공들여 정성껏 가르쳐주셨다. 그런데 우리가 정년퇴임 때까지 계실 선생님의 모습을 굳게 믿게 되었을 때, 선생님은 뜻밖에도 문화부 장관이 되셔서 학교를 떠나셨다. 나라가 선생님의 힘을 필요로 한다는 데야 하는 수 없지 하면서도 우리는 망연한 느낌을 어쩌지 못했다. 축하 화분을 들고 찾아간 우리들에게 선생님은 장관실에서 이렇게 말씀하셨다.

"어느 날 차를 타고 이화대학 옆을 지나가는데 나도 모르게 눈물이 나왔어."

그 말씀을 하실 때 선생님의 표정에 어린 그 복잡한 미소를 보며 우리들은 그만 모두 항복하고 말았다. 사랑하고 존경하는 선생님, 우리들은 영원히 선생님 편입니다. 영원히 선생님 편입니다.

이화사랑 채플 이야기

한인영

 이화는 내게 어떤 의미를 가지는가? 이십 때부터 육십대까지 수십 년 간 이화와 인연을 가졌다. 학부 시절, 대학원 시절, 강사 시절 그리고 교수로서 교정을 밟았다. 이화에서 나는 인간적으로나 영적으로 성숙하였고, 사랑하는 선후배들을 만났다. 이러한 성장과 만남은 여러 가지 경험에 의한 것이나, 그중에서도 특히 채플의 영향이 컸다. 채플을 통해 신앙을 키웠고 역할 모델을 발견하였으며, 나의 정체성을 가만히 만들어 나갔던 것 같다.

 유명 인사들이 한국을 방문하면 반드시 이화의 대강당에서 채플 연사로 학생들에게 말씀을 전해 주었다. 김할란 총장님의 마지막 채플 연설도 매우 깊은 인상을 남겨주었고 슈바이처 박사의 비서였던 실버만 여사의 연설도 잊혀지지 않는 장면으로 남아있다.

 김할란 총장님은 작은 체구에 낭낭한 목소리로 당신이 가장 좋아하는 성경구절을 읽어주시면서 왜 이런 구절이 우리 삶에 의미가 있는지 따뜻하게 그리고 꼼꼼히 설명하셨다. 아마도 생전에 마지막으로 설교하신 채플이었을 것이다. 데살로니가 전서 5장 16-18절. 항상 기뻐하라, 쉬지말고 기도하라, 범사에 감사하라. 이는 그리스도 예수 안에서 너희를 향하신 하나님의 뜻이니라. 지금까지도 이 성경구절은 나의 삶의 주요한 지침이 되는 말씀이다.

또 한 분은 실버만 여사이다. 아프리카에서 헌신한 슈바이처 박사의 비서로 오랫동안 근무했던 실버만 여사의 강연은 나에게 깊은 인상을 주었다. 그러지 않아도 슈바이처 전기를 탐독하면서 그가 아프리카에서 의사로서 봉사하기 이전에 이미 촉망받는 신학자였고 최고의 오르간 연주자였다는 것을 알고 있으면서 그에 대해 더 알고 싶어 했던 시기였는데 그와 함께 아프리카에서 실제로 근무했던 실버만 여사의 이야기는 내게 큰 감동으로 다가왔다.

실버만 여사는 회색의 단발 머리칼을 휘날리며 강단에 섰고 본인이 날마다 함께 일했던 슈바이처 박사의 일상과 사건에 관해 잔잔하게 이야기를 풀어주었다. 나는 슈바이처 박사를 만난 것처럼 실감하면서 이야기에 심취했었다. 그의 인간적인 면, 음악적 재능, 지성, 헌신에 대해 더욱 깊이 알게 되었으며 사회복지학을 계속해야 하나 망설이던 나에게 타인을 사랑하는 삶을 살아야겠다는 의지를 불태우게 하는데 큰 영향을 미쳤다.

두 여성은 모습도 다르고 목소리도 다르고 강연 내용도 달랐지만 살아온 모습 자체에서 느껴지는 카리스마와 진정성이 느껴졌다. 채플을 통한 아주 짧은 만남이었는데도 그 후 긴 세월 동안 나에게 큰 영향을 주었고 삶의 기반을 다지는 초석이 되었다.

이화의 채플은 내게 삶을 살아가는 지혜의 근본을 깨우쳐 주었다. 사회복지학을 포기하지 않고 전공하게 하였고, 지속적으로 소외계층에 관심을 가지는 것, 저개발국가를 돕는 프로젝트를 하는 것, 타인을 사랑하는 삶을 살려고 애쓰게 하는 삶의 원동력이 되었다.

희망찬 목소리로 너를 불렀다

김난숙

아주 중요한 설명을 하고 있다. 전화기를 들고 있는 선생님의 얼굴이 빨개졌다. 햇볕이 가득 들어와 환한 사무실, 여름의 열기와 여러 사람의 전화 소리로 방안이 가득 찼다. 어깨에 전화기를 올려놓고 한 손은 자료를 넘기며 설명하는 선생님들의 목소리가 공중에서 부딪친다. 자료를 찾으러 사무실을 뛰어다니는 사람에 쉴 새 없이 찾아와 물어보는 학생들로 사무실은 벌써부터 뜨거워져 있다. 1995년, 본관 2층에 자리잡은 입학과 사무실의 익숙한 풍경이다.

내가 앉은 자리 뒤엔 입학과 선생님들이 환히 웃고 있는 '우리는 한마음' 제목의 사진이 걸려 있다. 입학처 신설 첫해의 입시를 무사히 끝내고 다시 다음 해의 입학 업무가 시작된 봄날이다. 앞으로 일 년 동안 다시 이어질 강도 높은 업무를 염려해 입학과로 간 며칠 후 처장님이 워크숍을 갖자고 하신다. 첫해의 혹독한 업무를 견뎌낸 직원들이 다시 힘내서 업무를 시작하려면 단합대회가 필요하다고 생각하셨던 게다.

업무를 끝내고 저녁을 먹고 나자 남산으로 가자고 하신다. 캄캄한 밤에 남산을 갔고 전망대까지 올라가 서울의 야경을 함께 바라보았다. 그리고 기념으로 즉석사진을 찍었다. 그 밤 남산의 정기를 받아선지 힘들 때마다 사진을 보며 '우리는 한마음'을 외쳤고, 식구들이 똘똘 뭉쳐 험난한 한 해를 잘 살아낼 수 있었다. 함께했던 그때의 입학과 식구들은 "우리는 동료가 아니라 전우처럼 살았다"고 그 시절을 회상한다.

1995년 입학처는 신설 2년차 부서여서 업무의 계획이나 진행이 모두 새로 시작하는 일이었다. 입시 결과를 분석했고 여학생들의 대학 선택 경향 분석, 많은 학생들이 지원할 수 있는 입학전형의 개발과 전략이 필요했다. 여학생들이 남녀공학을 선호하는 추세여서 입시계획뿐 아니라 이화에 와야만 하는 이유를 알리는 업무 또한 매우 중요한 일이었다. 할 일은 언제나 넘쳤고 우린 많은 날을 아침부터 밤까지 함께 하는 가까운 사이가 되었다.

처음 입학처장을 맡으셨던 백명희 선생님은 입학 업무의 기초를 놓는 일을 하셨다. 지금까지 입학처에서 진행하고 있는 일들 중엔 입학처 초기에 시작한 일이 많이 있다. 아이디어가 풍부하셨던 선생님은 새로운 일을 쉴 새 없이 찾아내셨고 찾아낸 일을 구체화하고 실행하기 위해선 입학과 식구들이 정신없이 움직여야 했다. 많은 일들이 처음 시도하는 일이어서 우리들의 머리와 몸은 늘 바쁘게 움직여야 했으니. 그때 우린 이화를 알리기 위해 어느 곳이든 언제든 떠날 준비가 되어 있는 유랑극단의 스탭이었다.

논술모의고사, 진학주임간담회, 고등학교 방문 대학설명회, 여러 대학이 주요 도시에서 가졌던 주요 대학 입학설명회, 재학생 모교방문프로그램, 본교를 찾아오는 고등학생을 위한 안내프로그램, 우수학생 유치 장학프로그램 등 많은 일이 기획되고 시작되었다.

정열과 아이디어가 넘쳤던 선생님을 우린 다음 해에 뵙지 못하게 된다. 너무 많은 일을 하신게 원인이었을까 큰 병을 얻으셨고 입학처를 떠나셨다. 그리고 그해 겨울이 시작될 즈음 우리 곁을 아주 떠나셨다는 소식을 듣는다. 소식을 듣던 날 참석한 추수감사절 예배, 눈물이 흐르기 시작하더니 멈추질 않는다.

입학과에 온 첫해, 업무를 제대로 파악할 틈도 없이 쏟아지는 일을 해내며 정신없이 일 년을 보냈다. 그리고 다음 해 김현자 선생님과의 입학과 시절이 시작된다. 이때엔 입학처 3년차로 조직이 안정을 찾았고 활발하게 업무가 진행된 시기였다. 다양한 입학전형이 요구되었고 학교마다 새로운 전형을 개발하기 위해 많은 노력을 기울였다. 다른 대학과 공조와 차별을 적절히 유지하면서 경쟁력을 가져야 하는 전형 계획은 많은 검토와 회의를 거쳐야 했다. 전형이 확정된 후는 이를 알리는 일이 중요한 일. 전국의 여자 고등학교와 여학생들에게 모두가 알려야 할 대상이었다. 우리 학교의 전형을 자세히 설명하는 건 물론 이화에 꼭 와야 하는 이유를 알려야 했다. 이화의 힘과 특별함을 알리려 많이 애썼던 시절이었다. 학생에게 학부형에게 이화를 제대로 알리기 위해 입학과 식구 모두, 온힘을 다했다. 이화를 사랑하는 열이 뜨거웠기에 우린 모두 '이화교 광신자' 수준으로 가고 있는 단계. 늦은 밤까지 전화를 걸었다. 자기가 알고 있는 이화를 전부 끌어내 설득하다 서로 눈이 마주치면 힘든 중에도 저절로 웃음이 나왔다.

수능 점수 발표일, 이때부터 전쟁이 시작된다. 수능 점수를 토대로 우리 학교에 올 수 있는 예상 점수를 추정해 낸다. 그리곤 여러 선생님들의 힘을 빌려 입학 상담이 시작된다. 한편 입학과 사무실은 입시 업무를 진행할 수 있는 곳으로 이사를 한다. 철이 바뀌면 길을 떠나는 철새처럼 겨울이 시작되면 본관에서 경영관으로 사무실을 옮겼다. 경영관에 입시본부가 차려졌고 새벽부터 늦은 밤까지 파트별로 전형을 치를 준비가 시작된다. 논술 출제본부는 벌써 가동되었고 고사장을 준비하는 일이 진행된다. 다른 한쪽에선 음악대학, 미술대학, 체육대학의 실기고사를 치루는 긴 여정이 시작된다. 끝날 것 같지 않은 복잡하고 지루한 긴 일정은 합격자 발표로 일단락을 짓는다. 그 후에도 학생 추가선발 업무와 이어지는 편입학전형 등으로 2월을 다 보내야 입학처의 한해가 얼추 끝난다. 그때 수많은 입학업무를 진행하기 위해 학교의 모든 구성원의 참여가 필요했다. 한정된 시간에 전형을 끝내기 위해선 선생님들의 적극적인 지원이 필요했고 여러 선생님께 수시로 도움을 요청했다. 힘드셨음에도 여러 날 힘을 보태주신 선생님들을 생각하면 지금도 미안한 마음과 감사의 마음을 갖게 된다.

입학처 초창기, 40대 중반 나이에 입학과에 왔고 처음으로 실무를 책임 맡게 되었다. 많은 일을 계획하고 추진했으니 야근은 당연했고 주말에도 학교에 와야 할 일이 많았다. 매일매일 순간순간이 힘들었지만 한편 가슴 벅찬 날들이었다. 머릿속은 항상 입학과의 여러 가지 할 일로 꽉 차 있던 시절, 이화에서 일한 오랜 기간 중 가장 활발하고 신났던 시절임이 분명하다.

한참 오래전인 20여 년 전의 입학과 시절을 글로 쓰며 여러 일들이 떠오른다.

어렵게 참석한 부산지역 진학주임간담회: 예정된 행사일이 친정어머니 장례식 다음날이었다. 일정을 조정해야 하나 걱정을 하다 장례식 다음날이니 그대로 진행하자고 했다. 부산으로 내려가 저녁에 간담회를 마쳤고, 숙소로 돌아와선 함께 간 선생님과 늦게까지 '이화여자대학교 입학안내' 원고 교정을 보았다. 다음날 새벽 비행기로 김포공항에 도착, 안양까지 택시를 타고 내려가 어머니 삼우제에 참석할 수 있었다. 몸은 힘들었으나 할 일을 마친 편안함에 고단함을 느낄 겨를도 없었다. 입학과 시절 정신없이 바쁠 때에 친정 부모님 두 분이 모두 세상을 떠나셔서 부모님의 마지막 시간들을 함께하지 못했고 슬퍼할 겨를도 없이 지낸 무심한 딸이었다.

경영관 입시본부에 있던 온돌방: 입학과를 위해 겨울이면 건물 전체를 내준 경영연구소엔 온돌방이 있었다. 밤낮 없이 진행되는 업무 도중 너무 힘들 때 잠깐씩 온돌방을 찾았다. 몸이 지쳤을 때 온돌방에 누워 노곤한 몸을 쉬고 나오며 "이런 얘기 나중에 만나 얘기하면 재미있을 거야" 했는데 내가 지금 그때 그 시절을 쓰며 여러 가지 일들을 떠올린다.

따뜻했던 본관 지하층의 작은 화장실: 휘몰아쳐 오는 일로 정신없이 바쁘다. 짬을 내 일부러 지하층으로 내려온다. 소란스러움에서 벗어난 조용한 화장실, 겨울이라 푹푹 스팀 나오는 소리가 들리고 아무도 없다. 따뜻함 속에 몸을 잠깐 맡겼다 천천히 2층으로 올라가면 머리가 맑아지곤 했으니 나만의 휴식 방법이었다.

입학과 식구들과의 저녁식사: 거의 언제나 늦게까지 일을 했기에 저녁식사는 식구들보다 입학과 식구들과 더 자주해야 했다. 몸이 고단했던 그 시절 어느 날, 일을 끝내고 입학과 식구들과의 저녁식사 자리, 너무 힘드니 소주를 한 잔씩 마시면 어떨까 하는 말에 모두들 그러자 한다. 한 잔을 마시고 "술이 참 달다. 술이 달수도 있는 거야?" 하니 "힘든 노동을 끝내고 마시는 술이 바로 그 맛이에요." 하는 말에 모두들 술꾼이 다된 것처럼 웃는다.

입학과 시절은 둘째 딸이 고등학교 3학년이 되는 봄에 끝난다. 공정한 입시업무를 위해 고3 학부형은 입시업무에서 제외한다는 규정이 있어 홀가분한 마음으로 입학과를 떠날 수 있었다. 참으로 힘들었던 2년여 입학과 시절, 극한이라고 느낄만큼 많은 일을 원 없이 신나게 마음껏 했던 시절이었다. 그 많은 일을 해낼 수 있었던 건 입학과 선생님들이 함께했기에 가능했고, 학교 안의 모든 부서와 선생님들의 지원과 도움을 받았기에 가능한 일이었다.

입학과에서 보낸 내 젊은 날의 2년, 희망찬 목소리로 이화를 불렀고 온 세상에 이화를 알렸던 그때, 뜨겁게 이화를 사랑한 시절이었다.

다시 찾아간 그 시절, 그때 우린 그랬었지

김난숙

집마당 작은 밭에 상추, 치커리, 바질 모종을 심었다. 며칠 전부터는 호박 싹이 이곳저곳에서 불쑥불쑥 머리를 내민다. 모판에 뿌린 부추는 언제 싹이 나올까? 상추는 언제 뜯을 수 있을까? 소소한 일을 생각하며 하루를 보낸다.

새벽부터 시작한 하루가 차분히 지나간다. 하루가 천천히 지나가는 걸, 시간이 흐르며 공기의 온도가 달라지는걸 몸으로 느낀다.

긴 시간 신나게 힘껏 일했던 이화대학에서 지냈던 일이 아주 오래전 일인 듯싶다. 오늘 난 회계과 시절로 돌아가 본다.

이화에서의 40년. 재무처, 입학처, 연구처, 학적과와 법인에서 일했지만 가장 오랫동안 일했고 친정 같이 생각되는 곳이 재무처다. 헤아려 보니 회계과에서 24년, 예산과에서 5년, 29년을 재무처에서 일했다. 과의 책임을 맡아 일한 기간은 회계과에서 8년, 예산과에서 3년이다.

1975년, 사무처 소속인 관재과로 임용되며 처음 이화대학 직원이 되었다.

대강당 아래 유치원이었던 곳(지금은 여성지도력개발센터)인 사무처관이 있었다. 그 건물에 예산과(예산실), 회계과(경리과), 구매과(용도계), 시설과(영선과), 총무과, 관재과가 모두 사무처 소속으로 함께 있었다. 사무처 전체가 한 건물에 모여 있어 아래층, 위층 옆 사무실로 뛰어다니며 분주히 일했고 한식구처럼 지내던 시절이었다. 이층의 제일 넓은 방은 총무과와 구매과가 서류장으로 공간을 나눠 서로 얼굴을 보며 일하고 있었고 양옆의 유리문을 열면 관재과, 시설과로 갈 수 있었다. 아래층엔 회계과가 있었다. 관재과에 온 지 3년이 되어 슬슬 지루해질 무렵이다. 다른 부서는 무슨 일을 하는 걸까 궁금해져 도서관에서 회계 관련 책을 빌려보기 시작한 어느 날 회계과로 발령이 났단다.

처음 회계과로 간 1978년과 지금의 회계과를 비교하면 세상이 정말 많이 변한걸 실감할 수 있다. 등록금부터 증명료, 기숙사비 등 학교에 돈을 내는 모든 일 그리고 돈을 받는 일은 회계과를 찾아야 했다. 큰 돈은 당좌수표로 지불하고 작은 돈은 현금으로 지불했다. 등록금 수납은 은행에서 며칠 파견을 나와 수납 업무를 도왔고 그 이외는 모두 회계과 수납에서 처리했다. 등록금, 계절학기, 언어교육원 수강료 등 학교에 내는 모든 돈을 받는 수납 업무는 만만치 않았다. 매일 오후 4시가 되기 전 그날 받은 돈을 정리해놓고 은행을 불러 입금하고 하루의 시제가 맞는지를 확인한다. 착오없이 잘 끝났는지 시제를 맞출 땐 서로 말도 시키지 않고 웃는 얘기도 잠시 기다리며 앞자리 정리가 끝나기를 기다려야 한다. 시제를 맞추다 조용히 입을 다물고 있으면 뭔가 문제가 발생했음을 짐작한다. 아유, "안 맞아요" 소리가 나오면 다른 식구들이 달려들어 확인하고 추적하는 협업이 시작된다. 누가 왔었냐? 잘 받았냐? 탐색의 시간. 고지서를 세고 금액이 맞게 계산되었는지 확인하고. 그러다 답이 나오면 "와! 찾았다" 환호성. 이제야 하루가 잘 끝난 거다.

　그때의 회계과 업무, 지금과 비교하면 변한게, 아니 발전한게 너무나 많다. 근대와 현대를 보는 것 같다. 근 40년을 지나며 우리의 일하는 방식이 얼마나 발전하고 변했는지를 그대로 볼 수 있다.

　월급날 풍경: 봉투에 현금을 넣어 월급을 주던 시절. 월급 전날까지 개인별, 소속별로 총지급액을 확정한 후 은행으로 보낸다. 드디어 월급날, 개별 봉투에 넣기 위해 10만 원권 수표, 만 원권, 오천 원권, 천 원권 지폐와 동전까지 맞춰 전 교직원의 월급액을 은행에서 찾아온다. 회계과 모든 직원이 자기가 맡은 대학별로 돈을 받아 봉투에 담기 시작한다. 한 번 넣고 확인해 잘 맞으면 끝나지만 돈이 남거나 부족하면 다시 처음부터 봉투 확인. 점심을 먹는 둥 마는 둥. 오후부터는 월급 지급이 시작된다. 한 사람씩 또는 교학부에서 대표로 도장을 한 보따리 갖고 온다. 급여명세서에 도장을 찍고 확인하고 월급 봉투를 받아간다. 월급날이면 월급 타러 온 사람뿐 아니라 밀린 외상값을 받으러 온 상인까지, 회계과 사무실 앞은 언제나 북적북적했다.

　급여 자금이 넉넉할 땐 그래도 학교가 편안한 시절이다. 월급날이 왔는데 돈이 없어 김옥길 총장님이 상업은행 아현동 지점에서 하루 종일 기다려 월급 자금을 빌려왔다는 얘기를 전설처럼 들었다. 외부 지불일을 매월 10일, 20일, 30일로 정해 지출을 하던 때, 늘 자금이 부족해 외부 대금 지불이 많이 어려웠단다. 당좌 지불 담당자는 돈 받으러 온 상인들을 피하려 일부러 다른 곳으로 피신해 있다 퇴근 시간이 되어서야 사무실로 왔다고 한다.

　우리 학교가 그렇게 살았어? 도대체 어느 시절 얘기야? 아마도

1980년까지 무척 어려웠던 시절이었으리라 짐작된다. 어려웠던 시절은 졸업 정원제가 시작되고 재학생이 늘어나면서 조금씩 어려움에서 벗어날 수 있었다.

학교가 어려웠던 시절, 지금까지 얘기되는 일이 많다.

추위 대비: 지금은 생각하기도 힘든 어려운 시절 얘기는 무궁무진하다. 그때 학교는 얼마나 추웠던지. 겨울날 학교에 오면 바로 두꺼운 스웨터에 두툼한 양말을 신고 무릎 위는 누구나 털실로 짠 숄을 덮어 중무장을 했다. 스팀은 아침과 오후에만 잠깐 나오고 석유난로로 추위를 달래야 했다.

물건 아끼기: 학교에서 쓰는 물건 대부분을 관재과에서 타서 쓰던 시절. 필기구로 연필과 볼펜이 지급되었다. 모나미 153이 학교가 정한 볼펜이다. 요즘은 잘 찾지도 않는 값이 싼 볼펜이지만 다 쓴 볼펜심과 함께 지급했고 가위는 부러진걸 가져와야 새 물건이 지급되었다.

낡은 카펫: 대학원장실 카펫이 너무 낡아 여러 번 교체를 요청한 일이 있었단다. 얘기를 듣고 사무처장님이 오셔서 상태를 보고 가셨고. 대학원에서는 처장님이 직접 낡은걸 보고 가셨으니 새 카펫이 곧 오겠지 기대했단다. 기대도 잠시, 청소하는 아주머니가 바늘과 실을 가지고 와서는 터진 곳을 찬찬히 꿰매고 가더란다. 이를 보고 더는 바꿔달란 얘기를 못했다고 한다.

복사실 부스: 지금은 개인 집에도 있는 흔한 복사기가 사무처에 딱한 대 있었다.

2층 총무처 옆을 막아 부스를 만들었다. 복사를 하려면 총무과 담당자의 허락 후 장부에 기록하고서야 복사를 할 수 있었다.

업무 처리 방법의 변화: 급여업무는 개인별 내용을 급여표에 일일이 손으로 적어 계산하던 시절에 이어 한 보따리 펀치카드를 외부로 가져가 급여업무를 처리한 시기가 있었다. 그래도 수작업보다는 정확하고 신속한 처리에 모두들 좋아했다. 이젠 전산시스템으로 작업하고 월급은 개인 계좌로 입금, 연말정산까지 시스템에서 처리하고 있다.

월급, 공제금, 연말정산 관련 일을 하려면 회계과를 찾아야 했다. 선생님들을 가장 많이 알게 되는 부서가 회계과였지만 지금은 학교 선생님 얼굴을 마주할 일이 거의 없다.

수입, 지출 관련 업무의 발전도 대단하다. 오랜 기간 수입, 지출내용을 수작업으로 장부에 기장하였다. 결산을 하려면 장부 마감을 시작으로 재무제표를 완성하고 결산서 타이핑까지 결산업무가 매우 힘든 일이었다. 지금은 전산시스템에서 모든 절차가 진행되는걸 볼 수 있다. 지불 후 매월의 시산표로 재무 진행 속도를 확인할 수 있고 결산 작업도 많은 부분이 전산에서 해결되고 있다.

평직원으로 있던 회계과 16년, 예산과 2년은 무척 바쁘지만 여러 일을 익히는 재미가 있었다. 더욱 전공과 무관한 재무부서라 여러 일을 왜 그렇게 처리해야 하는가를 곰곰이 깨치며 익혀나갔던 시절로 기억에 남는다.

그 후 예산과 2년, 입학과에서 2년을 일한 후 과의 책임을 맡아 회계과로 다시 갔을 때가 1997년 7월이었다. 그때엔 회계업무와 자금업무를 회계과에서 모두 맡고 있었다. 시기별로 지불 소요액을 추산하여 필요 시기에 맞춰 자금 예치 계획을 세우는 자금업무가 가장 큰 일이었다. 휴일에 혼자 사무실에 나와 전임자의 처리방법을 살피며 계획을 세우고 천천히 일을 익혀나가고 있었다. 회계과로 가고 몇 달 지나지 않은 그 해 후반기 IMF가 시작되었고 정신없는 시기를 맞는다. 급박하게 예금을 재배치했고 어려움을 헤쳐나가야 했다. 무서운 이자율 폭등. 10% 내외이던 금리가 점점 올라 20%대를 훌쩍 넘어간다. 다행히 그때 우리 학교는 자금의 여유가 있어 고금리 혜택을 보는 입장이었다. 예치 가능한 예금의 기간을 2~3년 장기로 많이 가져가는 방법을 택했다. 그 기간의 이자수입이 이후 학교 재정 안정화에 크게 기여해 적립금을 높일 수 있는 기반이 되었다.

회계과 시절 생각나는 일 몇 가지.

학교에서 교직원이 받는 급여 이외 강사료, 입시수당 등은 지출결의서를 발의해야 했고 받을 사람의 계좌번호를 첨부해야 입금시킬 수 있었다. 매번 개인 계좌번호를 기재하는 번거로움과 착오를 없애려 학교에서 개인이 받는 모든 돈은 급여계좌로 입금시키는 안을 냈다. 그러나 업무 개선안은 엄청난 반발로 철회하게 되었다. 이제껏 급여계좌와 별도로 받았던 강사료나 입시수당 등을 급여계좌로 모두 입금시키면 가정 파탄, 이혼의 사유가 될 수 있다는 강한 반대의견이 나왔다. 가정을 지켜야 한다는(?) 의견을 받아들여 개인별로 1개 계좌를 더 사용할 수 있도록 정리하였다.

등록금 받을 때의 일. 등록금이 비싸다는 항의로 몇 학생이 등록금을 동전으로 가져와 수납을 요청한다. 들기 힘들 정도로 큰 청소용 플라스틱통 여러 개에 동전을 가득 담아와 수납하라고 한다. 은행에 같이 가서 동전기계로 세자고 해도 막무가내다. 회계과가 수납장소이니 회계과 직원이 받아야 한단다. 많은 학생들이 회계과 앞 복도에 죽 앉아 기다리고 있다. 곰곰 생각하다 식당에서 저울을 빌려왔다. 정확히 동전

10만 원의 무게를 달고 전체 동전의 무게를 달아 금액을 환산. 학생들에게 알려주고 은행에 입금 후 정산하겠다고 했다. 하룻밤을 꼬박 새워야 끝나겠지 했던 일을 몇 시간 만에 정리해주니 학생들이 허탈해진 듯 자리를 떠난다.

그 다음 해엔 더 큰 일이 일어났다. 현금이 아닌 현물로 등록금을 내겠단다. 젖소 암놈과 쌀부대를 본관 앞으로 가져와 등록금으로 받으란다. 본관 앞으로 몰려온 학생들, 젖소를 붙잡고 서 있는 아저씨, 언론사 카메라에 총장실 앞이 소란하다. 젖소는 본관 정문 앞에서 시원하게 볼일을 보고 참 난처한 일이 벌어졌다. 대책회의 후 일단 현물 명세서를 쓰고 등록금 조로 받아 놓았다. 다음날 아침 처장님이 가축매매 중개인을 찾으라신다. 중개인을 부르고 학생 입회하에 젖소를 매각하겠다고 했다. 잠깐 빌려온 소가 금방 팔려갈 것 같은 상황에 학생이 당황해졌다. 잠시 후 임자가 소를 데려가는 것으로 일단락되었다.

결산 일 전날의 풍경. 회계연도 마지막 날인 2월 말일은 회계과에 장이 서는 날. 전날부터 그 회계연도에 지불할 서류를 모두 내보낼 수 있도록 자금 규모를 정해야 한다. 결재받은 서류를 모으고 예산과에 접수된 지출결의서를 정리한다. 은행에 보낼 명세서를 만들고 늦게까지 나오는 서류를 취합, 예비금액까지 합해 이번 회계연도 지불 금액을 확정한다. 그리고 확정한 금액을 인출할 자금 인출 작업. 보통예금을 최소화하며 자금 정리하는 일을 해야 한다. 어느 해였나, 해야 할 일을 다 마치고 나니 벌써 다음날이 시작되었다. 12시가 넘었고 밖으로 나오니 눈이 푸슬푸슬 날리기 시작한다. 직원 선생님들과 후문으로 함께 가는 발걸음. 힘들고 많이 지쳤지만 머리가 맑다. 끝까지 함께 일하고 같이 나선 길이었기에.

사무처 야유회 날. 각 과별로 준비한 장기자랑을 보는게 큰 즐거움이었다. 회계과에서 준비한건 권투시합 장면 연출. 두 사람이 권투 글러브를 끼고 권투시합을 했다. 사무실에서 연습 때와 다르게 파트너 선생님이 긴장을 하셨나 진짜 혹을 날리는 통에 아프고 속상했던 일이 생각난다.

또 어느 햇가의 송년회. 사무처 식구 모두 줄을 맞춰 서서 앞으로 갔다, 뒤로 갔다 움직이는 라인댄스 허슬춤을 신나게 추었던 생각이 난다. 그땐 모두들 참 젊었다.

오늘 하루 회계과 시절을 다녀왔다. 하루, 한 달, 일 년 단위로 진행되던 여러 일들. 지치지 않고 지루해하지도 않고 긴 시절을 잘 살았다. 재밌는 일이 벌어지던 사무실 생각에 흐뭇해지고, 급박한 일이 생각날 땐 가슴이 뛰고 숨이 차온다.

모두들 보고 싶다. 그때, 가족보다 긴 시간을 함께 보낸 회계과 식구들.

2막 끝, 3막 시작

김난숙

예산안을 발표하려고 자리에서 일어납니다.

두툼한 자료를 들고 있습니다. 예금이자 부분을 설명하려는데 합계액이 없습니다. 내용별로 적혀 있어 다 더해야 발표할 수 있습니다. 왜 이렇게 적혔는지 뒷부분을 펼치다 다른 자료를 찾아보다 정신이 없습니다. 밖에선 행사가 곧 시작되니 빨리 나오라는 스피커 소리가 크게 들립니다. 담임선생님 같기도 회계 과장님 같기도 한 분이 "안되겠다. 예산 발표 시간은 다시 갖자." 하고 빨리 밖으로 나가랍니다. 도저히 어찌할 수 없는 상황에 몸이 움직여지지 않습니다. 끙끙대다 간신히 잠을 깹니다. 고등학교 졸업 후 45년, 학교에서 꽉 찬 40년을 일하고 떠나기 일주일 전 토요일 아침의 꿈입니다. 저녁에 잠들며 내일은 사무실에 나가 조금씩 정리해놓은 짐을 가져오자 그리고 떠나는 날 식구들과 함께하는 점심에서 할 얘기를 준비하자 계획하고 잠을 잔 것뿐입니다. 그런데 생각지도 않게 고등학교 시절과 직장이 합해진 꿈속 상황입니다. 많이 어려웠던 일이 예산 계획이었는지 충분히 준비하지 못해 허둥대고 있습니다. 몸이 그 상황을 견디지 못하고 초조해하다 잠을 깼습니다. 아마도 이화와 함께한 시간을 생각하다 잠든게 그런 꿈을 꾸게 했나 봅니다.

2015년 2월도 중순, 늦게 찾아온 긴 구정 휴일, 넉넉한 시간에 지나온 날을 되돌아 봅니다. 이화로 오는 길의 시작인 초등학교와 중고등학교 시절 그리고 1970년 이화에 입학하여 2015년 오늘까지 45년의 세월입니다. 생각해보면 긴 시간이 연결되어 이화 둥지로 이어집니다.

경기도의 시골, 여주와 가평초등학교를 다녔습니다. 그리고 6학년 2학기에 안양초등학교에서 분리된 만안초등학교로 전학을 갑니다. 중학교 입시라는 말을 그때 처음 들었어요. 전학 간 첫날에도 시험을 칩니다. 매일매일 중학교 입시를 대비하여 시험보고 채점하고, 틀린 것 다시 공부하며 몇 달을 보냅니다.

노련한 담임선생님 덕으로 만안초등학교 1회 졸업생 중 경기여중 첫 합격생이 되었고 칭찬을 많이 받습니다. 지금은 서울과 가깝지만 그때만 해도 탈것이 기차밖에 없어 서울역에서 덕수궁을 지나 광화문까지의 통학이 쉽지 않았기에 몇 달을 친척집에서 다닙니다. 조용하고 수줍음 많은 여학생이 집을 떠나 다른 환경에서 사는게 힘들었는지 병이 났고 그걸 핑계로 집으로 돌아와 6년을 기차로 매일 통학하게 되죠. 어머니가 새벽에 일어나 지은 아침밥을 급하게 먹고 가방과 도시락을 챙겨 서울역에 도착. 거기서부터 학교까지 근 3~40분을 걸어서 등교하는 세월이 6년을 지납니다. 그때 단련된 두 다리는 여전히 걷는걸 좋아합니다.

고등학교 3학년, 대학입시가 가까워졌을 무렵 이화여대 학생 여러 명이 학교를 찾아와 각 교실을 다니며 이화대학과 학과소개를 합니다.

학생 중에 잘 생기고 말도 참 잘하는 학생의 과 소개 덕인지 그해 여러 명이 사회학과를 지원하였습니다. 졸업 후 사회에서 꼭 해야 할 일을 찾을 수 있으리란 꿈이 있었겠지요.

1970년 2월 이화대학에 합격해 등록하려고 온 날 김활란 선생님이 돌아가셨다고 학교가 무척 조용했던 기억이 납니다. 열심히 공부한 고3 시절을 보내고 대학에 오니 허전하고 지루하여 뭔가 할 일을 찾게됩니다. 그때 김활란 선생님의 계몽대 뜻을 이은 봉사부를 알리는 전단을 받았고 바로 사무실을 찾아 1학년부터 열심히 농촌봉사활동을 다닙니다. 3학년 땐 총학생회 봉사부장 일을 맡았고 대학 4년간 학교 수업보다 봉사부 일을 무척 열심히 했습니다. 그리고 넉넉지 않은 집안 사정을 아시고 4년간 장학금을 탈 수 있게 주선해주신 이효재 선생님의 도움을 잊을 수 없습니다.

졸업 후 농촌문제연구소 조교 일을 1년 하고 관재과 직원으로 일하게 됩니다.

늦은 나이에 계획한 남편의 고시공부에 난 학교에서 일할 수 있었으면 간절히 바랬고 간절한 소원 덕인지 마침 빈 자리가 생긴 관재과에서 일하게 됩니다. 시작은 미미하나 그 끝은 창대하리라는 말처럼 이화에서 정년까지 37년을 일하고 또 3년을 더해 40년을 충실히 일하고 떠나는 직원이 되었습니다.

직원으로 관재과, 회계과, 예산과에서 일했고, 과장으로 입학과, 회계과, 연구과, 예산과에서 그 후 학적과와 이화학당. 제가 일했던 여러 곳입니다. 학교에 많은 행정부서가 있지만 내가 있는 부서가 이화에서 가장 중요한 곳이라 알고 일을 했습니다. 입학과 시절엔 이화의 역사와 이화에 와야만 할 이유를 알리고 꼭 오도록 이해시키기에 여념이 없었지요. 그때 입학과 선생님들은 서로를 이화교 전도사라고 했으니 참 마음이 뜨거웠고 맘껏 일한 시절이었습니다.

전공과 멀었지만 회계과 일을 맡았을 때는 살림을 지키고 늘려야 하는 직분을 맡게 되었습니다. 잘 모르는 부분은 설명을 충분히 듣고 자료를 찬찬히 여러 번 읽으며 업무를 해나갔습니다. 나라 전체가 어려운 시절이었지만 예금이자 수입이 크게 늘어 이화의 살림이 탄탄해진 중요한 시기로 기억되고 있습니다.

연구과에서 2년 반, 업무를 다져놓고 다시 가게된 예산과 3년을 보내며 학교의 발전 방향과 전반적인 살림 규모, 지원 방향 등을 검토하고 적절한 지원과 배분이 되도록 노력했지요. 예산과를 떠나기 전 학교 전체 통합전산시스템을 개발해야 한다는 취지를 공유하고 시스템 개발계획을 준비하고 떠난 게 아주 잘한 일로 기억됩니다. 개발과정에는 학적과 부분에만 잠시 참여하고 학교를 떠나게 되어 시작만 하고 할 일을 남겨놓고 떠나는 사람의 미안함을 갖고 있습니다.

정년을 1년 남기고 학교를 떠나 이화학당으로 왔습니다. 예산과가 학교 전체 업무를 파악할 수 있는 자리였다면 법인의 업무는 이화를 더욱 큰 눈으로 보아야 할 자리였습니다. 법인과 이화대학, 의료원, 부속학교, 병설학교를 연결지으며 각 기관이 잘 운영될 수 있도록 함께 검토하고 지원하는 일이었습니다. 그동안 법인과 기관의 업무를 이해하고 절차와 규정을 정비하는 일을 시작하여 많은 부분을 정리했습니다. 처음 학당에 오던 해 여름부터 시작된 감사원 감사는 이화의 시작과 역사를 이해하며 정체성을 정리할 수 있는 계기가 되었습니다. 그 후에도 국세청 감사, 교육청 감사 등이 있었고 외부적인 어려움이 있을 때마다 법인과 관련 기관 선생님들의 마음이 합해져서 어려운 일을 처리하였고 이를 계기로 내부 업무를 정비할 수 있도록 노력하였습니다.

이제 4년 간의 일을 끝내고 다음 선생님께 업무를 전합니다.

그동안 법인의 선생님과 많은 업무 정비를 하였지만 학교 밖 환경의 변화로 법인과 학교에는 너무나 어려운 시절이 다가오고 있습니다. 힘든 시절을 이겨내기 위한 법인 사업의 필요성은 더욱 커지고 있습니다. 어렵지만 새로 오실 선생님과 법인 선생님들이 마음을 합해 더욱 안정된 이화학당을 키워내리라 기대하고 있습니다. 이화를 처음 세우신 뜻 위에서 130년 가까이 자란 이화는 이 나라, 이 사회에 많은 일을 맡아 큰 역할을 해왔고 큰 할 일은 지금도 여전히 많이 있습니다. 어려운 고비마다 그 시기를 맡은 선생님들의 기도와 노고가 함께 있었기에 이화는 풍성한 나무로 자라났습니다.

부족한 저도 이화의 긴 역사 속에서 미미하나 작은 역할을 했다고 자부합니다.

그동안 함께 일해 온 선생님들의 능력이 발휘되도록 충분히 지원하지 못했음을 알고 있습니다. 그럼에도 4년간 힘을 모아 많은 일을 해낸 선생님들께 고마움을 전합니다. 그동안 혹여 제 좁은 소견으로 마음이 힘든 적 있었으면 저의 부족함을 탓하시고 너그럽게 양해해 주셨으면 합니다. 긴 시간 제가 이화 안에서 맘껏 일하고 편안히 떠날 수 있도록 함께 일한 여러 선생님께 감사드립니다.

내 인생의 긴 2막이 끝났습니다. 다시 출발점, 3막이 시작됩니다.

행복찾기 선수

김난숙

눈이 많이 온 12월, 겨울과 눈을 무척이나 좋아하신 선생님 생각을 한다.

이화에서 1970년대 말부터 1990년대 초까지 십여 년을 함께 지낸 분이다. 맘껏 일을 맡겼고 일이 끝나면 잘했다는 칭찬에 늘 뿌듯한 마음으로 일할 수 있도록 격려해주신 분이다. 젊고 어려웠던 그 시절, 대강당 아래 위치한 사무처관에서 오랜 시간 참 많은 일을 함께 했다.

이화의 식구되어 3년이 지났을 때 회계 관련 공부나 일도 전혀 모른 채 회계과로 자리를 옮겼고 그 후 오래도록 재무부서에서 일을 했으니 우연한 시작이 살아갈 긴 길로 이어지나 보다. 모르는 일을 배우느라 힘들어도 새로운 일은 새로운 경험을 만드는 시간이어서 긴 세월이 지루할 새도 없이 지나갔다. 아침에 만나 하루를 함께 지내며 식구들과 함께 지내는 것처럼 떠들썩하고 북적였다. 하루 종일 해야 할 일을 바쁘게 했고 잘 안되는 일은 늦게까지 남아 하면서도 마치고 나면 언제나 뿌듯하고 좋았다. 잘 이끌어 주신 분과 일을 좋아하는 내 기질이 서로

3부 이화연가 259

영향을 준 덕분으로 짐작된다.

그 시절 여러 사람이 함께 일하던 사무실은 식구가 많은 옛날 대가족 집안 분위기였다. 각 집의 큰 일, 작은 일을 서로 얘기했고 좋은 일, 어려운 일 모두 의논의 자리로 나오곤 했다. 모두들 절약하고 어렵게 살았던 시절이라 각 집에서 만든 작은 별식도 함께 나누었다. 우리 시어머님이 만들어 주신 호박죽, 호박고지찰떡, 정월 대보름날 묵나물과 오곡찰밥도 그때 함께 먹었고 참 맛있었단 얘기를 지금도 한다. 학교 일부터 아이들 낳고 키우는 일, 집집이 일어나는 어려움이나 자랑도 모두 얘깃거리. 아이들 옷도 서로 물려가며 입혔고 각 집 아이들 크면서 일어나는 일도 의논하고 해결책을 찾으려 애썼던 기억이 난다.

어느 핸가 명절이 가까워진 날이었다. 그 시절 엄마들이 아이들 옷 사러 잘 가던 동대문의 한 시장에서 방 식구의 10명도 넘는 아이들이 좋아 할 옷을 바깥 선생님과 함께 골라와 이건 누구꺼, 이건 또 누구꺼 하면서 한 벌씩 선물로 주신다. 너나없이 어렵고 힘들었지만 함께하며 잘 보낸 시절로 기억이 된다.

나와 토끼띠 띠동갑인 선생님은 자그마한 키에 아담하고 안정된 체형에 작은 얼굴, 갈색머리, 정감 넘치는 부드러운 목소리로 늘 소녀 같은 느낌을 준다. 부드럽지만 강단이 있었고 손, 발이 빠를 뿐 아니라 순발력있게 생각도 척척, 말은 어찌나 재미있게 잘 하셨는지. 출근하여 업무 시작 전엔 전날 있었던 집안 얘기를 꺼내어 잠시 웃음꽃을 피우곤 했다. 늘 아침 출근과 퇴근길을 함께 하셨던 글 쓰시는 바깥선생님의 영향인지 두 분 다 말하는 재주가 특별하셨다. 방 식구들뿐 아니라 가족들까지 대화의 소재가 되었다. 아이들 이름은 기본이고 아이들마다의 에피소드, 다니는 학교며 공부 잘하고 있는지에 성격까지 꿰고 있으셨다.

포근하게 가족처럼 지내던 그 시절.

점심시간에 꾀꼬리 합창 모임을 구성해 몇 년을 즐겁게 지냈다. 꾀꼬리들은 일주일에 한 번 점심시간을 이용해 노래를 부르고 봄, 가을 소풍, 송년모임을 가졌다. 고사리수련관으로 1박 2일 여행을 가기도 했다. 정년퇴임하는 선생님의 송별식에서 두 번이나 합창으로 마음을 전했다.

바쁜 중이지만 책을 많이 보았다. 월급날 몇 사람이 오천 원씩 돈을 모아 보고 싶은 책을 사서 돌려보고 책장에 보관하며 다른 사람에게 빌려주는 간이도서실도 운영했으니 낭만 이화시절 얘기다.

그 시절은 1990년대 초반이 되며 끝이 난다. 밖의 사회도 대학 사회도 모두 경쟁에서 살아남아야 하는 힘든 시절이 되었고 선생님도 그때 학교를 떠나셨다. 나중에 가끔씩 일찍 떠난 아쉬움을 나타내기도 하셨다.

몇 년 전 선생님의 칠순을 맞아 펴낸 바깥선생님의 산문집을 다시 읽어보게 되었다.

서문 중 일부를 옮겨본다.

"단발머리 소녀 시절부터 보아온 아내가 올해 칠순을 맞는다. 별로 같이 산 것이 오랜 것 같지도 않은데, 살아오면서 기쁘게 해준 것이 아직은 없는 것 같은데, 벌써 그렇게 라니. 무엇해 줄 수 있는 것이 없을까 궁리하다가 이 산문집을 펴내기로 했다. 그 사람에게 작은 선물이라도 될까 하여."

늘 아내의 뜻을 충실히 따르고 가장 중요한 일은 아내를 위하여 하는 일이라 생각하며 사셨으리라 짐작하는데 기쁘게 해준 것이 아직은 없다고 하신다.

책 속에 가끔씩 출연하여 바깥선생님을 쩔쩔매게 하는 나의 선생님 모습은 어찌나 귀엽고 재미있던지.

오래전에 두 분은 양평 한적한 곳에 자리잡고 자연 속에서 살고 계신다. 맹산이 고향인 시부모님을 모시기 위해 준비해둔 땅에 집을 지었고 두 분이 오순도순, 집 지키는 개와 함께 참 잘 사신다.

가끔 일 년에 한두 번 양평 노인들 잘 지내고 있다는 메일을 보내신다.

여름엔 아침에 일어나 풋고추, 오이, 방울토마토를 따와서 샐러드 만들고 고구마, 강냉이 쪄놓고 음악을 들으며 "구태여 천국갈 필요 있겠어?" 거들먹거렸더니 장에 나갔다 넘어져 고생한 얘기, 양평도서관엘 갔더니 그 비싼 화가들의 그림책도 다 빌려준단다. 그 도서관엔 볼 책이 많은데 소장한 책을 모두 빌려오는 것 같다며 이렇게 책을 많이 볼 때가 언제 또 있었을까 싶다는 얘기, 가을엔 그동안 키운 배추와 무, 총각무를 뽑아 처음으로 혼자 김장을 하고 나니 뿌듯하고 행복했다는 얘기 등등. 매일 아침을 맞아 하룻동안 한 일, 생각한 것, 느낀 것을 옮겨놓으면 그대로 행복을 찾은 얘기가 된다. 가끔씩 책을 보며 느낀 구절도 써서 보내는데 선생님이 느낀 충만한 감정이 그대로 전달되어 새삼 그 의미를 생각하게 된다.

아침에 눈떠 새로운 하루를 맞는게 행복하니, 여름엔 개울물 콸콸 흐르는게 좋고, 눈 내리는 날엔 유리창 밖으로 눈 오는 풍경을 보는게 좋고……. 자연과 함께 보이는 것, 집안팎의 많은 할 일에서 행복을 다 찾아내신다. 책보고 음악듣고 밭에 심어놓은 식물과 얘기하고 밭에서 자라는걸 아침마다 조금씩 따와 식사를 준비하는게 행복하고 가을되면 조금씩 갈무리 해놓고 좋아하는 사람에게 보내주며 또 행복하다신다. 감수성 많고 행복을 찾아내는 인자를 갖고 태어난 분은 어디서든, 언제든 행복을 찾으며 잘 사시는구나 싶어진다.

책을 읽고 시 외우며 살기에 감성은 더욱 풍부해지고 글도 어찌나 길게 잘 쓰시는지 보내온 메일을 읽고 또 읽곤 한다.

어느 날 편지에 "읽어야 할 책들과 들어야 할 아름다운 곡들과 그리워해야 할 많은 사람들이 있기에 이토록 마음이 따뜻해지고 행복한 건 아닐는지. 사랑하는 사람들을 멀리서 생각한다는 것은 아늑한 휴식이 된다." 라는 글을 보내셨다.

함께 일한 시간이 한참 지났지만 지나간 세월을 함께 얘기할 그리운 사람, 행복찾기 선수인 선생님이 있어 좋다.

선생님과 꽤 많이 닮았다는 얘기를 듣는 나도 행복인자가 이끄는 대로 따라가 볼 셈이다.

찰떡궁합

박혜영

대학시절을 생각하면 제일 기억에 남는 것은 1학년 때 일들이다. 막 입학하였을 때 수업시간에 김 내면서 들어오던 스팀 소리, 3월의 쌀쌀한 날씨에 빨강 땡땡이 칼라 코트 입고 휴웃길 올라오던 일, 3월 31일에 내렸던 하얀 눈에 대한 기억은 아직도 내 마음을 신입생으로 돌려놓는다.

부산에서 올라온 나는 경기여고 1/3, 이화여고 1/3 그리고 숙명, 진명, 지방 출신 1/3로 이루어진 약대 학생들을 보며 약간 주눅이 들어 있었다. 같은 고등학교에서 온 20명의 학생들은 이미 자기네끼리 잘 아는데, 나는 아는 사람 하나 없는 처지였다. 그리고 다들 실력이 쟁쟁하여 조금만 공부를 안 하면 꼴찌 내지는 유급을 할 것 같은 분위기였다. 그런데 3월 31일 눈이 내리면서 날씨가 정말 추웠고, 잔뜩 멋을 내느라 미니스커트를 입은 우리들은 바들바들 떨었다. 지금 포스코관 자리인 기숙사 신관에 살던 나에게 몇몇 아이들이 1시간 수업이 없는 동안 기숙사 구경도 시켜주고 따뜻하게 있다가 오자는 것이었다. 기숙사는 외부인 출입이 엄격히 통제되는 곳이라 망설여졌지만, 친구들은 기숙사가 너무 궁금했고 나는 서울 친구 사귀는 좋은 기회라 생각하여 기숙사 잠입을 감행하기로 하였다. 신관 사무실에 있던 사무원 언니는 좀 무섭고 일주일이면 학생들 얼굴을 다 외운다는 전설적인 분이어서, 우리는 신관을 포기하고 구관 입구로 들어가기로 했다. 두 명씩 짝지어서 기숙사생인 것처럼 태연한 얼굴로 입구를 통과한 우리는 쾌재를 부르면서 신관 3층 내 방으로 갔다. "기숙사가 좁지만 잘 갖췄구나." "따뜻해서 좋다" 등등 떠들면서 꿈 같이 한 시간이 지나고 우리는 다시 수업에 들어가야 할 시간이 되었다. 살짝 들어온 것 다 잊어버리고 신관 계단을 8명이 왁자지껄 떠들며 내려오다 우리는 신관 사무실 언니한테 딱 걸렸다. 엄청 혼나지는 않았지만 나의 '모범생 이미지'는 산산이 부서졌다. 들어올 때처럼 살금살금 구관 입구로 나갔어야 하는데.

약대에 대한 사전 지식없이 아버지의 권유로 진학했던 나는 막연히 1학년에는 머리 아플 때 먹는 약, 2학년에는 감기 걸렸을 때 먹는 약을 가르쳐 줄 것으로 기대하고 왔었다. 그런데 약은 전혀 언급이 없고 '정성분석화학' '미적분학' 등등 만 배워서 아주 실망이었다. 약학이 응용과학이므로 기초를 먼저 배워야 하는 것은 당연한데도 그것을 몰랐었다. 또 주위에서 친척들이 "여기가 아픈데 이럴 땐 무슨 약 먹어야 하지?" 할 때는 모른다고 말하기도 민망하고 '도대체 언제쯤 약을 가르쳐 줄까' 하는 안달을 하였었다. 요즈음 학생들이 약대 커리큘럼에 대하여 잘 알고 오는 것과는 정말 거리가 먼 옛날 얘기다. 이제는 의약분업이 되어 약사가 처방전을 쓰지도 않으며, 약대 6년제로 바뀌면서 실무실습을 1년 동안 하므로 약에 대하여 정말 많은 것을 알고 졸업하게 된다.

대강당에서 1학년 2,000명 다 모아놓고 진행하던 '국민윤리'는 너무 재미있었다. 노란 원피스를 입고 한껏 멋있게 책을 옆에 끼고 대강당 2층에 앉아서, 앞에서 열강하시는 교수님 강의와는 관계없이 어제 미팅이 어땠는지, 남자애가 무슨 얘기를 했는지 등등 떠드는 우리를 누가 감당할 수 있었겠는가. 교수님이 2주씩 주제에 따라 바뀌셨는데 모두 우리 땜에 속상해하셨다. 어느 교수님은 강의 도중 떠드는 우리를 향하여 "차렷, 열중쉬어"를 반복하셨고, 다른 교수님은 아예 포기하시고 듣거나 말거나 강의만 하셨다. 청중을 완전 제압하신다는 김옥길 총장님 강의마저도 우리는 좀 떠들었다.

지방 학생으로서 경기, 이화에 주눅 들어 꼴찌 할까 봐 열심히 공부한 덕분에 좋은 성적을 얻었고 장학금도 탔다. 약대 수석 입학한 친구는 약대 들어오자 정말 신나게 놀았다. 아마도 고등학교 때 너무 심하게 공부하여 마음이 지친 것 같았다. 그러나 고등학교 때 적당히 열심히 하였던 나는 대학교 와서 공부가 너무 재미있었고 적성에 잘 맞았다. 그런데 성적이 잘 나오자 4학년 되면서 슬슬 꾀가 생기고 대충해도 좋은 성적이 나오리라는 근거 없는 자신감이 생겼다. 그러나 약대 과목이 어디 그렇던가? 생약학 과목에서 식물 이름, 성분명 등 제대로 공부 안하여 성적이 원하는 만큼 잘 나오지 않는 결과를 얻었다. 너무나 속상했지만 그때 '간이 붓는 병이 가장 문제가 된다'는 것을 깊이 깨닫게 되었고, 그 후 항상 겸손한 마음으로 꾸준히 노력하려고 애쓰게 되었으니 결과적으로는 얻은 것이 더 많은 셈이다.

이화를 졸업 한 후 유학가서 계속 공부하고, KIST에서 연구한 후, 다시 이화로 교수가 되어 돌아왔다. 너무나 벅차고 감격스럽고 감사하였다. 이화에서 가르치면서 이제 26년의 세월이 흘렀다. 나는 이화교가를 좋아한다. 교가 가사 중에서도 '황화방 안에 천국이어라'는 부분을 특히 좋아한다. '황화방'은 이화의 최초 건물 이름이다. 진정 이화의 울타리 안에 있으면서 이곳이 천국이라는 생각이 든다. 좋아하는 공부를 맘껏 하였고 학자로서 꿈을 키웠고 학생들에게 약사로서, 전문인으로서 갖추어야 할 실력을 길러주었다. 이 모든 것이 이화가 아니었으면 가능하지 않았을 것 같다. 이화의 토양에서 나의 기본을 쌓았고, 그것을 바탕으로 뻗어나갈 수 있었고, 과분한 사랑을 받았으니 이화와 나는 찰떡궁합인 것 같다. 가끔 나 스스로를 '이화교(教)의 광(狂)신도'라고 부르면서 이화사랑하는 뜨거운 마음을 영원히 간직하고자 한다.

매미가 곧 울겠지요

박혜영

　"아직도 선생님이 약대 교학부장이세요?" 라고 전화기에서 전해오는 교무처장의 갑작스러운 질문에 잠깐 대답을 못하였다. 교학부장 임기가 1학기 더 남아있는데 이것이 무슨 말씀이지? 그리고 며칠 후 나는 입학처 부처장 보직발령을 받았다. 약대 일로 전화하신 교무처장께서는 나의 입학처 보직발령을 이미 알고 계셨고, 약대 일을 나한테 부탁하여야 할지 말지를 고민하셔서 그런 질문을 하셨던 것 같다.

　그렇게 갑자기 1997년 2월 나의 입학처 시절은 시작되었다. 입학처 부처장 2년 6개월 동안 정말 학교 일에만 몰두하였던 것 같다. 초대 입학처장이셨던 고 백명희 처장께서 학교를 위하여 헌신하시며 모범을 보이셨기에 그분이 가신 뒤에도 입학처에는 그 분위기가 그대로 남아 있었다. 아무리 힘들어도 학교를 위한 일이라면 끝까지 완벽하게 그리고 마음을 다하여 하였다.

　나는 학교 홍보담당 부처장이라 학교에 대한 전반적인 이해를 하여야 했고 또 이를 고등학교에 잘 알려야 했다. 입시에 논술을 막 도입하던 시기라 전국 주요 도시에서 입학설명회를 하면서 특히 논술에 대한 설명을 많이 하였고 또 이어서 학생들에게 '왜 이화이어야 하는가'를 설명하였다.

　주요 대학 8군데가 합동으로 부산-대구-대전에서 학교 설명회를 하던 때였다. 대구에서는 모 대학교 체육관이 장소로 섭외되어 있었는데 가보니까 2층 관람석을 사용하였다. 아래 농구 경기장을 사이에 두고 건너편 학생들에게 설명해야 하는 최악의 장소였다. 입학처장께서 설명을 하시는데, 특강 환경이 너무 안 좋아서 이런 장소를 준비한 주최측에게 화도 나고 속도 상하였다. 처장께서도 특강이 끝난 후 "강 건너 있는 사람들한테 외치는 것 같았다"며 화를 내셨다. 그리고 다음날 대전으로 이동하는 기차 안에서 처장께서 갑자기 "나 강의 안 할래. 대전 특강은 부처장이 하시오" 라는 폭탄 발언을 하셨다. 어제 대구 사건을 같이 겪은지라 화를 내실만도 하다고 생각하고 아무 말 못하고, 대신 진행하였지만, 특강을 갑자기 하라시는 것은 지금 생각해도 아찔하다.

　홍보담당 부처장이 새로 생긴 자리여서 새로 하게 되는 일이 많았다. 처음으로 입학처 소식지를 만들게 되어서 학교 소식, 자랑스러운 동창 소식, 학교 자랑 등등 나름 알차게 만들었다. 신문 만드는 데에 경험이 많은 기획처 부처장께서 적극 도와주셔서 노란 표지의 예쁜 잡지가 나오게 되었을 때 정말 기뻤다. 문제는 정기적으로 소식지를 만들어야 하는데 매번 기획처 부처장 신세를 져야 하는 것이었다. 소식지 나오는 날짜는 다가오는데 너무 바쁘셔서 봐 주시지를 않아서, 내가 서툰 솜씨로 흉내를 내어 1면에는 ○○○, 2면에는 ××× 등 짜서 보여드렸더니 깔깔 웃으시며 도와주셨다.

　모 학과 지원생 엄마들의 항의방문도 잊지 못할 일 중 하나이다. 잘 못된 정보를 전해들은 학부모들이 1차 입학처로 항의방문왔었다. 입학처장과 과장께서 면담하며 사정 설명을 드렸는데 이를 받아들이지 못한 학부모 5명이 총장 면담을 요구하며 총장실로 기습 방문을 한 것이었다. 마침 총장님과 처장님은 교무회의를 하던 중이셨고 갑자기 불려온 나는 이 문제를 해결해야 했다. 그분들이 "이미 입학처 설명은 다 들었으니까 필요 없고 총장님을 꼭 만나야 한다"고 고집하였기 때문에 일단 내가 입학처 부처장이라는 것은 밝히지 않기로 마음먹었다. 다행히 입학처 면담 시 나는 그 자리에 없었으므로 그분들은 내가 누군지를 몰랐다. 총장실 관계자인 것처럼 어깨에 힘주고 나서서, 총장실로 막 진입하려던 그분들을 2층 회의실로 가시도록 하였다. 회의실에서도 '총장 대신 임'을 강조하며 약간 잘난 체를 하였다. 오후 내내, 약 4~5시간 동안 그분들의 이야기를 듣고 문제점을 찾았고, 자신들이 오해했다는 것을 확실히 알고서 그분들은 자진 해산하였다. 나 혼자서 5명을 상대하자니 등에서는 땀이 났지만 표내지 않으려고 그분들 앞에서 허세부린 것을 생각하면 혼자서 웃게 된다.

학교를 방문하는 학생들에게 학교 소개하는 Campus Tour는 지금은 기획처 주관으로 잘 짜여져 진행하지만, 그때는 입학처에서 주관을 했고 몰려오는 고등학생들은 내 몫이었다. 학생들에게 학교 소개 비디오 20분짜리를 먼저 틀어주고 그다음 짧은 특강을 하였다. 그러다 보니 그 비디오는 50번쯤 보게 되었다. 재미있는 영화도 웬만해서는 2번 보지 않는 성격인데 그 비디오는 50번을 봐도 싫지 않은 것은 무슨 이유인지 아직도 모르겠다. 오히려 점점 빠져들면서 이화사랑을 확신하게 되었다.

입학처에서는 힘들면서도 즐거웠던 기억이 많다. 강원도 학교 설명회를 마치고 오는 길에 백담사 계곡에서 한나절 소풍한 것은 정말 즐거운 기억으로 남아 있다. 몇 명은 계곡 위로 등산을 하고 나머지 식구들은 계곡에 발 담그고, 유명한 거지스님도 만나고. 계곡에서 배고팠던 우리는 양평에서 냉면과 고기지짐이를 정말 맛있게 먹었다.

엄청난 책임이 요구되는 입학 업무이므로 정확해야 했고, 퇴근 시간은 항상 늦었고, 시간 내에 해야 할 업무량이 많다보니까 스트레스도 많았지만, 동시에 여러 가지 추억이 차곡차곡 쌓이게 되었다. 특차, 정시, 편입 등 입시 종류도 많았고 바쁜 입시 업무에 한해가 정말 어떻게 지나는 줄 몰랐다. 입학과장이 합격자 명단을 만들고 나서 눈 덮인 바깥 풍경을 물끄러미 보면서 "선생님, 매미가 곧 울겠지요"라고 말해서 한해가 얼마나 빨리 지나가는지를 실감나게 표현하였다.

예체능 시험 준비, 출제위원 관리, 면접 준비 등 업무를 하면서 각종 사건도 많았고, 크리스마스도 같이 보내고, 새해도 같이 맞았다. 최신 농담도 배우고 '심지어 미인' '목소리는 좋다' '한 번 입학처는 영원한 입학처' 등의 유행어도 만들었다. 이제 시간이 많이 지나 각자 다른 자리에 가 있지만, 서로 연락하고 만나는 좋은 인연을 이어가도록 해준 우리의 입학처. 파이팅.

벚나무 아래 젖소

박혜영

  꽃피는 춘삼월이라는 말이 너무 강하게 머릿속에 박혀 있어서 인상 지어 있어서 3월이 되면 봄이 왔다고 생각하지만 매년 3월은 쌀쌀하고 꽃도 나올 생각을 안 한다. 혹시라도 피었나 매일 들여다보며 꽃을 기다리고 있으면 약대 앞 진달래가 제일 먼저 진한 핑크색 봉오리를 살짝 내밀어 인사를 시작한다. 아, 이제 봄이구나. 평범하던 나무들이 꽃봉오리를 내밀면 매화, 개나리, 산수유 등등 이름을 알게 된다. 뒤이어 본관 앞 목련이 촛불같이 우아한 모습을 드러낼 때쯤이면 라일락, 철쭉 등이 줄을 이어 피면서 학교를 꽃동산으로 만든다. 대강당 옆 자목련은 다른 데서 볼 수 없는 품위를 갖고 있어 보는 이를 기쁘게 한다. 이런 꽃동산에서 사는 것이 너무너무 감사하다.

  멋진 나무들 가운데 나에게는 사연이 있는 나무가 하나 있는데 본관 앞 ECC 시작되는 화단의 벚나무이다. ECC가 만들어지기 전 운동장이 있던 시절에도 벚나무는 그 자리에서 봄마다 환하게 꽃을 피웠다.

학교 본부 재무처 일을 맡고 있던 20년 전 일이다.

재무처는 예산, 시설, 구매 및 회계를 담당한다. 탄탄한 예산 확보와 효과적인 예산 집행을 위하여 정말 수고를 많이 하는 중요한 곳이었다. 학교는 학생들과 등록금 인상 폭을 놓고 매년 줄다리기를 하였으며, 학생들은 등록금 인상에 반대하여 플래카드를 붙이고 격렬한 시위도 하였고, 동전으로 등록금을 가져오기도 하였다.

재무처와 총무처는 하는 일이 비슷하여 가끔 혼선도 있었는데, 눈이 많이 온 날 총무처장께서 "눈 치우는 일로 총장님께 야단맞았는데 사실은 눈 치우는 것은 재무처 일입니다" 하기에 "어머나, 눈도 제 것이군요?" 하고 농담하고 한바탕 웃었다.

어느 날 회의를 하고 있는데 급한 연락이 왔다. 학생들이 등록금 인상에 반대하는 투쟁의 일환으로 소 한 마리와 쌀 10부대를 가지고 와서 1명 등록금으로 받으라고 한단다. 놀라서 회의 도중에 나와 보니까 그 벚나무 아래에 젖소가 한 마리 매여 있고 소 주인 같은 분이 먹이를 주고 있으며 지나가는 학생들이 웬일인가 하고 그 주위에 몰려있었다. 처음 겪는 일이라 어찌해야 할 바를 몰랐다.

문제는 재무처가 등록금 담당이니까 재무처에서 알아서 처리해야 한다는 것이었다. '젖소가 설마 재무처 사무실이 있는 본관 2층까지 올라 올 수 있겠느냐', '아니다 소도 주인이 이랴하니까 몇 계단은 쉽게 잘 올라오더라' 등등 별 얘기가 다 나왔다. 가슴이 두근두근, 우왕좌왕 어찌할 바를 모르는 가운데 밤이 되었다. 젖소는 젖이 퉁퉁 부었고 오줌은 얼마나 많이 싸던지. 3월의 날씨는 쌀쌀했고, '저러다 소가 얼어 죽으면 문제가 커질 텐데 어떻게 하느냐'고 주위에서 또 나에게 핀잔을 주었다. 그날 밤 고민하다가 다음날 소를 팔아야겠다고 굳게 결심하고 구매 과장께 소값을 잘 아는 사람을 찾아오라고 부탁했다. 그리고 학생들에게는 현물로는 등록금을 못 받으니까 소와 쌀을 팔아서 그 돈만큼 받은 것으로 하겠다고 회신하였다. 특별히 전략이 섰던 것은 아니고 속으로 걱정하면서도 그날이 금요일이어서 오늘을 넘기면 주말 내내 소 걱정, 추위 걱정 할 일을 생각하니 아니다 싶어서 강경히 팔겠다고 한 것이었다. 다행히 그 전략이 효과를 보았는지 학생들은 소를 철수했다. 나중에 들은 얘기지만 소를 빌려왔는데 내가 팔겠다고 나서자 학생들도 많이 난감했었다고 한다.

이제 오랜 시간 전 일이지만 ECC 가는 길목이면 그 벚나무와 그 아래 젖소 한 마리 있던 모습이 생각나면서 혼자서 실실 웃게 된다. 다 잘 지나갔는데 그때는 정말 심각했었지.

이화교 길

이남숙

　이화에는 여러 갈래의 길이 있다. 정문에서 대강당을 바라보며 성역 같았던 이화라는 큰 울타리로 들어서는 길. 첫 관문으로 이화교 아래 철길을 달리는 기차의 꼬리를 밟을 수 있던 이화교 길이 있었다. 버스 정류장에서부터 내리막길을 걷다가 이화광장을 지나 웬만큼 힘이 빠졌을 때 걷느라 힘이 들다보니 자연히 후유~, 후유~ 하게 되는 후웃길이 있었다. 후웃길은 더운 여름 땀을 식히며 천천히 쉬엄쉬엄 걸을 수 있게 그늘을 만들어주던 플라타너스 나무들의 터널 길이기도 하였다. 그러나 이 길들은 관광명소가 된 ECC 공사로 인해 이제는 상전벽해가 되어 찾을 길이 없어졌고 기억 속의 길이 되고 말았다.

　본관 뒤 숲에는 쉼 의자들이 군데군데 놓여 있어서 사시장철 산책하거나 사색하기 좋은 샛길이 있다. 특히 인적이 드문 이른 아침에는 파란 하늘과 나무들 사이로 비쳐 들어오는 눈부신 아침 햇살이 머리를 상쾌하게 하고 아름다운 명상의 길이 된다. 본관 뒤 우물가에서 공관 쪽으로 나 있는 길은 봄이면 진달래와 철쭉꽃이 아령당의 한옥과 잘 어우러져 아름다운 봄을 보여주는 한 폭의 수채화 같기도 하다. 헬렌관의 구두수선소 앞에서 중앙도서관으로 오르는 나무 숲 속에 나 있는 계단 길과 영학관 앞의 짧지만 좁은 길 또한 이화에서 빼 놓을 수 없는 운치 있는 길이다. 뿐만 아니라 이화역사관에서 종과 C동 밑으로 내려오는 좁은 길과, 팔복동산에서 기도하는 곳으로 나 있는 좁은 산길은 산과 언덕의 지형상 오르막과 내리막의 좁은 산책길이다. 포스코관에서 교육관으로 비스듬히 내려가는 비탈길은 봄이면 서울귀룽나무의 가지가 축축 쳐져서 하얀 꽃이 무리지어 피는 샛길이다. 그리고 종과 B동 옆에서 공대로 이어지는 길과 북문으로 나 있는 길은 노란 은행잎이 쌓이는 늦가을 영화 촬영지를 연상하게 하는 운치 있는 길이기도 하다.

여러 길들 중 나는 이화교 길과 특별한 인연이 있다. 대학 2학년 여름방학이 시작되던 어느 날 이화교에서 친구를 기다리고 있던 중 마침 내 앞을 지나시던 고 이영노 선생님께서 가던 길을 멈추고 내게 "방학 때 어디 가나?"라고 물으셨다. 당시에는 딱히 어디 갈 계획이 없었기에 없다고 하자 이내 "그럼 연구실에 나오지 그래"라고 하셨고, 나는 별 생각 없이 "네"라고 대답했다. 이렇게 주고받은 짧은 말 몇 마디가 지금의 나로 이어진 길의 시작이었다. 당시만 해도 교수님의 말씀은 거의 절대적이었기에 나는 그다음 날 바로 지금의 학생문화관 자리에 있던 이학관 4층 한 귀퉁이 방문을 조심스럽게 노크하였다. 방문 안에 들어섰을 때 선생님의 첫 제자이신 선배 선생님께서 "네가 선생님이 찍은 애니?"라는 생각지 않은 말로 시작된 나의 그 무더운 여름방학은 극기의 시작이 되었다.

대학 입학원서를 쓸 때 사범대학에 가라는 부모님의 의견에 맞서 교사자격증을 따 둘 테니 걱정 마시라며 문리대 자연계열을 고집했었다. 전공은 고등학교 때부터 생물학과로 정하였던 터라 당연히 생물전공을 택했으나 분류학을 전공하리라는 생각을 하지는 않았다. 그러나 대학 1학년 때 우연히 듣게 된 S대 교수님의 특강에서 분류학의 중요성을 알게 되었다. 그리고 약간의 호기심으로 식물분류학 수업에 관심을 가졌을 뿐 정말 이거라는 생각을 한 것은 아니었다. 그러다 이화교 길에서 이영노 선생님과의 우연한 만남으로 식물분류실에 발을 디디게 되었다. 대학 2학년 겨울방학 때에는 진관기숙사에서 합숙하며 선생님의 교육부 식물도감 원고 작성에 참여하게 되었다. 그 보상으로 겨울이 끝나갈 무렵 제주도의 이국적 풍경을 접할 수 있었다. 이후 2년가량의 학창시절 동안 주말이면 선생님을 따라 산야를 누비며 식물들을 알아가게 되었다. 그런데 막상 4학년이 되니 그 당시 비교적 고전적이고 단순했던 분류학에 대해 약간의 진부함을 느끼고는 좀 더 새로운 분야에 호기심이 생기기 시작했다. 그런데 새로운 분야로의 진학을 알아보던 나는 내가 이미 선생님 연구실로 진학해야 하는 걸로 정해져 있음을 알게 되었다. 선생님께서 어느 선배의 입학 의사를 거절하는 핑계로 내가 이미 선생님 연구실로 대학원 진학을 하기로 되어 있다고 하셨다. 이러저런 고민 끝에 결국 나는 선생님께서 하신 말씀의 책임을 지게 되었다. 이화의 많은 길들 중에서 이화교 길은 이영노 선생님을 만나 내가 평생 식물분류학이라는 단어를 짊어지고 걷게 된 길의 시작이었다. 길은 길에 연해있다고 하듯이 지나고 보니 이화교 길에서 시작된 이 길의 시작은 아주 오래전에 예정된 길이었는지도 모른다. 아니 이미 8살 때에 강원도 산골 초등학교에서 방학숙제로 만들어 낸 식물표본으로 상을 받은 길에서 연이어진 것인지도. 지금 나는 사십여 년의 기나긴 세월을 희로애락으로 걸어온 이화교 길의 끝자락에 서 있다.

아마도 이화를 거쳐 간 수많은 사람들은 이화의 여러 길들 중 나름대로 인연이 닿은 길이 있었을 것이다. 그 이화의 길들은 이화를 거쳐 간 모든 이들에게 일어났던 모든 일을 묵묵히 기억하고 또한 앞으로 새로 만날 이들과의 모든 인연을 품고 있으리라 생각된다.

지금은 볼 수 없는 옛 이화교와 늘 천진난만하게 웃으시던 선생님이 새삼 그립다.

이화동산의 '나친' 이야기

이남숙

    이화동산에는 참으로 많은 종류의 나무들이 계절에 따라 피고 지면서 아름다운 수채화를 그려낸다. 이른 봄에는 생강나무와 산수유나무, 영춘화와 개나리꽃이 노란색 수를 놓기 시작한다. 개나리보다 꽃이 작고 흰색이며 부채 모양의 열매를 맺는 한국 특산종인 미선나무도 피어난다. 진분홍 계열의 진달래꽃이 피고 나면 수줍은 새색시 같은 분홍 철쭉꽃이 '연달래'라는 이름처럼 연달아 핀다. 수양버들, 멋들어지게 줄기가 흰 비술나무, 서나무, 느릅나무, 개암나무와 상수리나무의 연녹색 잎들이 바람에 하늘거리며 신록을 알린다. 올벚나무, 산벚나무, 왕벚나무, 풀또기, 산철쭉, 풀명자나무, 모과나무와 박태기나무가 교정을 붉게 물들이며 화사한 봄의 수채화를 그려낸다. 붉은 꽃에 질세라 학생관 옆 조팝나무와 사대 쪽으로 난 오솔길의 서울귀룽나무는 하얗게 피어난다. 그런가 하면 봉오리 끝이 북쪽을 향해 있던 백목련이 일제히 피어나 순백의 순수함으로 사월의 주인공이 되어 교정을 덮는다. 졸업생이 기증했다는 대강당 옆 자목련 또한 고상한 귀부인으로 우아하게 피어난다.

　본관 뒤 숲에는 줄기에 코르크 날개가 달린 화살나무, 별 모양의 털로 잎 뒷면이 하얗게 덮인 보리수나무가 작은 꽃으로 우리의 시선을 기다린다. 잎 뒤에 숨어 땅을 향해 흰 꽃을 피우는 때죽나무, 머리 위의 화관으로 쓰고 싶은 쪽동백나무, 팥배나무, 수국백당나무, 백당나무 그리고 서양 문학 작품 속에서 아가위나무로 등장하는 산사나무의 꽃 또한 하얗게 피어난다. 분홍 포가 꽃잎처럼 생긴 서양 산딸나무와 잎이 일곱 장인 칠엽수의 꽃도 서양의 촛대 같은 아름다움을 과시한다. 그리고 화려한 붉은 자줏빛 모란꽃이 부귀영화를 누리듯 풍성하게 피어난다. 하지만 꽃이 어디 생김새나 색으로만 아름다움을 뽐내겠는가? 첫사랑의 보랏빛 향기를 일렁이는 라일락, 슬픈 향을 애절하게 토해내는 하얀 찔레꽃 그리고 달콤한 사랑을 뿜어 대는 아카시나무꽃 향내음이 우리의 마음속에 그윽하게 스며든다.

　노란 꽃비를 내리는 우물가의 모감주나무와 원숙한 아름다움의 석류나무가 초여름을 알리고, 긴 여름 내내 꽃을 피우는 배롱나무, 붉은 화장붓 같은 수술을 가진 자귀나무 그리고 은근과 끈기의 무궁화가 뜨거운 여름 햇볕 아래 한적해진 교정을 지킨다.

　구절초가 피는 계절이 되면 단풍나무와 붉나무, 은행나무와 백합나무 같은 낙엽수들의 빛깔과 성숙한 열매로 풍요롭고 그윽한 가을을 그려낸다.

　또한 겨울이면 주목, 소나무, 잣나무, 스트로브잣나무, 전나무, 측백나무, 향나무, 가문비나무, 구상나무와 사철나무가 진녹색으로 푸르름을 과시한다. 뿐만 아니라 내려놓을 줄 아는 낙엽수들의 앙상한 가지 위에 눈꽃이 피어 이화는 환상의 세계가 된다. 이 모두 실로 이화동산을 아름답게 하는 '나친(나무 친구)'들이다.

아프리카의 많은 동물 중 사파리에서 꼭 봐야 할 'Big 5' 동물로 사자, 표범, 코끼리, 코뿔소와 물소를 꼽듯이 이화동산의 나무들 중 이에 가늠될 만한 '나친'들이 있다. 그중 이화의 상징 식물이며 이화응원단의 이름인 'PYRUS'가 있게 된 배나무(*Pyrus pyrifolia var. culta* (Makino) Nakai)에 대해 먼저 시작해야 할 것 같다. 옛날 학생들의 대부분은 옷에서 이화 교표를 하루도 떼어 놓지 않았다. 심지어 버스정류장에 나와서도 옷에 배꽃 교표가 붙어있지 않으면 다시 집에 들어가 달고 나올 정도였다. 이화인 모두가 알다시피 이화는 1886년 스크랜턴 부인에 의해 창설되었고 그 이듬해에 명성황후가 '이화학당(梨花學堂)'이라는 교명을 하사하였다. '이화'라는 이름이 부여된 데에는 두 가지 설이 있다. 옛 이화학당이 있던 황화방(지금의 정동)에 배밭이 많아서였다고도 하고, '이화정'이라는 정자 이름에서 연유했다고도 하는데, 둘 다 배꽃에 관련되어 있는 것만은 확실하다.

이화의 본관 건물은 튜더식 고딕을 기본으로 한 학교 고딕건축으로 미국 파이퍼(Pfeiffer)여사를 기념하여 '파이퍼홀'이라고도 한다. 여성고등기관의 대표적 건물로 2002년 등록문화재 14호로 지정된 예쁘고 유서 깊은 건물이다. 이 건물 앞에는 커다란 은행나무 세 그루가 우람하게 버티고 서 있다. 이는 조선시대 성균관이나 지방 향교에도 은행나무를 심듯이 이화가 학문을 하는 교육기관임을 나타내는 뜻으로 추측된다. 원래 유교에서는 공자가 은행나무 아래에 단(壇)을 만들어 놓고 제자들을 가르쳤다 하여 일반적으로 공자의 말씀을 가르치는 곳을 행단(杏壇)이라 하는데 이와 무관하지 않은 것 같다.

그리고 대강당 아래 광장의 중앙에는 '신단수'로 불리던 은행나무가 있었다. 신단수란 아마도 환웅이 무리 삼천 명을 거느리고 태백산 꼭대기 신단수 아래로 내려왔듯이, 많은 학생들의 OT, MT 견학이나 답사 등을 떠나기 위해 학생들과 버스가 모이던 나무였기 때문에 붙여진 이름 같다. 그러나 그 신단수는 십여 년 전 ECC공사를 시작할 때 다른 장소로 이식되어 더 이상 그 자리에서 볼 수 없어 아쉬움을 갖게 한다. 신입생 때 그 신단수 아래에서 꿈과 희망의 시선을 하늘로 향하며 친구들과 찍은 사진이 기억과 함께 남아있다.

　개인적으로 이화동산에서 처음 기억되었던 나무는 포스코관 앞에 있는 기다림의 느티나무이다. 여고시절 고국 방문단의 재일교포 여고생을 집으로 데려가기 위해 옛 기숙사 건물 앞 나무 밑에서 기다렸던 적이 있다. 그때는 그 나무가 무슨 나무인지 관심도 없었고, 그저 한 그루의 나무로 머릿속에 상이 맺혀있다. 예로부터 느티나무는 마을 어귀에 정자목(亭子木)이나 당목(堂木)으로 심어져 동네 사람들의 정자가 되기도 했고, 소망과 소원을 비는 나무이기도 했다. 세월이 흘러 옛 기숙사 건물은 포스코관으로 바뀌었으나 그 앞에 있던 느티나무는 변함없이 그 자리에 서 있다. 지금도 학생들의 휴식이나 또는 만남을 위한 기다림의 장소로 수십 년 간 묵묵히 정자 역할을 하고 있다. 지금은 나무기둥 주위가 돌과 아스팔트로 메워져 뿌리가 숨을 쉬기 힘들고 나뭇잎들은 담배연기에 시달리게 되어 안쓰럽다.

　진선미관과 우물가 근처에는 낙우송(落羽松)이 있다. 낙엽이 지는 깃털 모양의 잎을 가진 소나무류의 겉씨식물을 뜻하는 이름이다. 겨울 내내 가지만 남아있던 키가 커다랗고 줄기가 우람찬 나무에서 돋아나는 연둣빛 깃털 같은 새 잎들은 봄으로 계절이 바뀌는 신록의 신호등이다. 4명의 학생들이 양팔을 벌려야 나무기둥을 싸안을 수 있을 정도로 굵은 나무의 나이가 궁금해진다. 북미 원산의 낙우송이 1920년대에 우리나라에 들어왔다고 하니 대략 95세쯤이 될 터이고, 만일 묘목으로 국내에 도입이 되었다면 묘목 나이에 따라 95세보다 더 많을 수도 있다. 낙우송은 진선미관 건물 쪽에도 한 그루 더 있는데 그 줄기의 굵기는 우물가 큰 낙우송의 굵기의 반 정도이다. 만일 이 두 나무들이 같은 시기에 심어진 것이라면 우물가의 큰 낙우송은 아마도 두 나무의 줄기 밑동이 붙은 연리지(連理枝)일수도 있다. 낙우송은 원래 습지나 늪에 자라며 뿌리가 땅 위로 올라오는 기근이 발달하는데 다행이 종과 C동 옆 골짜기에서 물이 아래로 내려와 우물가로 모아지는 부근에 심어진 탓에 잘 자라는 것으로 생각된다.

길 안내 표지목 같은 상수리나무를 꼽을 수 있다. 물론 상수리나무는 대강당 앞과 아령당과 총장공관 쪽에도 있으나 약학관, 학생문화관. 포스코관 사이의 삼각지 갈림길의 상수리나무는 홀로 서서 많은 차량과 사람들의 공해에 시달리고 있어서 안쓰럽다. 상수리나무의 흉고둘레는 거의 2m에 달하여 당진 성상리의 상수리나무 흉고둘레인 1.8m와 견줄만하다. 당진의 상수리나무 수령이 150년으로 추정되는 것으로 미루어 아마도 이 상수리나무는 이화 캠퍼스가 들어서기 이전부터 있었을 것으로 추정된다.

마지막으로 흔히 플라타너스로 부르는 양버즘나무에 대해 얘기하고자 한다. 이화가 미국 선교사에 의해 세워져서인지 또는 진보적이어서인지 모르겠으나 캠퍼스에는 북미산 나무들이 많은 편이다. 낙우송 외

에도 양버즘나무, 메타세쿼이어, 백합나무, 루브라참나무, 미국 물푸레
나무와 서양 산딸나무 등이 심어져 있다. 그중 대학원 별관에서 본관으
로 오르는 예전의 '후웃길' 양쪽에 양버즘나무들이 줄지어서 나무터널
을 만들고 있었다. 양버즘나무 중 진선미관이나 학관 근처의 줄기가 유
난히 굵은 몇 그루는 아마도 우물가의 낙우송과 동시대에 심어졌을 것
으로 짐작된다. 특히 진선미관 앞의 양버즘나무는 가지 하나가 거의
'니은'자에 가까운 모양으로 그네를 매달기에 안성맞춤이었다. 바람이
살랑 부는 5월 단오 때면 춘향이처럼 그네를 타보고 싶은 생각이 간절
하였다. 그러나 과유불급이라고, 가지가 너무 왕성하게 잘 자란 나머지
'미관'건물에 닿아 해가 된다고 수년 전 그네를 매달 수 있는 팔이 잘
려나갔다. 건물에 닿던 손부터 팔꿈치 아래까지만 잘렸어도 좋으련만
겨드랑이 부분에서 팔이 통째로 잘려나갔다. 어느 날 아침 아직 피로
물든 젖은 그 절단면을 본 순간 내 팔이 잘린 듯 가슴이 철렁 내려앉았
다.

　이화의 발전과 더불어 숲이 점점 사라지고 있어서 안타깝다. 하지만
지금도 우리 곁을 지켜주는 이화의 크고 작은 '나친(나무친구)'들은 참
으로 귀하고 아름다우며 감사해야 할 대상이다. 몇 년 전 교목실에서
주관한 생명의 채플에서 '나친 만들기 캠페인'을 시작하였는데 학생
한 명이 교정의 나무 한 그루와 평생 함께할 친구를 맺는 행사였다. 나
친 캠페인에서 학생들이 자신의 나친에게 걸어준 편지에는 마음을 진
솔하게 털어놓은 다양한 사연들이 적혀있다. 시험을 잘 보게 해달라는
기원도 있고, 더운 여름에는 '나친'의 그늘에서 쉬고 싶다는 일상사의
얘기도 있다. 나친이 좋은 이유를 써놓기도 하고, 사랑과 희망을 말하
기도 하였으며, 졸업 후에도 꼭 다시 찾겠노라는 언약을 하기도 하였

다. 또 어떤 학생은 메마르고 각박한 현실에서 삶의 힘을 얻고 싶을 때 '나친'을 찾아오겠다며 나친으로부터 위로받고 싶은 지친 마음을 드러내기도 하였다. 오랜 세월 자리를 지키는 나친은 혹여 떠나간 학생이 자신을 잊더라도 그 학생을 기다릴 것으로 짐작된다. 비록 예전에는 이러한 '나친만들기' 행사는 없었지만, 이화의 나무들은 오랜 세월을 이화인들과 같이 살아왔다. 그래서 이화인들에게는 알게 모르게 삶의 힘이 되어준 묵은지 같은 '나친'이라고 생각한다.

앞으로 더 많은 이화인들이 마음의 여유를 갖고 곁에 있는 한 그루 나친에게 다가가기를 권하고 싶다. 모든 이화인이 각자의 나친과 사랑의 눈길로 따뜻한 말을 주고받는 진정한 서로의 친구가 되기를 기원해 본다.

장딴지 조련사 114 계단

이남숙

생각해보면 모든 계단들은 힘이 들었다. 높은 산에 오를 때 마지막 돌계단들이라든지, 신께 다가가려는 신전이나 사원의 계단들이 그러했다. 바간의 들판 가득 즐비한 탑들을 내려다보기 위해 오르던 쉐산도 파고다의 가파른 계단과, 왠지 모를 음울한 비슈누가 맴도는 듯한 앙코르와트 사원의 거무칙칙한 돌계단을 땀 흘리며 올라야만 했다. 마야 문명에 엉덩이 붙인 증명사진을 찍으려고 헉헉대며 오르던 티칼신전의 계단과, 아즈텍 문명의 거대함에 놀라며 태양의 신전과 달의 신전을 향해 오르던 테오티우아칸의 피라밋 계단들은 모두 땀과 함께 기억된다. 그리고 동서남북으로 각각 91계단과 신전의 단을 합하여 정확히 일 년 365개로 계산된 치첸이차 카스티요의 계단은 너무나 정확한 수학적 도형으로 눈앞에 떠오른다.

신을 향한 이러한 계단들보다 내게는 열아홉 살부터 40여 년 대부분 시간을 보낸 이화캠퍼스의 계단들이 마음속에 자리하고 있다. 입학하여 희망찬 눈빛으로 하늘을 바라보며 친구들과 사진을 찍은 대강당 밑 계단, 학관과 잔디동산 사이의 계단, 대학원 별관과 중강당 사이로 봄의 신록이나 가을의 단풍을 맛보기 위해 오르는 아름다운 숲길을 가르는 은밀한 계단, 학생문화관 옆에서 약학관을 향해 나 있는 그늘진 짧은 숲길의 계단, 체육관 옆 도로에서 작고 운치 있는 영학관으로 이어지는 짧은 계단, 헬렌관 구두수선소 앞에서 도서관으로 오르는 높이 자란 나무들이 만든 하늘 지붕 밑 계단, 팔복동산과 종합과학관 C동 동북쪽 사이로 아는 이만 숨어들어 호젓하게 여유를 갖고 걷게 하는 계단 그리고 이화역사관에서 종합과학관 C동으로 내려오는 산골길 같은 계단 등 수많은 계단들이 있다.

그 많은 이화의 계단 중 진선미관에서 종합과학관으로 이어지는 종과계단은 신전의 계단에 견줄 만큼 나를 힘들게 한다. 진선미관에서 9계단을 오르면 계단 폭이 4배로 넓어진다. 두어 걸음을 걸은 후 10개의 계단을 오르면 계단 폭은 넓어지고, 다시 10개의 계단을 오르면 계단 폭은 부채꼴처럼 더 넓어진다. 그리고 10개의 계단 후 넓은 계단이 나타나기를 두 번 더 반복하고 13개의 계단을 오르면 폭이 다시 넓어진다. 그 다음에는 11개의 계단 후에 넓어진 계단 폭이 나타나기를 2번 반복한다. 즉 9+10+10+10+10+13+11+11로 모두 84개의 계단을 올라오면 옛날 주차장이던 종합과학관 C동 앞에 이른다. 그러나 이게 끝이 아니다. 다시 종합과학관 A동에 오르려면 10개의 계단을 오른 후 폭이 넓어진 계단을 2번 반복하고 이번에는 5개의 계단을 오른 후 계단 폭이 넓어지기를 2번 반복하여 30계단이 된다. 결국 진선미관에서부터 84계단과 30계단의 총 114개의 계단을 올라와야 내 연구실이 있는 종합과학관 A동 현관 앞에 숨을 헐떡이며 멈춰 서게 된다. 삼십여 년 간 오르내린 이러한 불규칙한 계단 숫자의 배열과 메마른 단·무·지 같은 종과계단은 내 장딴지를 부피 생장시킨 조련사였다.

　게다가 9, 10, 13, 11계단의 불규칙한 수적 배열 때문인지, 왼발과 오른발을 번갈아 규칙적으로 걸어 오르다가 갑자기 계단 폭이 넓어진 곳에서 두서너 평지걸음을 걷고 다시 다른 수의 계단을 오르는 것은 왠지 모르게 엇박자 같은 불균형을 느끼게 한다. 그러나 긍정적으로 생각하면 계단 간 넓어진 곳에서는 숨을 몰아쉬며 간간히 무언가를 골똘히 생각하게 하였으며 또한 계단 옆에 핀 산수유 꽃을 들여다보고 단풍을 바라다보고, 파란 하늘을 쳐다보는 여유를 갖게 하였다. 따지고 보면 대학원생 시절부터 지금까지 삼십여 년 간 변함없이 수많았던 내 발걸음을 묵묵히 받쳐 주었고, 계단을 오르는 운동으로 몸매를 어느 정도 유지시키게 했으며, 사계절 다양한 날씨 속에 하루하루의 희로애락을 같이해준 공로가 크게 인정된다.

　그런데 이제 세월이 흘러 종과계단은 나의 둔하고 무거워진 발걸음을 멀리하려 한다. 높은 구두의 좁은 굽으로 좁은 면적이 닿았던 대신 낮은 구두의 넓은 밑창이 닿는 게 부담스러울 것 같다. 이화를 떠나기 전 남은 기간 동안 몇 번을 더 오르내릴 수 있을지 모르겠다. 요즈음은 주로 포관의 엘리베이터를 이용해서 거뜬히 114계단을 단축시키곤 하기 때문이다.

　첫눈 오는 오늘 아침, 종과계단을 오르다 보니 새삼 오랜 세월을 같이 해온 종과로 오르는 계단의 존재가 곰삭은 친구처럼 내 마음에 크게 그리고 감사하게 다가온다.